HEYNE BÜCHER

Fantasy

Herausgegeben von Wolfgang Jeschke

CONAN-SAGA

Die Bände in chronologischer Reihenfolge*

Conan (Conan) · 06/3202
Conan und der Zauberer (Conan and the Sorcerer) · 06/4006
Conan der Söldner (Conan the Mercenary) · 06/4020
Conan und das Schwert von Skelos (Conan and the Sword of Skelos) · 06/3941
Conan und der Spinnengott (Conan and the Spider God) · 06/4029
Conan von Cimmerien (Conan of Cimmeria) · 06/3206
Conan der Rebell (Conan the Rebel) · 06/4037
Conan der Pirat (Conan the Freebooter) · 06/3210
Conan und die Straße der Könige (Conan, the Road of Kings) · 06/3968
Conan der Wanderer (Conan the Wanderer) · 06/3236
Conan der Abenteurer (Conan the Adventurer) · 06/3245
Conan der Freibeuter (Conan the Buccaneer) · 06/3972
Conan der Krieger (Conan the Warrior) · 06/3258
Conan der Schwertkämpfer (Conan the Swordsman) · 06/3895
Conan der Thronräuber (Conan the Usurper) · 06/3263
Conan der Befreier (Conan the Liberator) · 06/3909
Conan der Eroberer (Conan the Conqueror) · 06/3275
Conan der Rächer (Conan the Avenger) · 06/3283
Conan von Aquilonien (Conan of Aquilonia) · 06/4113
Conan von den Inseln (Conan of the Isles) · 06/3295
Conan der Barbar (Conan the Barbarian) · 06/3889
Conan der Verteidiger (Conan the Defender) · 06/4163
Conan der Unbesiegbare (Conan the Invincible) · 06/4172
Conan der Zerstörer (Conan the Destroyer) · 01/6281
Conan der Unüberwindliche (Conan the Unconquered) · 06/4203
Conan der Siegreiche (Conan the Triumphant) · 06/4232
Conan der Prächtige (Conan the Magnificent) · 06/4344
Conan der Glorreiche (Conan the Victorious) · 06/4345
Conan der Tapfere (Conan the Valorous) · 06/4346
Conan der Furchtlose (Conan the Fearless) · 06/4663
Conan der Renegat (Conan the Renegade) · 06/4664
Conan der Champion (Conan the Champion) · 06/4701
Conan der Herausforderer (Conan the Defiant) · 06/4745
Conan der Marodeur (Conan the Marauder) · 06/4781 (in Vorb.)

* Die einzelnen Bände der Saga von Conan dem Cimmerier sind nur schwer in eine chronologische Reihenfolge zu bringen, die einigermaßen logisch dem Hintereinander der Abenteuer des Helden gerecht wird, denn gerade die Autoren, die relativ spät ihre Beiträge zu der Saga schrieben, wie Offutt und Anderson, siedeln ihre Stoffe relativ früh im Leben Conans an, indem sie an Abenteuer anknüpfen, die Howard noch selbst schrieb, bzw. Episoden aufgreifen, die Howard nur andeutete. Aus vielerlei Gründen ist es auch uns leider nicht möglich, die Bände in dieser ›chronologisch‹ geordneten Reihenfolge erscheinen zu lassen. Das sollte dem Lesevergnügen aber keinen Abbruch tun, denn jeder Band ist völlig in sich abgeschlossen. Ausführliches Kartenmaterial und verbindende Texte erleichtern jederzeit die Orientierung im Gesamtwerk.

STEVE PERRY

Conan
der Herausforderer

33. Roman des Conan-Zyklus

Ungekürzte und mit Karten versehene
deutsche Erstausgabe

Fantasy

WILHELM HEYNE VERLAG
MÜNCHEN

HEYNE SCIENCE FICTION & FANTASY
Band 06/4745

Titel der amerikanischen Originalausgabe
CONAN THE DEFIANT
Deutsche Übersetzung von Edda Petri
Das Umschlagbild schuf Thomas Thiemeyer
Die Karten zeichnete Erhard Ringer
Illustriert von Klaus D. Schiemann

Redaktion: E. Senftbauer

Printed in Germany 1990
Umschlaggestaltung: Atelier Ingrid Schütz, München
Satz: Schaber, Wels
Druck und Bindung: Ebner Ulm

ISBN 3-453-04501-7

Die Hyborische Welt Conans

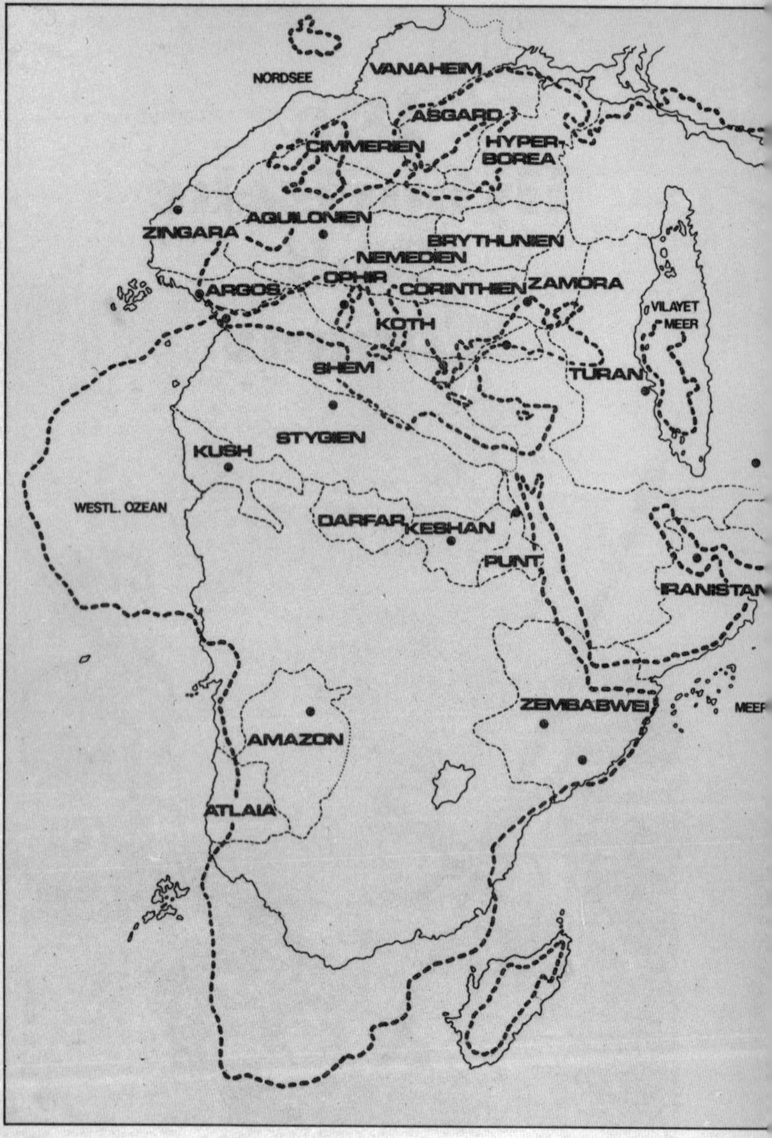
NORDSEE
VANAHEIM
ASGARD
CIMMERIEN
HYPER-
BOREA
AQUILONIEN
ZINGARA
BRYTHUNIEN
NEMEDIEN
OPHIR
ARGOS
CORINTHIEN
ZAMORA
VILAYET
MEER
KOTH
SHEM
TURAN
STYGIEN
KUSH
WESTL. OZEAN
DARFAR
KESHAN
PUNT
IRANISTAN
ZEMBABWEI
AMAZON
ATLAIA

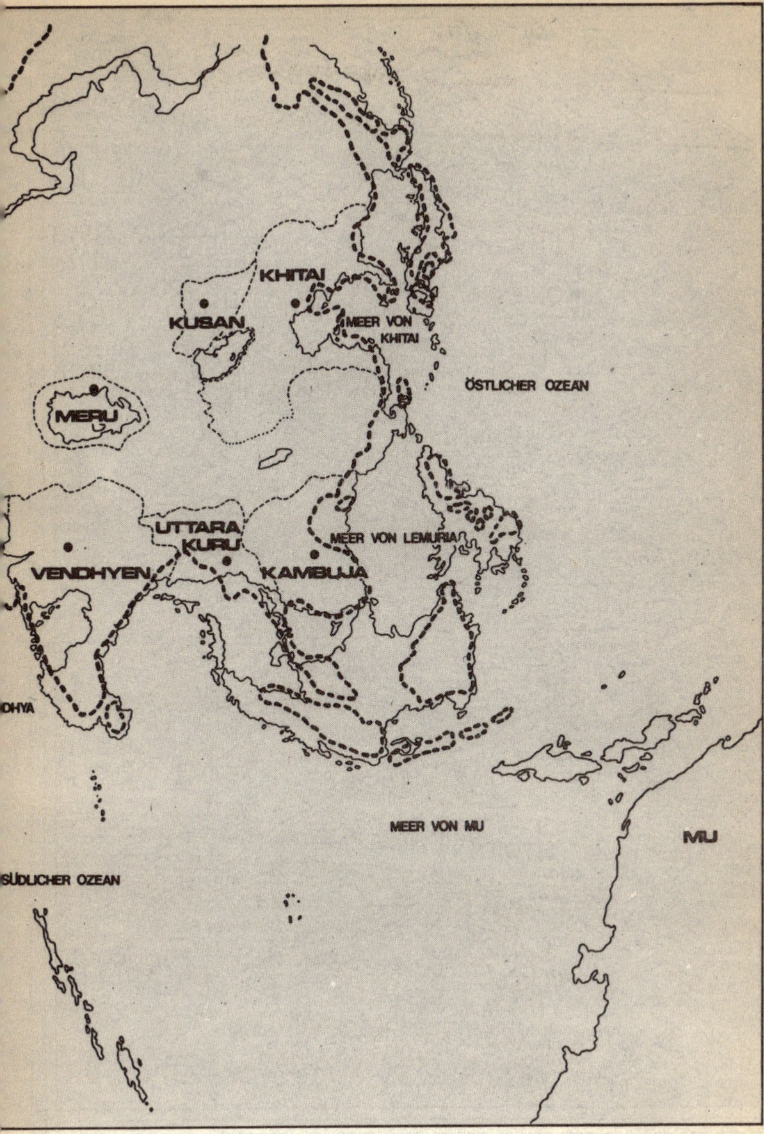

KHITAI
KUSAN
MEER VON
KHITAI
ÖSTLICHER OZEAN
MERU
UTTARA
KURU
MEER VON LEMURIA
VENDHYEN
KAMBUJA
DHYA
MEER VON MU
MU
SÜDLICHER OZEAN

Korvela Bay
Höhle des Tranicos
Schwarzer Fluß
KORISKONIEN
CIMMERIEN
Ben Morgh
EIG-Paß
EIGLOPHANISCHES GEB.
BLAUE BERGE
Bruthelm
ASGARD
Paß
Gletscher
Wolfraven
Venarium
Ft. Tuscelan
CONAWAGA
Scandaga
KORMON
SHOHIRA
Velitrium
Torh
GUNDERLAND
Paß
WESTERMARK
BOSSONIEN
TAURAN
Os Harku
Shirki
Galparan
Tanasul
RAMAN
Volsino
Atzels
Burg
PHALKAR
Amilius
MANARA
Mt.Golamira
Alkarion
Cragsfell
AQUILONIEN
KARABAN
GRENZKÖNIGREICH
ATTALUS
Castria
Croton
SALZMARSCHEN
COUTHEN
Elymia
STRASSE
DER KÖNIGE
Burg
VARAKEL
Edram
Tor
Khorotas
Lor
Tarantia
VALKIA
Höhle v.
Zelata
NEMEDIEN
Kelbaza
Lema
Ebenen
Alimane
Imirus
PELLIA
POITAIN
THUNE
Tybor
Shamar
Hanumar
Dinander
Belverus
Pirogia
Culario
Shamu Ebene
Leucta
Numalia
Valbroso
Pergona
Carnolla
Ianthe
OPHIR
CORINTHIEN
Urlaub
ARGOS
Suthad
Khorshemish
PELISHTIA
KOTH
Vanatta
Dagoth
Hügel
Libnun Hügel
Wüste von Koth
Salzsee
Ghaza
Anakia
Kyros
Khrosha
Korveka
Pyramiden
Ashabal
Akkharia
VARETH
Tantusium
Yivga
FLAMMENDE BERGE
Eruk
HARANGI
Khoraja
Nakhmet
SHEM
Pashtun
Shumir
Khanyria
ZAHEEMI
Harakht
Furt von Bubastes
Wüste
Shamla Paß
Altaku
Nippr
Nebthu
Kizil
Oase
Luxur
Akbitana
STYGIEN
Styx
Tamba
Kheshatta
Sabatea
Bakhr
SÜDLICHE WÜSTE
KARAWANENSTRASSE
Stadt des Set
Gazal
GAZALI
Seyan
GHANATA
Sukhmet
Xuthal
Pteion
Rasht
Zuadsee
APHAKI
TIBU
Menhire
Jeluba
Schwarze Zitadelle
Zarkheba
Tombalku
DARFAR
Bakalah

Prolog

Neg der Ruchlose betrat die Kammern der Toten.

Der modrige, naßkalte Ort paßte zu ihm, da er ein Nekromant war. Wie dunkler Sirup entquoll seine Macht denen, welche nicht mehr unter den Lebenden weilten. Neg verstand sich auf mehr, als nur einfache Totenbeschwörung, daher hielt er in den kalten Kammern unter dem bösen Tempel der Menschen-ohne-Augen Gefangene. Die Menschen nannten Negs behexte Geschöpfe Zombies oder Tote-nicht-Tote. Außerdem spreizten sie die Finger, um das Böse abzuwehren, wenn sie davon sprachen. Der Nekromant lachte über diese Furcht. Die Menschen waren Schafe, und Neg der Schafhirte. Eines Tages würde er über die Lebenden ebenso herrschen wie jetzt über die Nichttoten.

Schatten tanzten auf den rußgeschwärzten Wänden. Der Schein der schwarzen Fackeln in den grün angelaufenen Messinghaltern malte seltsame Muster. Ihr Rauch störte die Spinnen in ihren Netzen. Kein Lebender wagte sich freiwillig an diesen dunklen Ort. Selbst die Augenlosen kamen nur auf Negs Befehl herunter, um die Fackeln und Kerzen zu erneuern. Sie brauchten kein Licht, und die Zombies, die Neg untertan waren, wollten einander nicht sehen. Die Untoten hier hatten nur eine Sehnsucht, die magischen Fesseln abzustreifen, die sie von den Grauen Ländern fernhielten.

Neg lachte. Der Klang hallte in dem verlassenen Korridor wider und brach sich an den Felswänden.

Ohne Zweifel hätten sich die Untoten seiner gastfreundlichen Umarmung gern entzogen. Doch leider konnte er dies nicht zulassen, da sie noch viel zu geben hatten, was er brauchte. Sie hatten den Fluß des Todes schon überquert, als man sie zwang zurückzukehren. Sie wußten Dinge, die normale, lebende Menschen nicht wußten. Durch sie erfuhr auch Neg diese Geheimnisse. Dieses Wissen verlieh ihm, der im Laufe der Jahre in der Schwarzen Kunst große Fertigkeiten erworben hatte, viel Macht.

Eine dunkelbraune Ratte quiekte, als der Zauberer vorbeiging. Er hatte sie beim Fressen eines menschlichen Fingers gestört. Neg fixierte den Nager mit todbringendem Blick. Die Ratte gab noch ein leises, verängstigtes Wimmern von sich, dann brach sie zitternd zusammen. Der nackte, rosafarbene Schwanz zuckte noch einmal, dann war sie tot.

Neg lächelte.

Dann verließ er den dunklen Korridor und betrat eine der Kammern. Dicke schwarze Moderflecken zierten die Wände. Das flackernde Licht erhellte die Dunkelheit nur schwach. Der Geruch des Todes schwängerte die abgestandene Luft. Das Klappern von Negs Stiefeln auf den schmutzigen Steinplatten hallte in dem hohen Verließ.

Neg ging zielsicher durch die Dunkelheit in die Mitte des Raumes. Er holte tief Luft und sog den Moderduft ein, wie andere Menschen Parfüm. Hier war sein Reich!

»Komm!« befahl er. Seine Stimme prallte an den Wänden ab und kam mit ebenso hohlem Klang zurück wie seine Schritte.

In der Dunkelheit bewegte sich etwas. Man hörte Gelenke knacken, im Grab verdorrte Gewänder rascheln und das Wetzen von Leder gegen den Fels. Die Eiseskälte, die Neg einhüllte, wurde schärfer und grub sich wie Eisklauen in seinen Körper hinein, bis ins Mark. Auch das war ein Teil seiner Stärke. Eine leichte Brise wehte durch sein langes Haar. Einst war es rabenschwarz gewesen mit einem bläulichen Schimmer, doch jetzt hatte sich Grau der Locken des Zauberers bemächtigt. Es waren schon fünfhundert Jahre vergangen, seit er das Gesicht eines jungen Mannes im Spiegel gesehen hatte. Doch das spielte keine Rolle, da er schon längst nicht mehr wie andere Sterbliche alterte. Die unsichtbaren Wesen im Verließ kamen näher und bildeten einen Kreis um Neg. Immer näher kamen sie …

»Halt!«

Jedes Geräusch verstummte. Nur Negs Atem durchbrach die Stille des Ortes.

»Wer bin ich?« rief Neg.

Dreißig Stimmen antworteten gleichzeitig. »Meister!« sagten sie leise, matt und lustlos.

»Richtig! Ich bin und bleibe euer Meister, solange ich das für richtig halte. Vergeßt das nie!« Neg machte eine Pause und genoß seine Macht. Schweigen umhüllte ihn wie eine schwarze Wolldecke. Dann ergriff er wieder das Wort. »Wer kennt die Quelle des Lichtes?«

»Ich«, antwortete eine tiefe Männerstimme.

»Tritt näher!«

Schlurfende Schritte auf dem Steinboden.

Neg schnippte mit den Fingern. Es klang wie das Knacken eines trockenen Astes oder Knochens. Eine kleine Flamme stieg von dem geschwärzten Daumennagel auf. Gelbes Licht kämpfte gegen die Finsternis. Der Schein reichte nicht sehr weit. Es langte aber, um die ausdruckslosen grauen Züge eines Toten zu beleuchten. »Halt! Sprich! Warum hat man mir das nicht mitgeteilt?«

Die Lippen des Mannes bewegten sich. Er blickte starr vor sich hin, als sehe er in ein fernes Land. »Geier picken an den Leichen deiner Agenten im Schatten der Großen Mauer von Koth.«

»Bei Sets Schwarzer Hand! Was ist geschehen? Rede schon!«

Die dumpfe Stimme fuhr fort: »Deine Männer erschlugen die khauranischen Männer und brachten den Talisman in ihren Besitz, wie du es befohlen hattest. Aber sie wollten das Gewicht ihrer Börsen vermehren, indem sie den gestohlenen Fetisch einem Magier in der kothischen Stadt Khalis verkauften. Statt Gold wollte der Magier sie mit dem giftigen Extrakt des schwarzen Lotus bezahlen. Es kam zu einem Kampf. Deine Männer starben.«

»Diese Narren! Ich werde sie aus der Gehanna zurückrufen. Danach werden sie mich tausend Jahre lang um den Tod anflehen!« Neg spuckte auf die Steinplatten. Er schäumte vor Wut und zog die mageren Schultern hoch. Diese Männer würden leiden — kein Zweifel! Aber was war mit dem Talisman? Er stellte diese Frage laut.

»Der Magier wurde bei diesem Kampf auch getötet«, erklärte der Zombie. »Die Quelle des Lichtes fiel einem Priester in die Hände und ist jetzt auf dem Weg zum Tempel der Suddah-Oblaten.«

»Nein!«

»Doch.« Über das Gesicht des Toten huschte die Andeutung eines Lächelns.

Neg holte aus einem Beutel am Gürtel eine Handvoll grober weißer Kristalle. Die warf er auf den Zombie. Dem Geriesel folgte eine grelle Flamme aus dem Daumen des Zauberers. Der Zombie stöhnte auf, als die Kristalle sein Gesicht berührten. Immer wenn ein Körnchen traf, zischte und rauchte es, wie wenn bei einem Braten Fett ins Feuer tropft. Der Zombie sank in sich zusammen, als der lebensspendende Zauber durch Negs Zaubersalz von ihm wich.

Der Nekromant funkelte den Leichnam an. »O nein! So leicht kommst du nicht davon! Genieße den kurzen Augenblick in den Grauen Landen, Sklave; denn schon bald werde ich dich abrufen, wenn ich deiner Dienste bedarf!«

Die Flamme an der Hand des Zauberers erlosch unter seinem strengen Blick. Dann ging Neg zum Ausgang. »Aus dem Weg! Schlaft weiter und genießt eure Alpträume!«

Kaum hatte der wütende Magier den Raum verlassen, schlurften die versklavten Zombies müde zurück in die Ecken ihres Gefängnisses. Auf dem Steinboden zischte das Zaubersalz. Eine gelbliche Rauchwolke stieg auf, die nach Schwefel roch. Sehnsüchtig blickten die Zombies auf das verdampfende Salz, das einen unter ihnen befreit hatte. Alle wußten, daß ihre einzige Hoffnung auf Freiheit in der Berührung mit Negs Salz lag. Doch nun war das Salz — und damit die Hoffnung — vergangen.

Reglos stand in der Dunkelheit eine Frau, genannt Tuanne. Im Leben war sie wunderschön gewesen. Dank einer Laune Negs hatte sie auch im Tode ihre Schönheit behalten. Hochaufgerichtet stand sie da. Als einzige hatte sie sich Negs Befehl widersetzt. Ein Salzkörnchen hatte ihre volle, wohlgerundete Brust getroffen und brannte wie eine glühende Nadel, ohne jedoch ihr seidenes Gewand zu beschädigen. Obwohl der Schmerz stark war, gab Tuanne keinen Laut von sich, da die Schmerzen bedeuteten, daß der Zauber, der sie versklavt hatte, nicht mehr wirkte.

Die anderen Zombies verfielen sogleich in ihren Schlaf voller Alpträume, während Tuanne dastand. Viele Fragen schossen ihr durch den Kopf. War das einer von Negs grausamen Tricks? Würde er auf sie warten, wenn sie die Kammer verließ?

Wie konnte dies geschehen? Bisher hatte das Zaubersalz für die Zombies immer den Tod bedeutet? War es möglich, daß eine so winzige Menge nur einen Teil des Zauberbanns zerstörte? War sie wirklich frei?

Nein! Tuanne hielt das für unmöglich. Sie war trotz allem immer noch ein Zombie, nicht tot und nicht lebendig. Seit hundert Jahren schon hielt der böse Zauber sie in diesem Zustand. Alle, die sie im Leben gekannt hatten, befanden sich längst in den Grauen Landen. Ihr hatte man den rechtmäßigen Platz dort versagt. Wie alle Zombies sehnte sie sich nach nichts anderem, als endlich diesen Platz einzunehmen.

Aber wenn es nun doch kein Trick war? Wenn sie tatsächlich der Schlinge entschlüpft war, die sie gefangenhielt? Was konnte sie tun? Neg besaß den Schlüssel zu ihrem Tod. Ein Blick von ihm würde reichen, um sie wieder seiner Herrschaft zu unterwerfen. Aber es mußte doch irgendwie möglich sein, sich völlig aus dem versklavten Zustand zu befreien und auch allen anderen Gefangenen Negs zu helfen!

Tuanne suchte in ihren Erinnerungen, sowohl die ihres Lebens als auch die während ihres kurzen Aufenthalts in den Grauen Landen. Da leuchtete die Antwort wie ein Sonnenstrahl in der Dunkelheit ihrer Gedanken auf: Das war die Lösung! Licht! Die Quelle des Lichtes, nach der Neg suchte, um seine Macht zu vergrößern. Dieser Talisman barg ihre Freiheit und die aller anderen in diesen Verliesen der Hölle. Sie mußte den Fetisch finden und damit sich und die anderen befreien. Ja, das würde sie tun!

Die wunderschöne Zombie ging zum Ausgang und lächelte zum ersten Mal seit hundert Jahren. Sie würde alles tun, was nötig war, um die Quelle des Lichtes zu erlangen.

Alles, was nötig war …

Conan der Herausforderer

Eins

Der junge Mann kam aus dem Norden in das Gebirge, dessen schroffe kalte Felszacken Hyperborea von Brythunien trennen. Er hieß Conan, war hochgewachsen und muskelbepackt, wie man trotz seiner schmutzigen Fellkleidung sehen konnte. Er trug ein schweres Breitschwert aus uraltem gebläuten Eisen, das trotz der Scharten vergangener Kämpfe noch scharf war. Conan hatte die Klinge einem Leichnam abgenommen, was ihn beinahe das Leben gekostet hätte. Wenn er daran dachte, lief es ihm kalt über den Rücken. Diese verwesende Leiche war kein normaler Sterblicher gewesen, und er hatte für dunkle Magie nicht viel übrig. Dabei konnte ein Mann leicht die Seele verlieren.

Ein eisiger Wind blähte Conans lange schwarze Mähne, konnte jedoch das kalte Feuer in den blauen Augen nicht beeinträchtigen. In seinem Geburtsland Cimmerien gehörten solche Eiswinde zum Alltag und wurden als kleine Prüfungen Croms akzeptiert.

Der Cimmerier war schon seit mehreren Tagen unterwegs und hatte sich von Wurzeln, Beeren und einigen mit der Schlinge gefangenen Hasen ernährt. Es war ein harter Marsch, doch nicht so schlimm wie die Zeit davor. Alles war besser als Sklaverei, sogar die Wölfe, die ihn nach seiner Flucht zwei Tage lang verfolgt hatten. Jetzt waren die Wölfe verschwunden. Sollten sie wiederkommen, hatte er immerhin das Schwert.

Mit Adlerblick musterte Conan die Felsen am Wegrand. Endlich hatte er gefunden, wonach er gesucht hatte. Mit diesem Wetzstein konnte er die Scharten in seiner Klinge ausbessern. Von seinem Vater hatte er gelernt: Achte stets darauf, daß deine Klinge scharf und glatt ist. Eine rauhe Schneide kann leicht brechen.

Eine Stunde Arbeit mit dem Stein verlieh dem Schwert wieder Schärfe und Glanz. Conan schwang die Waffe hin und her und lächelte. Als Sohn eines Schmiedes war er mit der Bearbeitung von Bronze und Eisen vertraut. Und diese Klinge war hervorragend ausgewogen und von einmaliger Härte.

Als Conan das Schwert bei dem fast skelettierten Leichnam entdeckt hatte, war ihm eine Idee gekommen. Der Tote hatte keine Verwendung mehr für die Waffe, Conan dagegen schon. Es gab so viele Reiche, die mehr Gold ihr eigen nannten, als sie ausgeben konnten. Ihnen würde es nichts ausmachen, wenn er sie um einen Teil davon erleichterte. Im Süden, in Zamora, sollte es eine Stadt geben, in der viele reiche Kaufleute mit wohlgefüllten Schatzkammern lebten, wie er gehört hatte. Dort müßte ein Dieb ordentlich absahnen können. Daher hatte Conan sich auf den Weg in die Stadt, die Shadizar hieß, gemacht, um diese Theorie zu testen.

Wie weit es bis Shadizar war, wußte der Cimmerier nicht. Er würde einfach so weit nach Süden ziehen, bis er sie fand. Seit er die geheimnisvolle Krypta verlassen hatte, in die er gefallen war, hatte er kein menschliches Wesen gesehen. Und außer den Wölfen nur Hasen, Bären und einen Berglöwen. Leider hatte ihm keines der Tiere eine Wegbeschreibung liefern können. Bei diesem Gedanken lächelte er.

Sein Lächeln war im Nu verschwunden, als er den Schrei hörte. Schnell sprang er auf und hielt das Schwert kampfbereit.

Der Schrei hallte von den Felswänden wider und schien aus der Richtung zu kommen, die er eingeschlagen hatte. Conan war neugierig, aber kein Narr. Die Zeit, die er als Sklave in Gefangenschaft hatte zubringen müssen, hatte seine Tapferkeit nicht gemindert, ihn jedoch vorsichtiger gemacht. Wer immer blindlings losstürzte, war ein Schwachkopf! Und das war Conan, der Cimmerier, bestimmt nicht. Vorsichtig schlich er weiter.

Nach einer Biegung sah er einen Mann in dunklem Gewand, der von fünf Gegnern mit Schwertern, langen Dolchen und Speeren bedrängt wurde. Der Mann stand mit dem Rücken an einer Felswand, die anderen auf dem Abhang davor. Der Mann im Talar kämpfte zwar allein, doch konnten die Feinde ihm nicht in den Rücken fallen.

Conans erster Gedanke war, sich sofort in den Kampf zu stürzen, da hier einer gegen fünf stand. Doch dann hielt er es für besser, erst einmal abzuwarten, wie sich die Dinge entwickelten. Unbemerkt pirschte er sich näher heran.

Einer der fünf Angreifer schwang ein Krummschwert, um es auf den Kopf des Mannes im Talar niedersausen zu lassen. Dieser sprang nach links und traf seinerseits den Angreifer in die rechten Rippen.

Es klang, als fiele eine reife Melone auf Steinpflaster.

Überrascht blinzelte Conan. Der Mann hatte nicht mit einem Schwert, sondern mit einem leicht gekrümmten Holzstab zurückgeschlagen.

Stöhnend krümmte sich der Angreifer, stolperte über einen Kameraden und ließ sein Krummschwert fallen, um sich die schmerzende Stelle zu halten.

Dann stieß der nächste Angreifer mit dem Speer

nach dem Mann im Talar. Wieder war Conan über die Geschwindigkeit verblüfft, mit der dieser den Stoß parierte und aus der Drehung heraus den Gegner auf die Schulter schlug. Conan hörte, wie Knochen knackten.

Der dritte Angreifer schaffte es, seinen Speer dem Mann mit dem Stab zwischen die Beine zu stecken und ihn zu Fall zu bringen. Jetzt stürzten der vierte und fünfte Mann vor, um dem Feind den Garaus zu machen.

Conan stieß einen lauten Schrei aus, um die Männer abzulenken und sprang mit gezücktem Schwert auf sie zu. Die frisch geschärfte Klinge sang in der Luft. Beim Anblick des fellbekleideten Wesens wichen die Männer zurück.

Der Speerträger, der den Mann im Talar zu Fall gebracht hatte, warf die Waffe gegen die Brust des Cimmeriers. Mit einem einzigen Schwerthieb zerschlug Conan den hölzernen Schaft.

Jetzt warf sich ein großer Mann mit dem Dolch auf Conan und schnitt ein Loch in den Pelzumhang. Dabei hinterließ er auch eine blutige Rille auf Conans Hüfte. Wutentbrannt ließ der Cimmerier die scharfe Klinge durch die Luft sausen. Dann bahnte sie sich einen Weg durch das Gesicht des Mannes, quer über die Augen. Blut und Gehirn spritzten auf seinen Nebenmann, als der Unglückliche zu Tode getroffen zu Boden sank. Noch ehe er den felsigen Grund berührte, war seine Seele schon entflohen.

Auch der Mann mit dem Stab war längst wieder auf den Beinen. Als die Angreifer sahen, daß sich ihre Chancen so verschlechtert hatten, gaben sie Fersengeld und ließen den toten Kameraden zurück.

Conan schaute ihnen nach und stieß dabei dicke Dampfwolken in die kalte Luft. Neben ihm stand der

Mann im Talar, den Stab in Brusthöhe und blickte ebenfalls den Flüchtigen nach. Dann steckte er den Stab in den Gürtel und beugte sich zu dem Erschlagenen herab.

»Tot«, erklärte er. Conan hatte den Eindruck, als schwinge ein Ton des Bedauerns in der tiefen Stimme des Mannes mit.

»Gut so«, sagte der Cimmerier. »Ich hoffe, ich habe die richtige Seite gewählt.«

»Das kommt auf den Standpunkt an«, meinte der Mann. »Von meinem aus — sehr wohl.« Er schaute auf den Gefallenen. »Von seinem aus ... Nun, ich glaube nicht, daß er sehr glücklich darüber war.« Dann hielt der Mann Conan die flachen Hände entgegen, um zu zeigen, daß er keine Waffe führte. »Ich heiße Cengh, ein armer Priester der Suddah-Oblaten.« Er war beinahe so groß wie der Cimmerier, mit hellem Haar und kurzem Bart, etwa dreißig Jahre alt.

»Ich bin Conan der Cimmerier und komme aus Hyperborea.«

»Freut mich, Conan! Sag, was veranlaßte dich, meine Partei statt die meiner Mörder zu ergreifen?«

»Fünf gegen einen schien mir ungerecht.« Conan deutete auf den Stab in Cenghs Gürtel. »Hättest du eine richtige Klinge gehabt, hättest du sie vielleicht allein erledigt.«

»Wir halten nichts davon, Menschen zu töten«, sagte Cengh. »Nicht einmal mörderische Bergbanditen.«

»Aber du hast keine Skrupel, ihnen die Knochen zu brechen.«

»Das nicht.«

Conan zuckte mit den Achseln. Für ihn war die Angelegenheit erledigt. Er wollte gehen.

»Warte doch!« rief Cengh. »Wohin willst du?«

»Nach Zamora.«

»Du hast mir das Leben gerettet. Du mußt mir gestatten, mich erkenntlich zu zeigen.«

»Du könntest mir sagen, ob ich auf dem richtigen Weg nach Shadizar bin.«

»Eine verruchte Stadt«, erklärte Cengh. »Voll von Dieben und Huren. Warum willst du dorthin?«

Conan grinste. »Eine rein geschäftliche Sache.«

»Aber du bist verletzt.« Er zeigte auf die Wunde an Conans Hüfte.

»Ein Kratzer. Der heilt schon wieder.«

»Shadizar ist zu Fuß einen Monat von hier entfernt. Ich begebe mich zum Tempel-der-nicht-fällt, dem Zentrum der Suddah-Oblaten. Er ist in zwei Tagen zu erreichen. Komm mit mir! Und sei es nur, um dir unsere Gastfreundschaft zu erweisen und dir neue Kleider zu geben.«

Conans erster Impuls war Ablehnung. Mit Priestern und Tempeln wollte er nichts zu tun haben. Andererseits fielen ihm die Felle schon fast herunter, so zerfetzt waren sie. Hinzu kam, daß die Vorstellung einer warmen Mahlzeit und eines bequemen Bettes ihn nicht gerade anwiderte. Er hatte dem Mann das Leben gerettet und würde an seiner Stelle sich auch gern erkenntlich zeigen. Ein Mann beglich seine Schulden. Es war nur recht und billig, dem Priester Gelegenheit zu geben, seine Dankbarkeit zu zeigen.

»Nun gut! Ein paar Tage Ruhe werden auch nicht schaden.«

Die beiden setzten ihren Weg fort. Er führte durchs Gebirge. Cengh erklärte Conan, daß die Kenzankian-Bergkette an den gesamten östlichen Grenzen von Brythunien und Zamora bis Khauran hin verlief. Hatte man die Gipfel zwischen Hyperborea und Brythunien überwunden, konnte man auf einem von Norden nach Süden verlaufenden Pfad leichter vorwärtskommen als auf den Schneefeldern.

Conan war neugierig bezüglich Cenghs Kunst beim Einsatz des Stabes und befragte ihn dazu.

Der Priester lächelte. »Wir sind zwar gegen jegliche Gewalt, doch gibt es manchmal unglücklicherweise Gelegenheiten, bei denen man nicht ohne auskommt. Wilde Tiere hören selten auf Vernunftgründe. Und es gibt Menschen, die nicht viel besser als diese Tiere sind. Die Stifter unseres Ordens waren Pragmatiker und ersannen einige Formen des Schutzes. Daher haben wir Waffen — Stöcke, Stäbe, bestimmte Netze oder Seile. Doch bemühen wir uns, auch diese nicht zu benutzen.«

Der Pfad stieg steil an. Conan mußte sich konzentrieren, um nicht auf dem glatten eisbedeckten Felsen auszurutschen. Als sie dann wieder ebenes Gelände erreicht hatten, fragte er: »Wie könnt ihr damit jagen?«

»Wir jagen nicht. Wir essen weder Fleisch noch Geflügel. Nichts mit warmem Blut, nur Fisch.«

Conan schüttelte den Kopf, schwieg aber. Kein Fleisch? Wie konnte ein Mann sein Blut rot erhalten ohne Fleisch? Er hatte zwar in letzter Zeit auch kein Fleisch gegessen; aber nicht weil er keinen Appetit darauf gehabt hatte. Dennoch kam ihm Cengh als durchaus vollwertiger Mann vor. Das hatten die beiden Banditen, die ihn angegriffen hatten, auch festgestellt.

»Im übrigen bin ich noch ein Novize mit dem *fimbo*«, sagte Cengh und klopfte auf den Krummstab. »Im Tempel-der-nicht-fällt lebt der Oblate Kensash.

Er zählt fünfundsechzig Winter und hat schlohweißes Haar, doch er kann *wirklich* damit umgehen.«

Conan nickte. Als Krieger freute er sich darauf, das zu sehen.

Die beiden waren noch eine Tagesreise vom Tempel-der-nicht-fällt entfernt, als sie ihn schon erblickten. Conan verstand sofort, warum man ihm diesen Namen gegeben hatte. Auf einer unglaublich dünnen Bergspitze stand ein massives Bauwerk aus Stein. Es wirkte wie eine hochbeladene Obstschale auf einem Strohhalm. Conan lief es kalt über den Rücken. Kein normales Bauwerk konnte sich so halten. Und für den jungen Cimmerier stand alles, was nicht natürlich wirkte, mit Magie in Verbindung. Davon war er so überzeugt, wie von der Tatsache, daß das antike Atlantis von den Meeren verschlungen worden war.

Cengh lächelte beim Anblick des Tempels. Conan wollte seine Furcht vor diesem Mann verbergen und bemühte sich um ein ausdrucksloses Gesicht.

Der Pfad wurde immer steiler. An manchen Stellen hörte er ganz auf, und sie mußten klettern. Für den Cimmerier war das eine Kleinigkeit. Als Cengh Conans Geschicklichkeit lobte, sagte dieser:

»In Cimmerien schicken wir Kinder zum Brennholzsammeln steilere Berge hinauf.« Das entsprach zwar nicht ganz der Wahrheit, da nur wenige Eltern ihre Kinder der Gefahr abzustürzen aussetzten, doch kletterten viele Kinder von sich aus in den Felsen herum. Auch Conan hatte das als Junge oft getan.

Jetzt hatten die beiden wieder ein flacheres Stück erreicht. Cengh blieb plötzlich stehen und lauschte.

Auch Conan strengte die Ohren an. Vor ihnen erhob sich eine Art Pyramide aus aufgetürmten großen

Felsbrocken, die oben unter einer leichten Schneedekke lagen, während der Fuß von dunkelgrünem Gebüsch verdeckt wurde. Der Pfad wand sich nach links. Conan lauschte, hörte aber nur den Wind um die Felsen heulen, dann das Krächzen eines Vogels, sonst nichts — oder doch? Da war noch etwas, ein hohes Rasselgeräusch. Der Cimmerier hatte ein ähnliches Geräusch einmal in der Wüste gehört, als sich eine Schlange seitlich durch den Sand dahinbewegte. Als sie Conan angriff, hatte er ihr den Kopf mit einem Stein flachgeklopft und dann den Ursprung des Rasselns entdeckt: Am Schwanz der Schlange befand sich eine Reihe von Hornkammern mit winzigen Perlen darin.

»Ist das eine Schlange?« fragte Conan.

»Schlimmer«, antwortete Cengh und griff nach seinem Stab.

Im nächsten Moment sah Conan, was der Priester meinte.

Hinter den Felsen tauchte ein Ungeheuer auf, wie Conan noch nie eines gesehen hatte. Es war etwas größer als der Cimmerier und hatte zwei Arme und zwei Beine. Eine Art Reptil mit graugrünen Schuppen und einem langen Schwanz, so dick wie Conans Oberschenkel am Ansatz, hinten so dünn wie sein kleiner Finger. Das Gesicht glich dem einer Eidechse, mit Nasenschlitzen, gelben Augen und seltsam gespitzten dicken Lippen, als wolle es pfeifen. Oben auf dem Kopf saßen die Rasseln, die bei jeder Bewegung klapperten. Die kurzen Arme liefen in drei Klauen aus. Das Biest schien zu lächeln. Dabei sah man die spitzen Zähne, die so groß waren wie ein Kinderdolch.

»Das ist ein Speisaurier«, beantwortete Cengh Conans unausgesprochene Frage. »Sei vorsichtig, daß er dich nicht anspuckt!«

Ohne das Scheusal aus den Augen zu lassen, zückte Conan sein Schwert. »Greift er auch einen bewaffneten Mann an?«

»O ja! Er greift auch fünfzig Bewaffnete an. Diese Ausgeburt der Hölle tötet aus reinem Vergnügen, nicht nur um zu fressen.«

»Wie schnell ist er?«

Der Speisaurier hörte auf zu lächeln und spitzte wieder die Lippen.

»Zu schnell, um ihm davonzulaufen«, sagte Cengh.

Das Biest peitschte mit dem Schwanz und schob sich näher.

Conan packte den Ledergriff seines Schwertes fester. »Geh nach links!« befahl er. »Ich nehme die rechte Seite.«

Doch ehe die beiden Männer sich bewegen konnten, schnellte der Saurier in großen Sprüngen, wie ein riesiger Hase, auf sie zu, wobei er mit dem Schwanz das Gleichgewicht behielt.

Schnell war das Ungeheuer! Das stimmte! Conan konnte sich gerade noch auf die Seite werfen, als der Saurier einen stinkenden giftgrünen Strom auf die Stelle spuckte, wo der Cimmerier gestanden hatte. Als die flüssige Lanze auf dem felsigen Boden auftraf, stieg aus dem schleimigen Auswurf dunkler Rauch auf.

»Crom!« Conan schwang das Schwert, als das Biest an ihm vorbeisauste. Aber die beißenden Giftdämpfe verlangsamten sein Reaktionsvermögen. Statt dem Speisaurier den Kopf zu spalten, hackte er ihm nur die Schwanzspitze ab.

Doch auch darüber war das Monster nicht glücklich.

Es schrie wie ein Kind, das einen heißen Kessel berührt. Dann wirbelte es herum und sandte einen weiteren Strom giftgrünen Speichels gegen seinen Peiniger.

Conan duckte sich. Der leuchtendgrüne Schleim verfehlte ihn um Haaresbreite.

Wieder drehte der Speisaurier um und holte tief Luft. Conan war sicher, daß er die nächste Speichelladung vorbereitete.

»*Hai!*«

Cenghs Schrei folgte ein dumpfes *Peng,* als sein Stab auf die Wirbelsäule des Ungeheuers niederging.

Der Saurier hustete und spuckte einen etwas dunkelgrüneren Sprühregen aus. Conan spürte ein Brennen auf dem Gesicht und den bloßen Armen und brachte sich mit einem Riesensatz in Sicherheit.

Jetzt stürzte sich das Ungeheuer auf Cengh und holte wieder tief Luft.

Conan sprang vor und führte mit dem Schwert einen flachen bogenförmigen Streich. Die frisch geschärfte Klinge durchschnitt die Schuppenhaut, wurde langsamer, als sie zwischen zwei Wirbeln hindurchglitt, und kam auf der anderen Halsseite wieder hervor. Blut schoß hervor, als der Kopf des Speisauriers vom Rumpf getrennt zu Boden fiel. Dann zitterte der mächtige Körper, machte noch einen Satz und kippte um.

Der junge Cimmerier betrachtete staunend das tote Scheusal. Wenn die Priester wußten, daß diese Biester in den Bergen lauerten, und trotzdem nur mit Stöcken bewaffnet herumliefen, mußten sie entweder sehr tapfer oder sehr töricht sein. Vielleicht auch beides.

Zwei

»Schnee!« rief Cengh.

Conan starrte den Priester an. Hatte der Mann den Verstand verloren?

»Eile hinüber zum Schnee auf den Felsen!« befahl Cengh. »Lauf!«

Zuerst dachte Conan, der Speisaurier habe einen Gefährten oder daß die Biester sich vor Schnee fürchteten. Doch Cengh nahm zwei Hände voll des krustigen Firns und wollte sie Conan ins Gesicht reiben. Der junge Cimmerier trat einen Schritt zurück und hielt die blutverschmierte Klinge hoch. »Was soll der Unsinn?«

»Das Gift des Sauriers«, erklärte Cengh. »Wir müssen es dir von der Haut abwaschen. Selbst eine kleine Dosis bewirkt Krankheit oder Tod.«

Conan dachte an das Brennen, das er gespürt hatte, als das Ungeheuer ihn angehustet hatte. Er steckte das Schwert in den Boden und scharrte Schnee zusammen. Damit rieb er sich das Gesicht ab. Blut schoß in die Wangen, als die harten Kristalle über seine Haut schabten.

Nach drei Behandlungen war Cengh zufrieden. Dann zeigte er auf eine rauchende Stelle auf der Schulter in dem Fellumhang, den Conan trug. »Die Stelle mußt du herausschneiden, sonst frißt es sich bis auf die Haut durch.«

Conan griff nach dem Schwert, doch Cengh holte bereits ein kleines Messer heraus, das ähnlich einem Zahn eine gekrümmte Klinge hatte. »Hier, nimm das!«

Der Cimmerier nahm das Messer, testete die Klinge mit dem Daumen und nickte. Scharf wie ein Rasiermesser. Im Nu war die verseuchte Stelle herausgeschnitten.

Cengh untersuchte danach Conans Gesicht noch einmal sorgfältig. »Es müßte gut sein«, erklärte er. »Ein konzentrierter Spritzer des Giftes ist fast immer tödlich; aber du scheinst nur einen Sprühregen abbekommen zu haben.«

Conan benutzte das herausgeschnittene Fellstück, um sein blutverschmiertes Schwert zu reinigen. Als er Cengh das Messer zurückgab, meinte er: »Gegen Messer hat dein Orden anscheinend nichts.«

Cengh lächelte und steckte das Messer in den Talar zurück. »Wurzeln müssen geschnitten und manches Obst geschält werden.«

Conan lächelte nicht zurück. Diese Oblaten waren vielleicht friedlich, aber auch durchaus gefährlich, wenn jemand so töricht war, ihre Friedfertigkeit auszunutzen.

»Gibt es noch mehr solche Ungeheuer?« Conan deutete auf den toten Speisaurier.

»Hier kaum. Sie sind Einzelgänger und bodenständig.«

»Wenn ich mir so die Gegend ansehe, dazu die Banditen und Ungeheuer — ich nehme an, daß dein Orden von Besuchermassen nicht sehr heimgesucht wird, oder?« meinte Conan trocken.

»Stimmt«, lautete die lakonische Antwort.

Bei näherer Betrachtung wirkte der Tempel-der-nicht-fällt weniger magisch, als Conan dachte. Die Felsnadel, auf dem die Hauptgebäude standen, war dicker, als sie aus der Ferne ausgesehen hatte. Jetzt konnte der Cimmerier erkennen, daß starke Stützpfeiler von der Felsnadel zur Basis der von Menschenhand errichteten Gebäude führten. Die Bogen in diesen Pfeilern verstärkten das Ganze noch. Vielleicht war es doch nur eine geniale Konstruktion und doch keine Zauberei, die den Tempel dort oben hielt. Allerdings ganz ausschließen konnte man letzteres nicht. Der Tempelkomplex war so groß wie eine kleine Stadt.

Der Priester und der Cimmerier stiegen die engen Stufen hinauf, die aus dem Fels gehauen waren. Das Tor hatte dreifache Mannsgröße und war aus starken Holzbohlen gebaut, die in die Mauer eingelassen waren.

Vor dem Tor rief Cengh den Wachposten an.

»Ho! Gestattet der Tempel einem seiner Kinder Eintritt?«

Ein Gesicht unter einer Kapuze tauchte auf der Mauer auf und schaute herab. »Welches Kind ist es?« rief der Mann.

»Cengh der Bote!« erwiderte Conans Begleiter und schob die Kapuze nach hinten, damit man das Gesicht sah.

»Ho, Cengh! Willkommen! Wer ist der junge Hüne neben dir?«

»Das ist Conan der Cimmerier. Ihm verdanke ich mein Leben.«

»Nun, dann sei auch willkommen, Conan aus dem fernen Cimmerien.«

Der Mann verschwand. Gleich darauf schwang ein Türflügel nach innen auf. Die schweren Eisenangeln quietschten. Das Holz war so dick wie Conans Brust. Sogleich schlugen dem Cimmerier die verschiedensten Gerüche entgegen, von Menschen, Tieren und Speisen. Wie lange war er jetzt schon der Zivilisation fern?

Der Tempel mit den vielen Häusern und Straßen

sollte eigentlich ›Stadt-die-nicht-fällt‹ heißen, fand Conan.

Cengh winkte den mit Talaren bekleideten Gestalten im Vorübergehen zu. Sie lächelten und winkten zurück. Conan stellte bald fest, daß es hier nur Männer gab. Es spielten zwar hier und dort auch Kinder, doch nur Knaben. Er sprach darüber mit Cengh.

»Ja«, erklärte dieser. »Frauen ist der Zutritt zum Tempel nicht gestattet. Wir sind ein Orden mit Zölibat.«

Conan dachte kurz nach.

»Wie macht ihr dann die Kinder?«

Cengh lachte. »Die machen wir nicht selbst. Unsere Altardiener kommen aus dem ganzen Land zu uns.«

»Warum?«

»Hier lebt es sich gut, vor allem für die Kinder der Armen. Wir bieten ihnen Essen, Unterkunft, Kleidung, Glauben und Wissen.«

»Aber keine Frauen.«

»Nicht jeder Mann ist als Priester geeignet.«

»Stimmt«, sagte Conan. Für ihn wäre ein Leben ohne Frauen und nur Wurzeln als Essen keineswegs verlockend gewesen.

Als die beiden an einer Gruppe vorbeikamen, die Obst in einem Korb begutachtete, entdeckte Conan ein auffallend weiches, beinahe mädchenhaftes Gesicht unter einer Kapuze.

Doch nicht alle Kapuzenträger musterten den Barbaren wohlwollend. Einige Knaben kicherten und deuteten auf sein schäbiges zerfetztes Pelzgewand. Nun, von denen hatte bestimmt keiner gegen Leichen und Wölfe gekämpft und war aus der Sklaverei geflohen!

»Beachte sie nicht, Conan«, sagte Cengh. »Sie können den Wert eines Mannes noch nicht richtig einschätzen. Sie müssen noch viel lernen.«

»Wenn sie so lange leben!« Conans Stimme war ein dumpfes Grollen.

Eine meckernde Ziege rannte vorbei, verfolgt von einem fetten Priester, welcher schrie: »Halt! Ich habe schon deine Schwester und ihre Milch verloren. Komm zurück, du dummes Vieh!«

Conan lachte. Sein Ärger war wie weggeblasen.

Cengh führte den Cimmerier zu einem Bau aus weißen, glatt behauenen Steinen. Darinnen war ein Schwimmbecken in den Boden eingelassen. Warmer Dampf stieg von der Oberfläche des klaren Wassers auf. Ein frischer, scharfer Duft stieg Conan in die Nase.

»Vielleicht möchtest du baden«, sagte der Priester.

Der junge Cimmerier nickte. Heißes sauberes Wasser! Da konnte er den Schmutz der Reise und den Gestank der Fellkleidung loswerden!

»Ich lasse dir Kleidung bringen. Sobald ich meine Meldung überbracht habe, werde ich auch in das Minzebad steigen.«

Conan nickte und zog sich aus. Das Schwert legte er am Beckenrand nieder. Dann stieg er ins Wasser. Welch ein Vergnügen! Das Wasser war so heiß, daß er Gänsehaut bekam. Er setzte sich und entspannte sich in dem heißen Wasser, das ihm bis ans Kinn reichte. Dann schloß er die Augen. Ah …

Als Cengh sich zu den Gemächern des Obersten Oblaten begab, merkte er nicht, daß eine der Gestalten im Talar ihm besondere Aufmerksamkeit widmete. Sie unterschied sich in nichts von den anderen, die mit allerlei Arbeiten beschäftigt waren. Doch dieser Mann war eine Fälschung. Unter dem grauen Talar steckte ein Mann, der Skeer hieß und schon viele Berufe ausgeübt hatte: Dieb, Straßenräuber, Spion, Meuchelmörder — doch nie Priester. Seine Anwesenheit im Tempel-der-nicht-fällt war das Ergebnis sorgfältiger Planung, unterstützt von den Mächten bösen Zaubers.

Skeer wurde von Neg bezahlt, dem Meister der Schwarzen Kunst.

Skeer war ein hervorragender Geheimagent. Dazu trug nicht nur seine langjährige Erfahrung bei, sondern vor allem sein Gesicht, das vor Unschuld und Ehrlichkeit einfach strahlte. Einige behaupteten, daß Skeer dabei erwischt werden könnte, wie er einen fetten Kaufmann mit mehreren Messerstichen erledigte, aber man ihm glauben würde, daß er lediglich seinen Dolch reinigen wollte. So überzeugend wirkte seine Unschuld.

Cengh war für seinen Verfolger keine Herausforderung. Ab und zu blieb Skeer stehen und tat so, als bände er sich die Sandale oder betrachte etwas in einem Laden. Eigentlich tat er das aber mehr, um in Übung zu bleiben. Cengh blickte nicht einmal in die Richtung seines Beschatters. Dieser Narr!

Dann betrat der Priester ein Gebäude, um seine Meldung zu überbringen. Negs Agent wußte nicht wem, doch war es von ungeheurer Wichtigkeit, daß er diese Nachricht mithörte. Also schlich er hinterher. Seinen Quellen nach mußte Cengh lebenswichtige Informationen haben. Wenn Skeer diese verpaßte, würde der Erfolg seiner Mission hinausgezögert. Und Neg würde über diese Verzögerung keineswegs entzückt sein. Auf keinen Fall wollte Skeer sich den Zorn des Nekromanten zuziehen.

Bei diesem Gedanken lief es ihm kalt über den Rükken.

Daher geschah es, daß Cengh seine überaus wichtige Botschaft nicht nur dem Obersten Oblaten ausrichtete, sondern ihn dabei noch unbefugte Ohren belauschten. Ein Lächeln huschte über Skeers Gesicht, das so engelgleich war, daß selbst die Mutter eines von ihm grausam ermordeten Opfers Schwierigkeiten hätte, diesen Goldjungen nicht zu mögen.

Hinter einem Schafsstall hob Skeer seinen breitklingigen Kurzdolch über der Brust einer fest verschnürten Ziege. Der fette Priester würde sein Tier nie wiederfinden, jedenfalls würde es nie wieder Milch geben. Diese Ziege war für eine höhere Aufgabe bestimmt.

Skeer stieß dem Tier den Dolch mitten ins Herz. Blut schoß heraus. Mit beiden Händen fing er es auf. Dann hob und senkte er dreimal die Hände, wie es der Zauber verlangte, und sang die Formel, die Neg ihm eingebläut hatte:

»Durch Wärme, die erkaltet,
Durch Leben, das stirbt,
Durch das Graue Jenseits,
Suche ich die Verbindung!«

Skeer schleuderte das Blut in die Höhe und zeichnete mit dem blutigen rechten Zeigefinger das Zauberzeichen, das Neg verkörperte, auf das linke Handgelenk. Vor ihm schien die Luft sich zu verdichten und zu schimmern. Der Mann zitterte. Er hatte es zwar schon mehrmals getan, aber es war jedesmal schlimm. Ihm wurde eiskalt, als tauche man ihn in geschmolzenen Schnee.

»SPRICH!« Die Stimme kam aus der wabernden Luft vor ihm. Sie war laut und mächtig, obwohl körperlos.

»Ich habe die Einzelheiten über das Eintreffen dessen, was du suchst, Herr.«

»ETWAS ANDERES HABE ICH NICHT ERWARTET! WANN?«

»In drei Tagen, Herr.«

»GUT! ENTTÄUSCHE MICH NICHT, SKEER!«

»Niemals, Herr.«

Die Luft zitterte ebenso stark wie der Mann, der sie anstarrte. Eine Sekunde später war alles wieder wie vorher. Skeer holte tief Luft und atmete ganz langsam aus. Der Gedanke an einen Fehlschlag schoß ihm kurz durch den Kopf. Schnell jagte er ihn fort. Besser, an so etwas gar nicht denken!

Einer der Männer-ohne-Augen blieb vor Neg stehen. Der Nekromant betrachtete sein Gesicht. Der Name war nicht ganz zutreffend, da seine Diener Augen *hatten*. Die Augäpfel waren ganz weiß, und Wolken schwebten, darin umher, daß jeder normale Mensch bei diesem Anblick glaubte, den Verstand zu verlieren. Sehen konnten die Geschöpfe natürlich nicht. Aber es gab ja gewisse Entschädigungen für Blindheit.

Neg lächelte und sagte zu dem Wesen vor ihm: »Bereite das Gemach vor! Innerhalb eines Mondes werde ich haben, was ich brauche, um es zu erregen.«

Der Augenlose nickte, verbeugte sich und verließ lautlos Negs Gemach.

O ja, dachte Neg, Skeer hat die Verschlagenheit eines Wiesels, ebenso dessen Treue und Moral; aber er würde tun, was ihm aufgetragen war, weil er sich fürchtete. Und das mit gutem Grund. Bald! Bald!

Ein Knabe brachte Kleidung zum Becken, wo Conan badete. Der Cimmerier war mit der Auswahl zufrieden. Er hatte schon befürchtet, Cengh würde ihm einen Priestertalar schicken. Nein, diese Sachen waren von hervorragender Qualität und für normale Sterbliche. Da lagen seidene Unterhosen, Lederhosen, Sandalen mit dicker Sohle und Lederbändern, die bis zum Knie reichten, eine Tunika aus weichem Leder, sogar ein Gürtel und eine Börse, letztere allerdings leer, wie der Cimmerier sogleich feststellte. Alles lag auf einem dicken Handtuch.

Conan verließ das Becken, trocknete sich ab und zog sich an. Bei Crom! Die Sachen paßten sogar!

Er schnürte gerade die zweite Sandale, als Cengh zurückkam. Der Priester nickte Conan zu, dann zog er sich aus und stieg in das heiße, duftende Wasser.

»Ah! Den Göttern sei Dank für heißes Wasser!«

Conan nickte. Auch er fühlte sich viel besser.

Cengh sagte: »Wenn du mir einen Moment Zeit gibst, den Reisestaub abzuspülen, finde ich sicher jemanden, der uns etwas zu essen bringt.«

Wieder nickte der junge Cimmerier. Der Gedanke an Essen war ihm höchst willkommen. »Wie halten es die Oblaten mit dem Trinken der Erzeugnisse der Trauben?«

Der Priester lachte. »Wein? Aber natürlich! Wir sind doch keine Barbaren ...« Cengh brach ab. »Ich wollte dich nicht beleidigen, Conan.«

»Das ist keine Beleidigung. Auch Barbaren haben den Wein erfunden.«

»Aber Priester sind im Trinken Experten geworden«, sagte Cengh. »Das werde ich dir beweisen.«

Der Tempel der Männer-ohne-Augen lag auf einem dunklen Berghang nahe dem Punkt, wo Corinthien, Brythunien und Zamora aneinanderstießen. Der Wald am Fuß des Berges war düster und naßkalt, da hier der Regen häufiger und stärker niederging als auf das umliegende Land. Heftige Gewitter mit Blitz, Donner und Hagel wüteten hier.

Durch diesen dunklen Wald, mitten in einem schrecklichen Sturm, entfloh Tuanne der Schreckensherrschaft Negs. Obgleich sie nicht wie Sterbliche lebte, standen ihr keine besonderen Kräfte zur Verfügung, sich gegen den schlammigen Boden oder die eiskalten Regenschauer zu schützen. Blitze flammten auf gefolgt von Donnerschlägen, als die wunderschöne Zombiefrau von ihrem ehemaligen Gefängnis fortlief. Das lange rabenschwarze Haar klebte ihr auf Stirn und Rücken, das leichte Gewand hatten Dornenranken an vielen Stellen zerfetzt. Ihre normal schon geringe Körpertemperatur war durch die Kälte noch mehr gesunken. Tuanne hatte das Gefühl, als seien ihre Glieder, Wangen und Brüste aus Eis gemeißelt. Die törichten Menschen, die glaubten, Zombies spürten keinen Schmerz, hatten keine Ahnung!

Tuanne wußte nicht, wohin sie lief. Sie wußte nur, daß der Talisman, den sie suchte, sie rief und sie wie an einer Schnur in eine bestimmte Richtung zog. Wenn sie sich abwandte, verstärkte sich das Ziehen. Die Quelle des Lichtes und ihre Rettung lag in *dieser* Richtung, nach Nordosten. Dorthin wollte sie laufen und erst dann ruhen, wenn sie den Ort erreicht hatte, wo sich der Talisman befand. Sie würde ihn nehmen und damit auf irgendeine Weise ihre Brüder und Schwestern aus der Gefangenschaft des Nekromanten befreien. Irgendwie.

Wieder zuckte ein Blitz herab und spaltete eine Fichte neben ihr. Tuanne stürzte und zerriß ihr Kleid noch mehr. Donner und Blitz kamen jetzt fast gleichzeitig. Tuanne war es gleichgültig, daß jetzt noch mehr ihres elfenbeinenen Körpers zu sehen war. Sie würde ein neues Gewand finden. Sie hatte ein Ziel, auf das sie hundert Jahre schon wartete. Sie würde alles ertragen, um es zu erreichen.

Drei

Conan folgte Cengh in die große Halle, voll von Oblaten in Talaren. Bis auf den Recken aus Cimmerien waren alle gleich gekleidet, sogar die Diener. Bad und neue Kleidung hatten das Wohlbefinden des jungen Barbaren gestärkt, doch die Vorstellung von Beeren und Wurzeln entzückte ihn weniger. Was soll's! Er hatte gelernt, mit dem zurechtzukommen, was vorhanden war.

Cengh fand zwei leere Plätze auf einer der langen Holzbänke. Sie setzten sich. Conan lehnte sein Schwert gegen den Tisch, da er keine Scheide hatte. Seine Adleraugen hatten bereits festgestellt, daß er der einzig Bewaffnete in der Halle war. Zumindest der einzige mit sichtbarer Waffe. Er dachte an Cenghs Messer und überlegte, was wohl alles in diesen Talaren verborgen war.

Conans Gedanken wurden von einem Diener unterbrochen, der einen irdenen Krug und zwei Messingbecher auf den Tisch stellte.

Cengh schenkte den Wein ein und bot Conan einen Becher. Der Cimmerier setzte das kalte Messinggefäß an die Lippen und legte den Kopf zurück. Der Wein rann ihm durch die Kehle.

»Der ist gut«, stellte er fest. In der Tat war es der beste Wein, den er je getrunken hatte.

Cengh lächelte und füllte den leeren Becher aufs neue. »Ab und zu gelingt uns ein recht trinkbarer Jahrgang.«

Ein zweiter Diener brachte eine dampfende Platte und setzte sie Conan vor. Etwas mißtrauisch beäugte er die kleinen Fische darauf, die allerdings köstlich dufteten.

Cengh holte sein Messer hervor und schlitzte einen Fisch am Rücken auf. Dann löste er die Gräte heraus und legte sie auf den Rand der Platte. »So ist es am leichtesten«, erklärte er dem Barbaren. »Die Fische stammen hier aus der Gegend. Es ist sinnvoll, die Gräten herauszulösen, damit sie einem nicht im Hals steckenbleiben.«

Conan nickte. Er hatte den Trick verstanden und packte einen Fisch mit den Fingern. Dann holte er mit dem Daumennagel die Hauptgräten heraus und steckte eine Hälfte des Fisches in den Mund.

»Hm, schmeckt wirklich gut!« meinte er. Der Fisch war köstlich. Langsam verstand er, wie die Priester auch ohne Fleisch überleben konnten. Das war köstlich und keineswegs nur Wurzeln und Beeren, wie er befürchtet hatte.

Conan und Cengh entwickelten einen gesegneten Appetit. Nach der zwölften Fischplatte war Conans Hunger fürs erste gestillt. Es gab auch genügend Wein, um die Kehle zu befeuchten. Zivilisation hatte schon gewisse Vorzüge, wie er zugeben mußte.

Skeer saß einige Tische entfernt, in der Nähe einer der Fackeln, die den Speisesaal erleuchteten. Er aß methodisch. Essen war für ihn notwendige Nahrungsaufnahme, kein Vergnügen. Auch am Trinken hatte er keine Freude. Nein, Skeers leidenschaftliche Zuwendung galt zwei Dingen: Frauen und dem Rauchen des Hanfs. Keines von beiden gab es im Tempel-der-nicht-fällt.

Gelegentlich warf Skeer einen Blick auf den Priesterboten und seinen barbarischen Begleiter. Dessen fehlende Tischmanieren stießen ihn ab. Er hätte ihn mit völliger Verachtung bestraft, wenn dieser Barbar nicht so wachsam gewirkt hätte. Diese Wilden schenkten ihrer Umgebung viel mehr Aufmerksamkeit als zivilisierte Menschen. Der Spion wäre diesem Muskelprotz nur ungern nachgeschlichen. Diese kalten blauen Augen waren sehr scharf. Selbst die kurzen Blicke Skeers lösten eine instinktive Reaktion in ihnen aus. Dieser Barbar wußte, daß er beobachtet wurde. Da war der Spion sicher.

Skeer widmete sich wieder dem Essen. Der Barbar war schließlich ohne Bedeutung, der Priesterbote jetzt auch nicht mehr. Was der Agent Negs des Ruchlosen herausbringen mußte, wußte er. In ein paar Tagen würde seine Mission hier erledigt sein. Danach würde Negs Belohnung ihm ermöglichen, so viele Frauen und Hanf zu kaufen, wie er nur wollte. Das war doch etwas, auf das man sich freuen konnte, fand Skeer.

Conan wachte bei Morgengrauen auf. Die Unterkunft, die Cengh ihm besorgt hatte, bot zwar keinen Luxus; aber der Strohsack war fest und frei von Ungeziefer, die Decken waren warm. Er blickte durch das kleine Fenster und sah, daß schon viele Priester auf den engen Straßen unterwegs waren, obwohl der Hahn noch nicht gekräht hatte.

Der junge Cimmerier streckte sich und begab sich in den Speisesaal. Anscheinend gab man hier keine Münzen für das Essen oder Trinken. Conan überlegte, wie gut dieses Gemeinschaftsleben wohl funktionierte.

Auf den Tischen standen Schüsseln mit Käse, gekochten Eiern, allerlei Obst und Schwarzbrot. Conan bediente sich und spülte alles mit dem hervorragenden Wein des Ordens herunter. Danach fühlte er sich frisch und munter, bereit den Marsch nach Zamora fortzusetzen.

Am Eingang des Saales traf er Cengh. Der Priester brachte eine Lederscheide. »Ach, schon auf! Hast du schon gefrühstückt?«

»Gerade fertig!«

»Gut! Ich dachte, darin kannst du dein Schwert leichter mitnehmen.« Er reichte Conan die Lederscheide.

Der Cimmerier nahm die Scheide und untersuchte sie. Sie war aus rauhem, irgendwie buckligem Leder, dreifach genäht und dick gefüttert. Conan steckte das Schwert hinein und zog es schnell wieder heraus. Das Leder zischte, behinderte aber die Klinge nicht. Eine wirklich gute Arbeit. Das sagte er auch Cengh. Dann kam ihm ein Gedanke.

»Wie seid ihr an dies Leder gekommen, wenn euer Glaube euch das Töten von Tieren verbietet?«

Cengh lächelte und nickte. »Nun, du selbst hast es besorgt.«

Conan betrachtete nochmals das Leder. Irgendwie kam es ihm bekannt vor. Dann kam ihm die Erleuchtung. »Der Speisaurier!«

»So ist es.«

»Aber den habe ich doch erst vor zwei Tagen getötet.«

»Seine Haut wurde hergeholt und verarbeitet. Wir töten nicht, wenn es sich vermeiden läßt; aber wir vergeuden auch nichts.«

»Wie kommt es, daß die Haut so schnell gegerbt ist?«

»Wir haben da — ein spezielles Verfahren.«

Zauberei hörte Conan aus diesen Worten. Er ließ die Frage fallen und sagte: »Meiner Meinung nach sind wir quitt, Cengh.«

»Ich schätze mein Leben höher ein als das, was ich dir gab; aber ich billige deine Meinung, Conan aus Cimmerien.«

»Dann mache ich mich auf den Weg.«

»Vielleicht möchtest du vorher noch unser Waffentraining sehen.«

Conan überlegte. Zamora konnte sicher noch ein oder zwei Tage warten. Er war jung und neugierig, außerdem hatte ihn Cenghs Fertigkeit mit dem Stab schwer beeindruckt. »Ja, das sähe ich mir gern an.«

»Dann komm!«

Conan steckte das Schwert in die Lederhülle und folgte Cengh.

Der Mann war alt, Haar und Bart schneeweiß; aber er stand hochaufgerichtet da in seinem grauen Talar. Vor ihm ein Mann, der mindestens vierzig Winter weniger zählte. Beide Männer hielten kurze Holzstöcke mit beiden Händen. Die Spitzen der Stöcke zeigten auf die Kehle des jeweiligen Gegenübers. Der Jüngere war sehr muskulös, was man leicht sehen konnte, da er nur einen Lendenschurz trug.

Der junge Mann tänzelte hin und her, kam auf Armlänge an den Alten heran und hüpfte leichtfüßig wieder zurück.

Conan hatte einmal ein schlangentötendes Nagetier gesehen, das jemand aus dem fernen Vendhya nach Cimmerien gebracht hatte. Der Besitzer hatte das rattenähnliche Tier in eine Grube mit einer Kobra gesetzt, deren Biß sofortigen Tod bedeutete. Dieser junge Mann umtänzelte den Alten wie die Ratte um die Schlange. Damals war die Schlange am Ende getötet worden.

Der Alte verlegte sein Gewicht nur so viel, daß er den Jungen stets im Auge hatte. Seine Bewegungen waren sparsam und zielsicher.

Hätte man Conan gefragt, hätte er auf den Sieg des Jüngeren gewettet. Er war schneller, zweifellos stärker und viel angriffslustiger. Seinen Bewegungen nach war ihm diese Kampfart nicht fremd. Er mußte einfach überlegen sein, da dem Alten alle diese Eigenschaften zu fehlen schienen.

Jetzt griff der Junge an. Er sprang vor, hob den Stock über den Kopf und schlug zu, als wolle er dem Alten das weiße Haupt spalten. Es war ein blitzschneller und harter Schlag. Hätte er sein Ziel erreicht, wäre der Alte bewußtlos oder sogar tot gewesen.

Doch der Alte bewegte sich nur um Haaresbreite zur Seite, ganz langsam, wie es Conan vorkam, und schlug mit seinem Stock nach oben und in einer Kurve nach unten.

Der Schlag des jungen Mannes ging eindeutig daneben.

Doch der Stock des Alten erwischte ihn auf der anderen Seite und knallte laut gegen die Rippen. Der weißhaarige Alte tat einen schnellen Schritt nach hinten, drehte sich und schon hielt er dem Gegner die Stockspitze gegen die Kehle.

Der Junge blickte ihn an. Dann entspannten sich beide und lächelten sich an.

Schau an, dachte Conan, manchmal tötet also auch die langsame Schlange die schnelle Ratte. Wieder etwas Wichtiges gelernt! Daß der alte Mann seine Fähigkeiten nicht früher zeigte, hieß nicht, daß er sie nicht besaß. Beeindruckend!

»Komm! Ich mache dich mit dem Oblaten Kensash bekannt«, sagte Cengh.

Der Alte zeigte seinem Gegner, wie er den Schlag ausgeführt hatte, als Conan und Cengh nähertraten.

»Dies ist der Mann, von dem ich erzählte«, sagte Cengh.

»Ach ja«, sagte Kensash, »der Schwertkämpfer aus der Fremde. Cengh hat deine Fertigkeiten sehr gelobt.«

»Und ich habe deine eben gesehen«, erwiderte Conan.

Kensash zuckte mit den Achseln. »Malo ist mein bester Schüler. Malo, das ist Conan, von dem du schon gehört hast.«

Malo war offensichtlich nicht beeindruckt, ganz gleich, welche Geschichten er auch gehört hatte. Das las Conan an dem verächtlichen Lächeln ab, mit dem Malo seine lange schwarze Mähne und die tiefbraune Haut musterte, ehe er sagte: »Du scheinst kein Schwächling zu sein, Fremder. Vielleicht hättest du Lust, gegen mich anzutreten.«

»Ich kenne die Regeln dieses Spiels nicht.«

»Spiel?« Malo war empört. »Männer sind bei diesem *Spiel* gestorben! Die einzige Regel lautet: Gewinnen!«

Conan blickte Kensash an. Der alte Mann lächelte traurig. »Manchmal ist Malo sehr hitzig. Du bist unser Gast, kein Schüler. Du brauchst nicht zu kämpfen.«

Conan grinste. »Laß Malo mir das Stockspiel ruhig beibringen.«

Kensash gab dem Cimmerier seinen Stock. Conan wog ihn in der Hand, führte einige Schläge aus, um ein Gefühl dafür zu bekommen, und nickte dann Malo zu. »Von mir aus kann's losgehen.«

Malo grinste wölfisch und tänzelte zwei Schritte zurück, um seinen Stock in Abwehrposition zu bringen.

Conan stand locker da und ließ seine Waffe an der Seite herunterbaumeln.

Malo war ungeduldig. »Erheb deine Waffe! Schütz dich!«

»Nicht nötig«, sagte Conan.

Das brachte Malo in Wut. Er sprang auf Conan zu und schwang den Stock gegen den Kopf des Cimmeriers. Conan trat vor und fing den Stock mit der linken Hand ab. Auf Malos Gesicht wechselte Staunen mit Schrecken, als Conan mit seinem Stock einen Schlag gegen die Rippen und dann gegen den Kopf des Gegners führte. Betäubt ging Malo zu Boden.

Kensash lachte, auch Conan grinste unbekümmert.

Dann rappelte Malo sich wieder hoch. »Du hast betrogen! Hätte ich ein richtiges Schwert gehabt, hättest du deine Hand verloren!«

»Bei einem richtigen Schwert wäre ich nicht so töricht gewesen, danach zu greifen. Du hattest aber nur einen Stock.«

»Aber der stellt ein Schwert dar!«

»Dann steckte meine bloße Hand eben in einem Panzerhandschuh«, erwiderte Conan ungerührt.

Malos Wutausbruch wäre noch weitergegangen,

doch Kensash gebot ihm zu schweigen. »Hättest du Lust, mit einem alten Mann zu kämpfen, Conan?« fragte er leise.

»Gern.«

Der bullige Cimmerier stand dem alten Meister gegenüber. Einige Augenblicke lang bewegte sich keiner der beiden Männer. Dann verlagerte Conan das Gewicht ein wenig nach links.

Kensash veränderte seinen Stand nur um Haaresbreite.

Jetzt bewegte sich Conan eine Winzigkeit nach rechts.

Kensash kopierte seine Bewegung.

Nach einer Reihe solcher Parallelbewegungen, wußte Conan, daß der alte Mann auf seinen Angriff vorbereitet sein würde, ganz gleich was er auch versuchte. Ein Schlag gegen diesen Gegner würde zu sofortiger Vergeltung führen. Die Art der Cimmerier war der Angriff, mochte Crom für die Folgen verantwortlich sein. Aber bei diesem Gegner war Conan ganz sicher, daß ein Schwertkampf mit dem Tod beider enden würde. Er war tapfer, traute aber auch seinem Instinkt. Fertigkeit konnte Tapferkeit wettmachen, und Kensash verfügte im Schwertkampf über ein Können, wie Conan es noch nie gesehen hatte.

Der junge Cimmerier senkte den Stock und nickte dem alten Meister zu.

Kensash erwiderte das Nicken. »Du bist weit über deine Jahre weise, Conan aus Cimmerien. Solltest du bleiben wollen, wäre es eine Ehre für mich, dich meine geringen Fähigkeiten zu lehren.«

»O nein, Meister! Sie sind nicht gering. Doch mein Weg führt mich fort.«

Als Conan und Cengh den Übungsplatz verließen,

spürte Conan die Blicke des frustrierten Malo wie Kohlen auf dem Rücken.

Tuanne schritt dahin. Ihre Füße steckten in neuen Stiefeln, dazu trug sie eine neue Hose und eine Tunika unter einem warmen Pelzumhang. Der Mann, der ihr diese Sachen geschenkt hatte, pries sich glücklich. Er hatte sie begehrt, war auf ihre Bedingungen eingegangen und hatte sie bezahlt, ehe er sie berührte. Die Grabeskälte ihres Körpers hatte seine Begierde in Furcht verwandelt, so daß er heilfroh war, sie los zu sein. So wanderte also die schöne Zombie die südliche Abzweigung der Brythunischen Straße nach Osten entlang, ihrem Ziel entgegen.

Tuanne hatte keine Ahnung, wie weit sie wandern mußte oder wie lange es dauern würde. Sie brauchte weder Nahrung noch Ruhe und würde immer weitergehen, ganz gleich wie lange der Marsch auch sein mochte.

Zeit spielte für sie keine Rolle.

Vier

Tief im Innern des Tempels Negs des Ruchlosen befand sich ein Raum, der ganz anders als der restliche Tempel war. Der Raum war mit weißem Marmor ausgekleidet, in der Mitte stand eine Säule aus reinem Bergkristall, halb so groß wie ein Mann und unten so dick wie ein Männerschenkel. Nach oben hin verjüngte sich der Kristall. Oben war eine Mulde in das klare Gestein gemeißelt, etwa so groß wie eine Kinderfaust. Außer dieser Säule stand nichts auf dem blitzblanken weißen Boden. An den gleißenden Wänden trugen Kristallüster besondere Kerzen, die rauchlos brannten und mit ihrem sanften gelben Schein in alle Ecken leuchteten. Dieser Raum stand im vollkommenen Gegensatz zum Rest des Tempels, da er hell und sauber war. Jede Stunde wischten fünf der Menschen-ohne-Augen alles sorgfältig ab, um die Reinheit zu erhalten.

Neg betrat den Raum und stand sinnend vor der Kristallsäule, die den Fokus für den Talisman bildete, den er in seinen Besitz bringen wollte. Die Quelle des Lichtes würde dann in der Kristallmulde ruhen. Richtig eingesetzt würden die gewaltigen Kräfte in diesem Fetisch auf Neg überfließen. Er war auf dieses Geheimnis bei Befragungen der erweckten Toten gestoßen.

Neg lächelte. Ja! Er gehörte zu den besten, wenn es galt, sich der nekromantischen Energien zu bedienen, doch da gab es Grenzen. Hatte er aber in der Quelle des Lichtes gebadet, würde er alle anderen weit übertreffen. Seltsam, daß so dunkle Energien von etwas kommen konnten, welches das völlige Gegenteil zu sein schien. Doch entsprach es nicht seiner Lebensauffassung, lange über das ›Warum‹ nachzugrübeln; ihm lag das ›Wie‹ mehr. Ihm reichte das Wissen, daß man Hell und Dunkel mischen konnte, um die Resultate zu erzielen, die er wollte: Macht und völlige Herrschaft über die Toten. Neg würde dann mit einer Bewegung seiner mit dieser Kraft erfüllten Hand Legionen von Toten herbeirufen oder zurück in den ewigen Schlaf schicken. Seine Truppen würden in jeder Schlacht unbesiegbar sein. Ja, jeder lebende Soldat, der fiel, würde augenblicklich sein Sklave sein. Der Feind würde den Verstand verlieren, wenn der gefallene Waffenbruder von den Toten zurückkehrte und zum Feind wurde!

Und alles das würde schon bald sein! Bald würde Skeer ihm das bringen, was er holen sollte. Bald würde er im Tempel der Menschen-ohne-Augen seinem Meister die Kostbarkeit überreichen. Bald schon würde Neg der Ruchlose zu Neg dem Allmächtigen werden!

Schnell verließ Neg den strahlend hellen Raum. Draußen warteten schon die Augenlosen, um alles auf Hochglanz zu bringen. Gut! Gut!

Conan schickte sich an, den Tempel-der-nicht-fällt zu verlassen. Er hatte sich gestärkt und erholt und war besser ausgerüstet als vor seiner Begegnung mit Cengh. Außer der neuen Lederscheide hatte er noch einen Packen mit geräuchertem Fisch und getrocknetem Obst, Proviant für mehrere Tage. Er hatte noch ein paar Mal dem alten Schwertmeister zugeschaut und viel dabei gelernt. Die Versuchung war groß, zu bleiben und das schöne Leben hier zu genießen; aber die alte Rastlosigkeit trieb ihn in die Ferne. Shadizar rief.

Der Cimmerier hatte sich von Cengh verabschiedet und wanderte durch die engen Gassen der Tempelstadt. Da stutzte er.

Hinter einer großen Kiste kauerte ein Priester, der offensichtlich einen anderen Priester beobachtete, welcher staubbedeckt und müde wohl von einer längeren Reise zurückkam. Das bekümmerte den Cimmerier nicht. Doch der Priester hinter der Kiste hielt einen kurzen Dolch in der Hand, bereit zuzustechen. Ha, ein Meuchelmord?

Da wirbelte die Gestalt mit dem Dolch herum und

sah, daß Conan sie beobachtete. Das Gesicht unter der Kapuze kam ihm irgendwie bekannt vor. Es war sehr jugendlich, fast mädchenhaft ...

Mit gezücktem Dolch sprang der junge Priester auf Conan zu.

Dem Cimmerier blieb keine Zeit, das Schwert zu ziehen. Er wich einen Schritt nach links aus und schlug dem Angreifer mit einem Handkantenschlag das Messer aus der Hand. Der Priester fluchte mit hoher Stimme und wollte weglaufen. Doch Conan erwischte einen Zipfel des Gewandes und zog daran. Der Priester stolperte und fiel zu Boden. Schon war der Cimmerier über ihm und drückte ihm die Arme nach hinten. Dann riß er ihm die Kapuze herunter.

Ein Frauengesicht starrte ihn an.

Das Haar war kurz geschnitten, kürzer als Conans. Dies war kein weibisches Gesicht, sondern das einer richtigen Frau. Um ganz sicherzugehen, steckte der Cimmerier eine Hand ins Gewand des ›Priesters‹ und betastete die Brust. Ganz eindeutig weibliche Rundungen.

Der Frau gefiel dies ganz und gar nicht. Sie wand sich und fluchte durch zusammengebissene Zähne.

»Du dämliches, primitives Vieh! Mitra lasse dir die Männlichkeit abfallen!«

Conan grinste. So eine kleine Wildkatze! Er fragte: »Wer bist du? Warum wolltest du mich erstechen?«

»Du Hundesohn! Du Dreckfresser! Laß mich sofort los!«

Conan nickte. Er umschloß ein Handgelenk der jungen Frau mit eisernem Griff und stand auf.

»Laß mich los!«

»Sobald du meine Frage beantwortest.«

»Ich schreie!«

»Ach ja? Damit all die lieben Priester merken, daß eine Frau ihren Tempel besudelt hat?«

Das saß! Sie holte tief Luft und stöhnte. Dann musterte sie den jungen Cimmerier genauer. Ihm fiel jetzt ein, wo er sie schon gesehen hatte. Bei seiner Ankunft hatte sie bei einem Obststand auf der Hauptstraße etwas gekauft. Schon damals war ihm aufgefallen, daß einer der Priester recht unmännlich aussah.

Offensichtlich hatte sie eingesehen, daß Schreien ihr nichts nützte.

»Nun?« fragte der Cimmerier.

»Der Priester hat etwas, das mir gehört. Ich wollte es zurückholen.«

»Indem du ihn umbringst?«

»Nein. Ich wollte mit dem Dolch nur sichergehen, daß er mir mein Eigentum zurückgibt. Das ist alles.«

»Aber warum hast du mich dann angegriffen?«

»Ich dachte, du wolltest mich aufhalten.«

»Ich doch nicht!« sagte Conan. »Ich kam nur zufällig vorbei.«

»Dann laß mich los, damit ich die Angelegenheit erledigen kann! Dich geht das ganze nichts an.«

»Jetzt schon, nachdem du mich aufspießen wolltest.«

»Du hirnloser Barbar! Ich *muß* den Priester erwischen, ehe er beim Obersten Oblaten eintrifft! Tut mir leid, wenn ich mich bei dir geirrt habe. Aber jetzt laß mich gehen. *Bitte!*«

Conan überlegte. Der Priester ging ihn nichts an. Die Sache war wirklich nicht seine Angelegenheit. Er lockerte den Griff.

Blitzschnell hob die junge Frau den Dolch auf und rannte los.

Gleich darauf hörte Conan ihren Schrei. Sie konnte

den Priester unmöglich so schnell eingeholt haben. Die Neugier übermannte ihn. Er lief ans Ende der Gasse, wo der Pseudo-Priester verschwunden war.

Welch ein Bild bot sich ihm! Zwei Priester kämpften erbittert keine hundert Meter entfernt miteinander. Einer hielt eine blitzende Klinge. Ein dritter Priester lag blutüberströmt im Staub. Die Frau lief mit gezücktem Dolch auf die beiden Kämpfer zu.

Da stieß ein Priester sein Messer dem anderen in den Bauch. Der Verwundete versuchte, seine Eingeweide zurückzuhalten; stürzte aber vornüber, Blut strömte ihm durch die Finger. Der Mörder wandte sich dem anderen Mann zu und riß ihm einen Lederbeutel vom Gürtel. Er warf einen Blick hinein, nickte und schien befriedigt. Dann sah er die Frau und war wie der Blitz um die Ecke im Gewirr der Gassen untergetaucht. Er hatte zwar nur wenige Sekunden Vorsprung, doch wenn er sich im Tempel auskannte, würde ihn die Frau kaum einholen.

Obwohl es Conan eigentlich nichts anging, schritt er aus reiner Neugier zu den ermordeten Priestern hinüber. Da sah er, daß der Mann mit der Bauchwunde Cengh war.

Jetzt ging die Sache den Cimmerier durchaus etwas an. Cengh war sein Freund. Grenzenlose Wut schoß in ihm auf.

»Cengh!«

Der Priester hustete. »C-C-Conan. Ich dachte, du bist schon w-w-weg.«

»Laß mich die Wunde sehen!«

Cengh schüttelte den Kopf. »Du kannst mir nicht helfen. Der Stich ist tödlich.« Wieder hustete Cengh, das Blut floß stärker.

»Wer hat das getan und warum?«

»Die Q-Q-quelle des ... L-Lichtes. Er h-h-at sie geraubt.«

»Wer?«

Der sterbende Priester schüttelte wieder den Kopf. »W-Weiß nicht. Einer von Negs Mietlingen. Du mußt — zurückholen, Conan. Sonst wird Neg ...« Der folgende Hustenanfall führte zu einem Blutsturz.

»Sprich weiter, Cengh! Wer ist Neg? Wo finde ich ihn?«

Ein Ausdruck des Friedens legte sich auf das Gesicht Cenghs. Dann erschlaffte er in Conans Armen.

Der junge Cimmerier stand mit geballten Fäusten da. Die mächtige Brust hob und senkte sich. Er hatte Cengh zwar nur kurze Zeit gekannt, aber dieser Mann war sein Freund gewesen, hatte ihn mit Kleidung und Nahrung versorgt, Gefahren mit ihm geteilt. Shadizar konnte warten. Erst mußte jemand für diese feige Tat bezahlen!

Ja, jemand würde sehr, sehr teuer dafür bezahlen.

Skeer legte den Weg zum Haupttor sehr schnell zurück, nachdem er seinen Verfolger abgeschüttelt hatte. Das Auftauchen des kleinen dolchschwingenden Priesters und des Barbaren hatten ihn überrascht, doch spielte es keine Rolle mehr. Er hatte den Talisman. In wenigen Minuten würde der Tempel hinter ihm liegen, und in einer Woche würde er bei seinem Meister sein. Dann wüde Neg zufrieden und Skeer reich sein.

Conan wählte einen Punkt am Weg, den man vom Haupttor des Tempels nicht sehen konnte. Die Stelle war so eng, daß niemand unbemerkt vorbeikam. Dort hockte er sich ins Gebüsch und wartete.

Für ihn stand fest, daß der Mörder mit seiner Beute

den Tempel verlassen wollte. Vielleicht würde er ihn hier noch erwischen. Dann war der Schurke so gut wie tot. Falls der Kerl aber schon weg war, würde ihm Conans Warten einen noch größeren Vorsprung verschaffen.

Der Cimmerier beschloß, noch etwas zu warten und dann die Fährte des Mörders aufzunehmen. Sollte ihm das nicht gelingen, mußte er sich nach jemand erkundigen, den Cengh »Neg« genannt hatte. Irgendwann mußte der gedungene Mörder zu seinem Herrn zurückkehren. Dann würde Conans Zorn *beide* treffen.

Die Kälte trieb ihre scharfen Klauen trotz des Umhangs in Conan, doch er schenkte ihr keine Beachtung. Eisiger Wind blähte seine schwarze Mähne und trieb Tränen in die feurigen blauen Augen.

Nach einer Stunde näherte sich von der Stadt eine Gestalt in grauem Talar.

Conan lächelte wölfisch und nahm sein Schwert auf, das er aus der Scheide genommen und gegen den Fels gelehnt hatte, damit kein noch so leises Geräusch ihn verriet. Jeder Muskel, jede Sehne waren zum Sprung gespannt. Noch ein bißchen näher! Noch ein kleines bißchen …

Jetzt! Mit gewaltigem Satz schnellte Conan aus dem Gebüsch, das Breitschwert in der Hand, bereit den Gegner zu enthaupten. »Gleich wirst du bei deinen verfluchten Göttern sein, Mörder!«

Die Gestalt wich zurück und hob einhaltgebietend die Hand. »Warte! Du irrst dich!«

Conan erkannte die Stimme. Die junge Frau im Priestergewand.

Conan steckte wütend das Schwert in die Scheide. »Du!«

»Was tust du hier?« fragte sie.

»Ich warte auf den Schurken, der meinen Freund ermordet hat. Sei froh, daß du nicht in seiner Haut steckst.«

Überrascht blickte sie ihn an. Dann sagte sie: »Ich fürchte, auf Skeer kannst du ewig warten. Ich mußte erst eine Möglichkeit finden, unbemerkt aus dem Tempel zu schlüpfen. Wegen der Morde ist alles hermetisch abgeschlossen. Wenn er noch drinnen ist, werden ihn die Priester finden. Aber ich befürchte, daß er schon über alle Berge ist.«

Conan schnappte gierig nach dem Namen. »Skeer hast du gesagt?«

Sie schüttelte den Kopf, als habe sie bereits zuviel gesagt.

Drohend griff der Cimmerier nach dem Schwert. »Du sagst mir auf der Stelle alles, was du weißt, Weib! Jetzt geht mich die Sache nämlich sehr viel an. Sprich!«

»Du würdest doch keine Frau töten, oder?«

»Vielleicht nicht. Aber es gibt noch andere Möglichkeiten, Informationen herauszuholen.«

Bei dieser Drohung wurde sie blaß. »Na schön!« Sie seufzte. »Ich werde dir alles sagen. Wir sind beide auf einem Rachefeldzug.«

Conan wartete.

»Ich heiße Elashi und stamme aus der Wüste von Khauran. Mein Volk sind Nomaden und ziehen schon seit mehr als hundert Generationen umher. Der Mann, den du suchst, heißt Skeer und steht im Dienst eines ruchlosen Nekromanten.«

»Das muß Neg sein«, sagte Conan.

»Du kennst ihn?«

»Nein, nur den Namen.«

Elashi fuhr mit ihrer Geschichte fort. »Mein Vater

Lorven war der Häuptling unseres Stammes. Neg ließ ihn ermorden. Ein wertvoller — Gegenstand wurde dabei gestohlen. Ich will jetzt meinen Vater rächen und das gestohlene Eigentum zurückholen.«

»Hast du keine Brüder? Rache ist Männersache!«

Ihre Augen blitzten. Conan sah, wie sie wütend wurde. »Ich bin die Erstgeborene! Meine Brüder kümmern sich um ihr Vieh und ihre Frauen. Es ist Sache des ältesten Kindes, eine solche Pflicht zu erfüllen!«

»Und dieser wertvolle Gegenstand — ist das die Quelle des Lichtes?«

Seine Worte trafen sie offensichtlich bis ins Mark. »Woher weißt du das?«

»Ein Sterbender vertraute es mir an.«

Elashi dachte kurz nach. »Ja, dieser Gegenstand birgt den Tod. Davon bin ich überzeugt. Mein Vater fand ihn in den Ruinen einer antiken Stadt, welche die Wanderdünen freigaben. Er wurde deshalb getötet und ebenso die, welche ihn töteten. Du sahst, was dem Priester zustieß, der danach den Talisman an sich nahm.«

»Dann ist der Gegenstand verflucht?«

Sie seufzte. »Möglich. Er ist voll großer Kraft. Eine uralte Zauberkraft schläft darin, sagt unser Schamane. Jedoch konnte er ihre Funktion nicht erkennen.«

Bei dieser Enthüllung lief es Conan kalt über den Rücken. Seiner Erfahrung nach hielt man sich am besten von jeglicher Magie fern, da Leute, die sich mit Zauberei abgaben, oft in unvorhergesehene Schwierigkeiten gerieten.

»Warum bist du nicht direkt zu diesem Neg gegangen?« fragte Conan. »Das wäre doch einfacher gewesen.«

»Nein! Er verfügt über große Macht. Man kann

nicht einfach zu ihm gehen. Ich wollte mir mit dem, was er haben will, Eintritt verschaffen. Er würde bis zur Schwarzseeligen Set vordringen, um die Quelle des Lichtes zu bekommen. Sobald ich in seiner Burg bin, werde ich ihn töten.«

Conan dachte nach. Ein komplizierter Plan. Für seinen Geschmack zu verschlungen, aber vielleicht würde er funktionieren.

»Und jetzt? Du hast deine Chance verpaßt.«

Ihr Gesicht wurde hart. »Ich weiß jetzt, wie Skeer aussieht und auch wohin er geht. Ich werde ihn einholen.«

Der junge Cimmerier betrachtete die Frau. Sie war etwas älter als er, vielleicht drei oder vier Winter, hatte aber ein anziehendes Gesicht. Er war sehr sicher, daß unter ihrem Talar ein sehr weiblicher Körper steckte. Sie war zudem wild entschlossen, ihren Plan auszuführen. Eine solche Entschiedenheit hatte er bisher noch bei keiner Frau gesehen. Das fesselte ihn. Er war zwar ein Einzelkämpfer, sah aber ein gemeinsames Ziel.

Er sagte: »Ich habe keinerlei Verwendung für deinen Talisman, würde aber gern diesen Skeer und seinen Meister in die Grauen Lande schicken. Warum marschieren wir nicht gemeinsam?«

Elashi überlegte kurz. »Nun, warum nicht! Wenn du wirklich nur unser gemeinsames Ziel im Auge hast.«

Conan verstand ihre Andeutung sofort. Eigentlich hatte er durchaus in Erwägung gezogen, mit ihr zu schlafen, aber wenn sie das nicht wollte, war das auch kein Problem für ihn. Er drängte sich keiner Frau auf — das hatte er auch noch nie nötig gehabt.

»Also abgemacht! Laß uns aufbrechen und unser

Wild aufstöbern. Je länger wir reden, desto größer wird sein Vorsprung.«

Dann schritten der Cimmerier und die Tochter der Wüste den Berg hinab.

Fünf

Die hohe Brythunische Straße war selbst in der schönsten Jahreszeit überaus unwirtlich. Wenn in den tiefer liegenden Gebieten die Sonne alles über Körpertemperatur erwärmte, lag oben in den Bergpässen der ewige Schnee. Im Sommer führten Trampelpfade hindurch, doch im Winter lag die Schneedecke bis zu dreifacher Mannshöhe. Unten auf den Feldern reifte das Getreide dem Erntemonat entgegen. Noch wehte auf der Hohen Straße der eisige Atem des Winters nicht, doch schickte sein jüngerer Bruder, der Herbst, schon warnende Nachtfröste voraus. Wenigstens fiel noch kein Schnee.

Auf diesem windumtosten Pfad stapfte Tuanne dahin. Sie machte sich schon lange keine Gedanken mehr wegen der Kälte. Sie war ein Naturereignis wie Tag und Nacht und mußte eben ertragen werden.

Wenn die Auskünfte stimmten, die sie erhalten hatte, mußte bald ein kleines Dorf kommen. Der namenlose Ort lag direkt an einer Wegkreuzung, so daß alle Reisenden dort Halt machten, um zu rasten oder sich zu stärken. Tuanne spürte sehr stark, daß der Gegenstand, nach dem sie suchte, von der Gegenrichtung auf das Dorf zumarschierte. Die Ausstrahlungen der magischen Energie berührten sie mit zarten Fingern. Wenn sie vor dem Bewahrer des Talismans das Dorf erreichte, konnte sie für Negs Agenten eine Falle aufstellen. Sie mußte aber sehr vorsichtig sein. Obgleich ihr Tod im normalen Sinn nichts anzuhaben vermochte, konnte doch die Zauberkraft, mit der sie ihre Kameraden befreien wollte, sie selbst schon vorzeitig in die Grauen Lande schicken, wenn sie es an der nötigen Sorgfalt fehlen ließ. Das durfte nicht geschehen. Sie mußte den Talisman bekommen und zurückkehren, um ihre Zombie-Schicksalsgefährten zu erlösen.

Tuanne blieb plötzlich stehen. Da knurrte doch ein Berglöwe! Sie hatte keine Waffen, zumindest keine, die eine Raubkatze respektierte. Angst überkam sie. Wenn das Tier sie auffraß? Wie vertrug sich das mit dem Zauber der Zombies gegen den wahren Tod? Würde sie irgendwie im Bauch der großen Katze weiterleben? Bei diesem Gedanken schauderte es sie.

Der Berglöwe schlich sich hinter einem großen Basaltbrocken hervor, den Bauch dicht über dem Boden, peitschte er mit dem Schwanz.

Tuanne stand reglos da und starrte das Tier an. Sie konnte ihm nicht entfliehen. Wenn er sich auf sie stürzte, war sie verloren.

Der Wind wehte von hinten auf den Löwen zu.

Urplötzlich blieb die Raubkatze stehen und schnupperte. Dann brüllte sie laut auf und sprang. Doch galt das Gebrüll nicht dem Angriff, sondern es klang eher nach Angst. Behutsam setzte das Tier zurück, ohne Tuanne aus den Augen zu lassen. Sobald es den Basaltfelsen erreicht hatte, verschwand es in Sekundenbruchteilen.

Sogar die wilden Tiere erkennen den Gestank der Unnatürlichkeit und weigern sich, eine solche Beute zu fressen, dachte Tuanne. In diesem Fall war jedoch der Fluch ein Segen für sie. Dennoch bereitete ihr der

Gedanke keine große Freude. Es war nicht schön, ein so widerwärtiges Wesen zu sein, daß selbst ein hungriges Raubtier davor zurückscheute.

Tuanne seufzte und setzte ihren Weg fort. Die Nacht zog schon herauf. Doch die Dunkelheit barg für Zombies wenig Gefahren. Jetzt noch weniger als zuvor ...

Skeer fror und hatte einen Bärenhunger. Er hatte den Tempel überstürzt verlassen. Das Pferd, das er für seine Flucht bereitgestellt hatte, war irgendwie losgekommen und weggelaufen. Dabei hatte es auch die Decken und den Proviant mitgenommen. Er mußte so schnell wie möglich zu Fuß fliehen, da es der Gipfel des Schwachsinns gewesen wäre — und sicherer Selbstmord —, in den Tempel zurückzukehren.

Nun, das Dorf lag kaum noch eine Stunde entfernt. Er hatte Geld, konnte essen und trinken, sich ein Nachtlager leisten, vielleicht sogar weibliche Gesellschaft fürs Bett mit ein paar Münzen bekommen. Bei Sonnenaufgang mußte er weiter, hoffentlich zu Pferd. Die Priester würden mehr als erzürnt über die Morde und den Diebstahl sein und ihn mit Sicherheit verfolgen. Glücklicherweise führte mehr als ein Weg vom Tempel, sobald man die Hauptkreuzung erreicht hatte. Skeer hoffte, daß die falschen Fährten, die er gelegt hatte, seine Verfolger für bare Münze nehmen würden. Dadurch verschaffte er sich einen Vorsprung, daß niemand ihn je einholen würde. Da konnte er sich eine Rast durchaus gönnen. Nachts konnte ihn sowieso niemand verfolgen.

Die Dunkelheit senkte sich bereits auf die Berggipfel herab, als er die Lichter des Dorfes in der Ferne blinken sah.

»Bestimmt hat er diesen Weg genommen«, sagte Elashi und zeigte auf den Pfad, der sich links nach Süden zog.

»Das glaube ich nicht«, widersprach Conan.

»Ich bin eine Tochter der Wüste«, erklärte sie, »und nicht irgendeine hergelaufene, leicht schwachsinnige Tavernenschlampe! Ich kann Fährten ebensogut wie jeder Mann meines Stammes lesen. Und diese sind so deutlich, daß eine einäugige Ziege sie erkennen kann. Der abgerissene Ast dort drüben wurde benutzt, um den Abhang leichter zu bewältigen. Hier ist er gerutscht. Siehst du nicht die Spuren? Die losen Steine und der geknickte Zweig — alles erzählt eine Geschichte. Er ist hier gewesen, und auf dem nassen Boden ausgerutscht. Alles ist so deutlich, als hätte er uns einen Brief geschrieben.«

»Vielleicht hat er das wirklich«, meinte Conan und zeigte nach rechts. »Ich nehme den Weg.« Ohne sich umzusehen schritt er voran. Gleich darauf hörte er Elashis Schritte.

»Barbar! Hast du denn keinen Funken Verstand?« rief sie wütend. »Ich habe dir doch die Zeichen erklärt! Aber du übersiehst sie einfach. Was ist los mit dir?«

Conan ging weiter, warf ihr jedoch einen schnellen Blick zu. »Dieser Kerl, den du Skeer nennst, ist kein unvorsichtiger Mann«, erklärte er. »Viele Stellen auf dem Weg oben waren gefährlicher, doch hat er dort nirgendwo Zeichen hinterlassen, daß er ausrutschte. Dabei hatte ich manchmal Mühe, das Gleichgewicht zu halten. Und da soll er ausgerechnet an einer so lächerlichen Biegung ausrutschen? Das ist doch höchst unwahrscheinlich!«

»Was willst du damit sagen?«

»Daß er diese Zeichen vielleicht absichtlich hinterließ.«

Elashi dachte kurz nach. »Aber wenn du dich irrst?«

Der Cimmerier hob die Schultern. »Ich habe mich schon früher geirrt, da wird es mich jetzt auch nicht umbringen.«

Elashi sagte nichts darauf, ging nur schweigend weiter.

Tuanne erreichte endlich das Dorf und betrat die einzige Schenke. Der wohlbeleibte Wirt lächelte sie nervös an, als fühle er sich von ihr angezogen aber auch abgestoßen, als er ihre Frage beantwortete.

»Nein, außer dir hat niemand heute hier ein Nachtquartier verlangt.«

Sie nickte. Das bestätigte ihr Gefühl, daß der Talisman in der Nähe, aber noch nicht hier war.

»Ich möchte eine Kammer. Vorher aber will ich noch in der Schankstube am Feur sitzen. Bring mir Wein!«

»J-j-ja, Madame.«

Der Mann schlurfte weg, um den Wein zu holen. Tuanne setzte sich auf die rohe Holzbank bei der Glut im Kamin. Der Raum war mehr als schmutzig. Die wenigen Öllampen trugen mehr zum Rauch als zur Helligkeit bei.

Einige Männer saßen an den Holztischen und tranken. Zwei waren der Kleidung und der Art nach Brythunier, ein Mann mit Hakennase und dunkler Haut konnte der stygischen Mittelschicht angehören. Ein vierter trug einen dunklen Pelzumhang über der noch dunkleren Haut, vielleicht ein Kushier oder Keshaniter. Eine magere Frau mit schmutzigen blonden Haaren stand neben dem Tisch und lachte bei den keineswegs guten Witzen schallend. Offensichtlich war sie die Dorfhure. Unter dem dünnen sackähnlichen Gewand trug sie nichts.

Die Männer warfen gierige Blicke auf Tuanne, als sie Platz nahm. Doch sie übersah es. Sie erwiderte auch nicht das Lächeln, mit dem zwei ihr näherkommen wollten. Der dunkle Mann machte schnell ein Zeichen gegen den bösen Blick. Hm, der war sehr scharfsichtig. Die Frau blickte mürrisch. Ihr war die Konkurrenz gar nicht recht.

Dann brachte der Wirt den Wein. Tuanne traf keinerlei Anstalten zu bezahlen. Da schlurfte er wieder weg. Sie drehte den irdenen Becher in den Händen, trank aber nicht. Irdische Speisen oder Getränke brauchte sie nicht, ja sie konnte sie nicht einmal schmecken. Der Wein diente nur als Vorwand, während sie auf Negs Laufburschen wartete.

Ihr Plan war sehr einfach. Sie würde versuchen, den Mann in ihre Kammer zu locken oder zu ihm gehen. In einem Beutel hatte sie einen Stein, damit würde sie den Mann betäuben und mit dem Talisman verschwinden.

Sie spürte, daß der Mann schon ganz in der Nähe war.

Lange mußte sie nicht mehr warten.

Skeer betrat die Schenke und sah sofort die blasse wunderschöne Frau allein vorm Kamin sitzen. Warum war sie so ganz allein? Waren die anwesenden Männer dümmliche Eunuchen? Skeer fühlte sofort, wie sich seine Männlichkeit meldete. Erst noch schnell etwas essen und trinken, dann aber wollte er diese Frau kennenlernen, ehe sie sich vielleicht in Luft auflöste. Sie mußte ein geheimnisvolles Geschöpf aus einem wunderschönen Traum sein.

So etwas Ähnliches sagte er auch zu ihr, als er an ihrem Tisch Platz nahm. Ihr Lächeln sagte ihm, daß seine Aufmerksamkeit nicht unwillkommen war. Das würde eine Nacht werden! Diese Frau konnte man nie vergessen! Sie übertraf seine kühnsten Erwartungen.

Während er das halbrohe Schweinefleisch und das altbackene Brot verzehrte, das der Wirt ihm hingestellt hatte, erzählte er von sich. Das meiste waren Lügen, eingeschlossen sein Name, Geburtsort und Beruf. Er wußte, wie man sich bei einer skeptischen Frau ins beste Licht rückte. Das hatte er schon oft gemacht. Aber bei diesem phantastischen weiblichen Wesen brauchte er sich gar nicht so ins Zeug zu legen. Abgesehen von ihrer irgendwie leicht kühlen Art lächelte sie bei seinen derben Späßen und schien jede seiner Lügen zu schlucken. Er spülte Brot und Lügen mit Wein hinunter und fühlte sich gleich wärmer und liebebereiter. Die Frau trank wenig, aber das spielte anscheinend keine Rolle, da sie durchaus bereit zu sein schien, ihm auch ohne die Hilfe der vergorenen Trauben auf den Leim zu gehen.

»Mir ist da gerade ein Gedanke gekommen«, erklärte er. »Vielleicht möchtest du mitkommen, wenn ich mir ein Nachtlager besorge?«

Wieder dieses kühle und auffordernde Lächeln von ihr. »Ich habe bereits eine Kammer«, sagte sie. »Vielleicht möchtest du sie mit mir teilen?«

»Bei Mitra! Nichts wäre mir lieber! Gehen wir!«

»Möchtest du nicht zuerst deinen Wein austrinken?«

»Wir nehmen die Flasche mit — und noch eine, man kann nie wissen!« Skeer konnte sein Glück kaum glauben. Er mußte nicht einmal für ein Zimmer bezahlen.

Leicht schwankend stand er auf und streckte Tuanne eine Hand entgegen. Wie hieß sie doch gleich? — Ach was, egal!

»Deine Hand ist ja eiskalt«, sagte er.

»Ein Mann wie du kann doch mit Sicherheit Wärme einflößen, oder?«

Er grinste. »Ich kann fast alles wärmen, Mylady.«

Tuanne folgte Negs Helfer den engen Gang hinunter zu der Kammer, die der Wirt ihr angewiesen hatte. Ein Kerzenstumpf flackerte und warf Schatten und wenig Helligkeit in der Dunkelheit. Sie betraten den dunklen Raum. Tuanne lächelte. In der Dunkelheit würde alles leichter gehen. Sie griff in den Beutel und fühlte den glatten Stein.

Funken stoben direkt vor ihr auf, dazu das Klackern von Feuerstein auf Stahl.

»Was tust du denn?« fragte sie.

»Ich zünde eine Kerze an, Lady.«

»Warum? Wir brauchen doch keine neugierigen Augen bei unserem Vorhaben.«

Die Funken entzündeten den Docht der Kerze, die er hielt. Eine kleine Flamme brachte etwas Helligkeit. »Aber meine Teuerste, eine Schönheit wie die deine muß nicht nur berührt, sondern auch gesehen werden. Komm, entledige dich dieser Kleider und gestatte mir, mich an deinem Anblick zu laben!«

Tuanne zögerte nur für eine Sekunde. Dieser Mann war hier lebendiger als unten in der Schankstube. Außerdem konnte er sie jetzt klar sehen. Besser, jetzt keinen Angriff zu riskieren. Er hatte den Talisman bei sich, und sie war nicht sicher, was geschehen würde, wenn sie diesen falsch behandelte. Noch ein paar Augenblicke, dann würde er befriedigt oder beschäftigt sein. Dann war der richtige Zeitpunkt. Es spielte keine

Rolle, wenn sie sich seinen Wünschen hingab. Langsam entkleidete sie sich, erst Stiefel und Hosen, dann Weste und Hemd. Im schimmernden Schein der Kerze stand sie nackt vor ihm. Ihre Haut ließ auch das hellste Elfenbein dunkel erscheinen. Ihr Körper war so wohlgerundet und verlockend wie der jeder lebendigen Frau.

Dem Mann verschlug es den Atem. »Du bist noch schöner, als ich ihn mir vorstellte«, murmelte er mit heiserer Stimme. Dann zog er sich ebenfalls schnell aus. Sehr sorgfältig ging er mit einem Lederbeutel um. Da wußte Tuanne, daß er dort das versteckt hatte, was sie suchte. Sobald es außer seiner Reichweite war, konnte sie ihren Plan ausführen.

»Komm her!« befahl Skeer. Er lag auf dem Strohlager und streckte ihr die Arme entgegen.

Tuanne lächelte und kam zu ihm. Ohne daß er es bemerkte, schob sie ihren Beutel nahe an das Lager, so daß sie ihn schnell erreichen konnte.

Conan und Elashi standen unten vor der wackeligen Treppe, welche zu den Schlafräumen der Schenke führte und flüsterten mit dem Wirt.

»Meine Gäste brauchen ihre Ruhe«, sagte er leise und rieb sich mehrere Male mit dem Daumen über die linke Hand, als fühle er schon die Münzen.

Als Antwort langte Conan mit der Hand an den Schwertgriff. Worte waren nicht nötig. Der feiste Wirt verstand sofort. »Ach ja, die dritte Tür von hinten. Er hat eine Frau dabei.«

»Geh zurück an deine Arbeit!« befahl Conan.

Schnell schlurfte der Wirt davon. Conan betrat die erste Stufe. Elashi wollte ihm folgen, doch er hielt sie zurück. »O nein! Ich kümmere mich um den Mörder meines Freundes.«

»Aber die Quelle des Lichtes ...«

»Ich habe keinerlei Bedarf für magische Gegenstände. Ich bringe sie dir, wenn ich ihn erledigt habe.«

»Wie kann ich dir trauen?«

Conans blaue Augen blitzten im schwachen Schein der Kerzen. »Du hast mein Wort!«

Schweigend standen sie einen Augenblick da. Dann ging er die Treppen hinauf. Sie hinterher.

Noch ehe er oben war, zückte er sein Schwert. Die dritte Tür von hinten? Vorsichtig setzte er einen Fuß vor den anderen, als ginge er auf Eis, das unter seinem beträchtlichen Gewicht nicht brechen sollte.

»Bei Bel! Du bist so kalt wie ein Eisloch im Winter!«

Tuanne preßte sich an den Mann und sagte: »Ich habe ja auch lange im kalten Zimmer ganz nackt gestanden. Ein Schluck Wein wird mich wärmen. Ich hole ihn.«

»Beeil dich!«

Sie suchte aber nicht nach der irdenen Flasche, sondern nach dem Stein, der sich ihr glatt in die Hand schmiegte.

»Was tust du denn? Was soll das?«

Skeer war alarmiert. Etwas stimmte nicht. Tuanne erhob den Stein.

Ihm standen mehrere Möglichkeiten offen, von denen einige ihm sehr geholfen hätten. Er hätte aus dem Bett springen und fliehen können. Er hätte Tuannes Handgelenk packen und mit ihr ringen können, da ihre Kraft die einer sterblichen Frau nicht überstieg. Er hätte auch vor dem Schlag ausweichen können. Doch statt dessen suchte er in seiner Kleidung nach dem Messer. Gekonnt warf er die Klinge nach der Frau, so daß sie bis zum Griff in Tuannes Bauch steckenblieb.

Dann riß er sie heraus, damit das Blut ausströmen konnte.

Tuanne lächelte siegessicher, als auf Skeers Gesicht Genugtuung in blankes Entsetzen wandelte. Es kam kein Blut. Und hätte er noch einige Sekunden lang das Bewußtsein behalten, hätte er gesehen, wie sich die Wundränder schlossen und keine Spuren auf dem Alabasterkörper hinterließen. Tuanne schlug zu, genau auf die Stelle über dem Ohr. Da wurden ihm die Sinne geraubt. Stumm sank er in sich zusammen.

Tuanne ließ den Stein fallen und stand auf. Ohne einen weiteren Blick auf den Bewußtlosen zu werfen, wandte sie sich seinem Kleiderbündel zu ...

Conan trat die Tür so heftig auf, daß die Angeln herausbrachen. Mit einem gewaltigen Satz war er im Zimmer. Im Licht einer einzigen Kerze sah er ...

Bei Crom! Welch eine Frau!

In herrlicher Nacktheit wirbelte sie herum und sah ihn an.

Noch ehe sie etwas sagen konnte, sprach der Cimmerier sie an: »Keine Angst, Mylady! Mir geht es nur um deinen Freund hier!« Conan zeigte mit der Schwertspitze auf Skeer. »Er schläft tief bei dem Lärm.«

»Er schläft nicht, du Hüne. Er ist bewußtlos. Er — er wollte mir Gewalt antun. Da schlug ich ihn nieder. Er ist ein ganz übler Schurke.«

»Das stimmt allerdings, Mylady.» Conan konnte den Blick nicht von der Frau wenden. Er hatte schon eine Menge unbekleideter Frauen gesehen; doch keine so wunderschön wie diese. Bei seiner Jugend war es kein Wunder, daß ihm ein Feuer das Blut in Wallung versetzte bei diesem Anblick.

»Du hast mich errettet. Dafür bin ich dir sehr dankbar«, sagte sie lächelnd. Dann schien sie zum ersten Mal zu bemerken, daß sie nackt war. »Oh!«

Eigentlich hatte Conan das Gefühl, nicht viel zu ihrer Rettung beigetragen zu haben, doch wollte er sich nicht mit dieser Frau streiten. Sie konnte ihm so dankbar sein, wie sie wollte. Er senkte die Klinge. Sie kam näher. »Ich heiße Tuanne«, sagte sie. »Und wie lautet dein Name, mein Held?«

»Conan der Cimmerier.«

»Ah! Einer dieser starken Männer aus dem Norden.«

Conans Aufmerksamkeit war so auf sie gerichtet, daß seine Wachsamkeit erlahmte. In dem Zimmer gab es ein Fenster, vor dem ein dünner Vorhang hing. Diese Öffnung ermöglichte dem angeblich bewußtlosen Skeer die Flucht. Plötzlich sprang er auf die Beine und stürzte sich splitterfasernackt hindurch.

Mit einem Fluch auf den Lippen wollte Conan hinterhersetzen, als ihn eine Stimme zurückhielt.

»Halt!«

Mit gezücktem Schwert drehte er sich um.

Elashi stand auf der Schwelle, ebenfalls ein Schwert in den Händen. Wie sie dazu gekommen war, wußte er nicht.

»Skeer entkommt!« rief er und deutete auf das Fenster.

»Ich will den Talisman», erklärte sie. »Gib ihn mir!«

»Ich habe ihn nicht«, entgegnete der Cimmerier.

»Gib ihn mir, oder ich werde dich wie ein Schwein aufspießen!« Mit gezückter Klinge trat sie auf ihn zu.

Weib oder nicht — eine solche Drohung nahm Conan nicht auf die leichte Schulter. Er ging in Abwehrstellung. Aus dem Augenwinkel sah er, wie die Frau, die sich Tuanne nannte, eilig ihre Gewänder zusammenraffte. Von ihr schien keine Gefahr auszugehen, doch von dieser wahnsinnigen Tochter der Wüste schon.

»Für meinen Vater!« rief Elashi und stürzte sich auf Conan.

Locker parierte er ihren Schlag, hielt sich aber selbst zurück. Sie war keine Schwertkämpferin. Ihr Gleichgewicht stimmte nicht, der Schlag kam unbeholfen, und ihre Beinarbeit wirkte fast komisch.

Noch zweimal ließ der Cimmerier sie zuschlagen, dann führte er einen mächtigen Hieb gegen ihre Klinge. Der Aufprall war so stark, daß sie losließ und die Waffe klirrend zu Boden fiel. Mit bloßen Händen wollte sie weiterkämpfen. Er mußte schnell sein Schwert zurückbringen, um sie nicht zu verletzen. Sie war töricht, aber tapfer.

Hör auf!« rief er. »Ich ergebe mich.«

»Treib nicht deinen Spott mit mir, du Barbar!«

»Nein, Elashi. Ich bin nicht dein Feind, auch wenn du das nicht einsiehst. Skeer floh splitterfasernackt. Wenn er deinen Talisman hatte, dann liegt er hier.«

»Und wo?«

»Vielleicht hat Tuanne hin gesehen ...« Der starke junge Barbar brach ab. Wo war die schöne Frau?

»Falls du diese Schlampe suchst — sie ist weg.«

Conan näherte sich dem Kleiderbündel Skeers, da er dort einen Lederbeutel gesehen hatte. Jetzt lag da kein Beutel mehr.

»Na? Wo ist der Talisman?«

»Den hat wohl Tuanne mitgenommen«, sagte Conan.

»Und *du* hast sie nicht gehindert?«

»Du hast doch diesen Wirbel veranstaltet«, erwiderte der Cimmerier. »Hättest du nicht mit deinem Schwert herumgefuchtelt, hätten wir jetzt Skeer und den Talisman. So haben wir weder noch.«

»Dein Talent, auf Sachen hinzuweisen, die jeder Blinde sieht, ist einfach großartig, Conan. Jetzt müssen wir beide suchen.«

Mit hocherhobenem Kopf machte sie auf dem Absatz kehrt und stolzierte aus dem Zimmer. Conan schüttelte nur mit dem Kopf. Weiber! Welcher Mann konnte sie verstehen?

Sechs

Falls noch eine Spur Wein in Skeer war, konnte sie seinen Verstand nicht mehr benebeln. Allein die abendliche Kälte auf der nackten Haut hätte das verhindert. Er war unter dem Fenster auf ein niedriges Dach gesprungen und von dort auf die harte Erde gefallen. Sein Kopf tat ihm weh, wo die Frau — die Zombie-Frau, berichtigte er in Gedanken — ihn mit irgend etwas geschlagen hatte. Am schlimmsten war, daß er die Quelle des Lichtes verloren hatte. Das konnte seinen Tod bedeuten.

Skeer war äußerst verwirrt. Die Frau war ein Zombie, das stand fest. Er hatte viele dieser Wesen unter Negs Knute gesehen. Jetzt kam er sich wie ein Narr vor, daß er sie nicht früher erkannt hatte. Den jungen Riesen kannte er aus dem Tempel. Die Priester hatten diesen Spürhund hinterhergeschickt. Er hatte die falsch gelegten Spuren erkannt. Schlimm!

Nun hatte er es mit dem Bluthund oder mit der Zombie zu tun. Einer von beiden besaß jetzt den Talisman. Aber wer? Auf alle Fälle mußte er ihn zurückholen, da er keineswegs den Wunsch verspürte, selbst einer von Negs Untoten zu werden. Doch dazu würde sein Versagen führen. Vor allem graute ihm vor der entsetzlichen Tortur, die zu diesem abscheulichen Zustand führte. Neg hatte man nie vorwerfen können, Erbarmen gezeigt zu haben.

Skeer hatte sich notdürftig Kleidung verschafft. Von einer Trockenleine hatte er ein rauhes Hemd und Hosen genommen und aus einem Schuhmacherladen mit schlechtem Schloß neue Stiefel, die beinahe paßten. Ein Beutezug in einen Krämerladen hatte ein Kurzschwert und Salz eingebracht.

In dieser Substanz steckte zwar kein Zauber, was die Wirkung sehr schwächte, doch war es unter den Umständen das beste, was er bekommen konnte. Mit Wasser gemischt und in einer verschlossenen Flasche würde es die Zombiefrau zumindest eine Zeitlang lähmen. Jedenfalls lange genug, um den Talisman zu nehmen und einige Stunden Vorsprung zu gewinnen.

Wenn sie den magischen Gegenstand hatte!

Vielleicht hatte ihn aber auch dieser barbarische Schwertkämpfer. Dann gab es andere Probleme. Aber auch dieser Hüne mußte mal schlafen. Skeer konnte sich das verkneifen, wenn er dadurch seine Haut rettete.

Aber zuerst mußte er überlegen, welchen Weg derjenige nehmen würde, der die Quelle des Lichtes besaß. Der Barbar würde zweifellos zu den Suddah-Oblaten zurückkehren, um sich eine Belohnung abzuholen. Das hieß, daß Skeer denselben Weg nochmals machen mußte, auf dem er ins Dorf gekommen war. Kein sehr schöner Gedanke, womöglich den geistlichen Würdenträgern zu begegnen!

Und nun zum Zombie — wer konnte schon wissen, was eine solche tote Frau dachte? Wenn sie von Neg kam, war sie aus dem Osten gekommen, aus der Gegenrichtung seiner Marschroute. Aber warum war sie überhaupt gekommen? Hatte Neg sie geschickt, weil er Skeer nicht traute? Möglich war alles bei dem Zauberer, doch ergab es keinen Sinn. Wenn sie den Talisman wollte, dann würde sie den Priestern aus dem Weg gehen wollen, wenn sie wußte, daß diese ihn auch haben wollten. Dann würde sie in die andere Richtung marschieren.

Zombie oder Barbar? Das war das Problem.

Eigentlich behagte Skeer keine der beiden Möglichkeiten. Doch die dritte Wahl, sich Negs Zorn zu stellen, war noch viel schlimmer.

Nun, sowohl der Barbar als auch die Zombie-Frau wollten den Talisman. Beide waren in der Schenke. Obwohl er so gescheit war, hatte die Frau *ihn* aufs Kreuz gelegt. Welche Chance würde da so ein primitiver Kraftprotz gegen die Listen dieser Schönheit haben? Wenig oder keine, dachte Skeer. Also auf nach Osten!

Vor Verlassen des Dorfes stahl er noch ein Pferd. Ging sie zu Fuß, würde er sie noch vor Tagesanbruch einholen.

Tuanne ließ die Quelle des Lichtes in dem Lederbeutel, damit sie nicht mit ihrem Körper in Berührung kam. Sie spürte ein Ziehen, einen mystischen Ruf, der sie verlockte, den Talisman herauszuholen und sich zu befreien. Aber sie blieb hart. Nein, erst wenn sie die anderen aus der Knechtschaft befreien konnte, würde sie sich die Freiheit holen. Bis dahin mußte sie die Sirenenklänge des magischen Schlüssels überhören.

Das Eintreffen Conans und dieser seltsamen Frau, welche ihn offensichtlich kannte, hätte beinahe zu einer Katastrophe geführt. Sie hatte Glück gehabt, den beiden zu entkommen. Nicht nur sie war an der Quelle des Lichtes interessiert. Bis zu dem Zeitpunkt, da sie den Talisman brauchte, mußte sie wachsam sein. Danach war ihr gleich, wer ihn hatte — solange es nicht Neg war. Ein zweites Mal aus den Grauen Landen zurückgerufen zu werden, war mehr als sie ertragen konnte.

Die Nacht und die Kälte hüllten sie ein, als sie auf ihrem früheren Weg zurückging. Tuanne war müde, so müde, wie es kein Lebender sein konnte, dabei brauchte sie weder Schlaf noch Essen. Ein sterblicher Verfolger mußte irgendwann einmal anhalten, um sich zu stärken und auszuruhen. Jeder dieser Augenblicke verschaffte ihr mehr Vorsprung.

So schritt sie durch die Dunkelheit und fühlte zum ersten Mal seit hundert Jahren Hoffnung für ihre Zukunft.

»Wir müssen nach Osten«, erklärte Conan.

»Verstehe«, sagte Elashi.

Der große Cimmerier blickte sie erstaunt an. Bisher hatte sie jede seiner Entscheidungen angezweifelt. Er stellte ihr keine Frage; aber sie erklärte alles sofort.

»Wenn jemand nach Westen geht, trifft er unweigerlich auf die Priester und wird gefangengenommen. Das können wir immer noch überprüfen. Wenn einer nach Osten geht, kann er entkommen, es sei denn, *wir* fangen ihn.«

»Hm«, sagte er und stimmte ihrer Logik bei. »Bei Morgengrauen?«

»Ja, wir können in Skeers Zimmer schlafen. Du

schläfst dort!« Damit warf sie eine Decke in eine Ecke. »Ich hier.«

Conan zuckte mit den Schultern.

Elashi machte es sich auf dem Bett bequem, während der junge Barbar sich in die ihm angewiesene Ekke begab. Er war schon am Einschlafen, als sie fragte: »Fandest du sie schön?«

»Wen?« meinte Conan wieder wach.

»Diese Frau. Du hast sie Tuanne genannt.«

»Ja.«

»Wirklich? Eine so ungesunde weiße Haut findest du schön?«

»Allerdings.«

»Männer!«

Conan wartete auf die Fortsetzung der Unterhaltung, doch nichts kam. Da ließ er sich zurück in den ersehnten Schlaf sinken.

Es dämmerte noch nicht richtig, da entdeckte Skeer seine Beute. Erschöpft stapfte Tuanne ihm entgegen. Ha! Er hatte seinen Hals und den seines Pferdes riskiert, als er den Weg verließ und einen Halbkreis ritt. Doch hatte er Glück gehabt. Sein Pferd konnte noch alle vier Beine benutzen, und nun hatte sich das Risiko bezahlt gemacht.

Er legte sich hinter einem dicken Baumstamm auf die Lauer, das Pferd weiter hinten angebunden. Lustlos, aber beharrlich schritt die Zombie dahin, ohne viel auf ihre Umgebung zu achten.

Skeer zog den Korken aus der Flasche mit dem Salzwasser. Gleich ... Gleich ...

Jetzt war sie mit ihm auf gleicher Höhe. Er sprang hervor und schüttete den Flascheninhalt auf sie. Obwohl sie eine Hand hob, um sich zu schützen, half ihr das nichts. Sobald die Flüssigkeit sie berührte, wurde sie steif und verfiel in eine unnatürliche Ohnmacht.

Skeer beugte sich über die dahingesunkene Gestalt und entriß ihr den Lederbeutel. Dann lachte er höhnisch. »Es wäre besser, wenn du dich nicht in Skeers Angelegenheiten mischst, du untotes Dreckstück!« Hilflos lag sie im Staub der Straße. Sie konnte ihn hören und sehen. Das wußte er, aber sie konnte sich nicht bewegen.

Einen Augenblick lang überlegte er, ob er mit ihr das machen sollte, was ihm in der Schenke vorgeschwebt hatte. Sie konnte sich nicht widersetzen. Außerdem war ihm egal, ob es ihr Freude machte. In wenigen Sekunden würde er sie ausgezogen haben und dann ...

Nein! Er hatte die Quelle des Lichtes schon zuvor beinahe auf diese Weise verloren! Die Verfolger konnten in dieser kurzen Zeit aufholen. Eigentlich schade; aber sein Leben war ihm mehr wert als jede Frau, ganz gleich wie schön. Reichtum und Weiber warteten zu Hunderten auf ihn in der Zukunft. Hier ging es nur um ein schnelles Vergnügen und dazu mit Risiko.

Er wandte sich ab und ging zu seinem Pferd.

»Leb wohl, Nichttote!«

Sein Lachen hallte in den Bäumen wider.

Die Sonne ging auf. Doch war ihre Wärme spärlich. Man sah nur einen bewölkten Himmel. Tuanne bemühte sich seit Stunden schon, sich zu bewegen. Aber auch nicht die kleinste Zuckung gelang ihr. Nochmals sammelte sie ihre gesamte Energie ...

Unter der trocknenden Salzkruste führte ihr linker Arm eine winzige Bewegung aus. Das bedeutete, daß die Wirkung des Salzwassers nachließ. Skeer war schon weit weg, doch sobald sie ihre Bewegungsfreiheit wiedererlangt hatte, konnte sie ihm folgen. Dieses Ziel bedeutete ihr alles.

Conan entdeckte die Frau. Seltsamerweise saß sie mitten auf dem Weg. Er zog sein Schwert, Elashi ebenfalls. (Sie hatte ihm gestanden, daß sie die Waffe einem Betrunkenen in der Schankstube entwendet hatte. Wahrscheinlich schlief er noch und hatte den Verlust noch nicht bemerkt. Eine gute Lektion im Stehlen, wie sich der Cimmerier einprägte. Wenn jemand sich so ein Schwert stehlen ließ, brauchte er es wohl kaum.)

Tuanne mußte ihr Kommen gehört haben. Sie drehte sich um und blickte die beiden an, stand jedoch nicht auf. Vielleicht war sie verletzt? Gut für uns, dachte Conan, für sie weniger.

Dann stand der Hüne über der Frau und hielt die Schwertspitze auf ihre wohlgerundete Brust gerichtet. »Wir wollen Skeers Beutel samt Inhalt«, erklärte er.

Tuanne fing an zu weinen. Ihr ganzer Körper bebte, Tränen flossen über die makellose Haut. Sie schluchzte wie ein Kind, das die Mutter verlor.

Conan trat einige Schritte zurück und senkte die Klinge. »He, was ist los?«

Die Frau weinte weiter, nicht sehr laut, aber offenbar aus tiefstem Kummer heraus.

»Hör auf!« sagte der junge Cimmerier, dem das Weinen peinlich war. »Niemand tut dir etwas. Wir wollen nur ...«

»Sei doch ruhig, du dümmlicher Barbar!« unterbrach ihn Elashi. Sie hatte ihr Schwert bereits in die Scheide gesteckt und legte die Arme um die weinende Frau. Tuanne barg das Gesicht an Elashis Brust und schluchzte leise. Elashi strich ihr über das dunkle Haar und sagte beschwichtigend: »Nun, nun!« Dann funkelte sie Conan an. »Siehst du, was du angerichtet hast?«

»Ich? Was habe ich getan?«

»Du und deine albernen Drohungen!«

In Conan stieg Wut auf; aber er konnte sich nicht abreagieren. Am liebsten hätte er irgend jemand erschlagen, aber wen? Die weinende Frau in den Armen der anderen? Er tat ein paar Schritte auf dem Weg und hoffte, daß ihn irgend etwas angreifen möge. Ein Bär, ein Wolf, ein Dämon, irgend etwas! Doch da kam nichts! Seine Frustration wurde nur noch größer.

Dann rief ihn Elashi.

»Komm her, Conan, und hör dir das an!«

Tuanne hatte aufgehört zu weinen und war mit Elishas Hilfe aufgestanden. Conan bemerkte, daß auf ihrer Kleidung eine Kruste aus weißem Puder war.

»Ich habe den Talisman nicht, den ihr sucht«, erklärte sie. »Der, den ihr Skeer nennt, ist mir gefolgt und hat ihn weggenommen.«

Conan knirschte vor Wut mit den Zähnen. Alle wollten dieses verfluchte Ding!

»Ich muß ihn haben«, sagte Tuanne.

»Warum?«

»Ich brauche ihn, um sterben zu können.«

Nachdem Tuanne ihre Geschichte erzählt hatte, wußte der Cimmerier nicht, was er sagen sollte. »Und du bist wirklich ein Zombie?«

»Ich starb vor über hundert Jahren. Doch gestattete man mir nicht, meinen rechtmäßigen Platz im Land der Toten einzunehmen. So ergeht es noch Dutzenden von anderen unter Negs Sklavenherrschaft.«

»Dieser Neg hat den Tod verdient«, erklärte Conan.

»Wenn er die Quelle des Lichtes in seinen Besitz bringt, kann er Legionen Toter auferwecken. Er wird mit Sicherheit seine Kräfte dazu einsetzen, noch mehr Böses zu tun.«

Conan zuckte mit den Schultern. »In Angelegenheiten, bei denen Zauberei im Spiel ist, mische ich mich nicht ein. Ich habe lediglich eine Schuld für Cengh zu begleichen.«

»Wir müssen ihr helfen«, verkündete Elashi entschlossen.

Conan sagte nichts, da er wußte, daß sie gleich ihren Plan erklären würde — wie immer.

Sie enttäuschte ihn nicht. »Wir fangen Skeer und holen die Quelle des Lichtes zurück. Dann gehen wir zu den unterirdischen Verliesen, wo die anderen gefangen sind und befreien sie mit dem Talisman — und Tuanne. Du«, — sie nickte Conan zu —, »kannst dann Neg töten, und ich nehme den Talisman mit nach Hause.«

Der junge Riese schüttelte den Kopf.

»Ist irgendein Fehler in meinem Plan? Er klingt doch ganz einfach?«

»Einfach schon«, erklärte der Cimmerier.

»Na und?«

Er dachte kurz nach. Die Rechnung mit Skeer wollte er begleichen, und da Neg diesen Mörder ausgeschickt hatte, erstreckte sich die Rache auch auf ihn. Der Plan war direkt — das gefiel ihm. Doch die Vorstellung, mit zwei Frauen durchs Land zu ziehen, klang nach Schwierigkeiten. Es war schon mit einer schlimm gewesen.

»Na, was ist?« wollte Elashi wissen.

»Nichts. Wir versuchen es mit deinem Plan.«

»Meiner Meinung nach kann nichts schiefgehen«, erklärte sie.

Conan war klug genug, keinen Kommentar zu dieser Feststellung abzugeben.

In diesem Augenblick entschied sich der Winter, seine Anwesenheit spüren zu lassen. Dies geschah in Form eines Blizzards, der über die Berge kam und alles mit Hagel und Schnee eindeckte.

Conan wußte, wie man sich bei solchem Wetter verhielt. Sofort errichtete er eine Schutzhütte aus Ästen und Laub. Innerhalb einer Stunde stand die Notunterkunft für die drei, ein Feuerchen brannte, um die schlimmste Kälte abzuwehren.

»Wie lange müssen wir wohl hier bleiben?« fragte Elashi.

»Bis der Sturm aufhört.«

»In der Wüste haben wir solches Wetter nicht. Wie lange kann es dauern?«

Er zuckte mit den Achseln. »Eine Stunde, einen Tag, drei Tage. Das wissen nur die Götter.«

»Aber Skeer wird uns entwischen.«

Ehe Conan antworten konnte, sagte Tuanne leise. »Das ist unwahrscheinlich. Wenn ihr nicht weiter könnt, kann er es auch nicht.«

Elashi musterte die blasse Frau. »Könntest du in diesem Schneesturm weitermarschieren?«

»Ja, allerdings langsam. Und mir wäre noch kälter als sonst.«

Die Tochter der Wüste seufzte. »Nun, dann werden wir wohl oder übel hier warten müssen und hoffen, daß wir nicht seine Spur verlieren.«

»Ich kann das orten, was er bei sich trägt«, erklärte

Tuanne. »Er kann fliehen, aber sich nicht verstecken, nicht vor mir.«

Die Kälte in ihrer Stimme berührte Conan mit eisigen Fingern, die kälter waren als der Schneesturm, der draußen tobte. Zweifellos war sie wunderschön, aber auch ein Wesen außerhalb seiner Erfahrung. Sie sah nicht gefährlich aus, war es aber bestimmt. Er legte Holz nach, doch konnte das Feuer diese bestimmte Kälte in ihm nicht vertreiben.

Skeers Glück hatte sich in eine weniger schöne Lage verändert. Als der Sturm begann, hatte er sein Pferd angetrieben, um eine Unterkunft zu finden. Als jedoch dichter Schneefall einsetzte, kam er vom Weg ab. Sein Pferd stolperte und warf ihn ab. Glücklicherweise verletzte er sich dabei nicht, doch das arme Tier brach sich ein Bein. Da war Skeer klar, daß er für die Dauer des Schneesturmes gestrandet war.

Wenigstens würde er nicht hungrig sein, dachte er, als er mit gezücktem Schwert auf das hilflose Tier zuging…

Sieben

Der Sturm hieb mit eisigen Fäusten auf die Erde ein. Zwei Tage und zwei Nächte lang. Bei Anbruch des dritten Tages, beanspruchte die Sonne wieder das Land und schickte goldene Strahlen auf eine strahlend weiße Welt herab. Es wurde auch höchste Zeit, da sie ihren letzten Proviant verzehrt hatten.

Der Cimmerier war während des Blizzards nicht untätig gewesen. Mit dem Dolch hatte er aus Ästen für alle drei Schneeschuhe angefertigt. Der Sturm hatte die Straße nicht verschont, und die folgende Kälte hatte die Oberfläche verkrustet, aber nicht so stark, daß ein Mann darauf gehen konnte. Conan hatte auch versucht, etwas Eßbares aufzutreiben; aber alle Tiere hatten sich verkrochen. Tuanne, die selbst nichts aß, hatte einige zähe, stärkehaltige Wurzeln gefunden, auf denen Conan und Elashi herumkauten. Dem Cimmerier schmeckte es überhaupt nicht. Er kam sich schon wie ein Eichhörnchen vor, doch blieb ihm keine Wahl. Besser Kaninchenfutter als gar nichts. Doch nun hatte der Sturm ausgetobt und sie konnten aufbrechen.

Elashi hatte Zweifel. »Wir versinken bis zur Brust in diesem verdammten Schnee und erfrieren.«

»Nein«, meinte Conan und wedelte mit den Schneeschuhen. »Damit bleiben wir oben, wenn wir vorsichtig sind.«

Und er hatte recht. Der junge Barbar aus dem Norden führte die Frauen über die Schneewehen. Conan war ein großer kräftiger Mann. Er sank nur leicht ein. Wenn die Schneedecke ihn trug, dann brauchten auch Elisha und Tuanne keine Angst zu haben, in der weißen Pracht zu versinken.

Sie kamen vorwärts, aber sehr langsam. Der Cimmerier stieß dicke Dampfwolken aus, als er so dahinstapfte. Auch Skeer würde es nicht leichter haben, es sei denn, er hätte den Paß noch vor dem Sturm überquert. Durchaus möglich, da der Dieb und Mörder nicht von zwei Frauen begleitet war, die das Tempo verlangsamten.

Als Skeers Verfolger sich in Marsch setzten, saß dieser in eine Decke gehüllt neben einem kleinen Feuer und stand in magischer Verbindung mit Neg. Er hatte gut gegessen, aber das hatte Zeit gekostet. Jetzt mußte er Neg die Verzögerung seiner Rückkehr erklären, sonst würde ihn dieser empfindlich bestrafen.

Es war nicht leicht gewesen, einen Schneehasen zu erwischen. Skeer wollte nicht das Fleisch, wohl aber das warme Blut; denn dies war für den Zauber unerläßlich. Als allerletzte Möglichkeit konnte er seinen eigenen roten Saft benutzen, doch darauf legte er keinen Wert.

Jetzt war der Kontakt hergestellt. Diese Verbindung in magischen Feuern geschmiedet, diente als Kette zwischen Skeer und seinem Meister.

»SPRICH!«

Am besten gleich zum Kern der Sache kommen, dachte Skeer. »Ein Schneesturm hat mich aufgehalten, Herr. Außerdem habe ich mein Pferd verloren. Es kann eine Zeitlang dauern, bis ich Ersatz habe, da es in dieser Gegend keine gibt.«

»HAST DU DAS, WAS ICH SUCHE?«

»Aber gewiß doch, Herr! Ich werde es so schnell wie möglich bringen.«

»TU DAS! VERSCHWENDE KEINE ZEIT!«

»Dein Wunsch ist mir Befehl, Herr.«

Skeer fühlte, wie sich die Verbindung löste. Trotzdem zitterte er noch, da die üble Kraft des Zauberers noch in seiner Seele vibrierte. Er durfte Neg nicht enttäuschen, sonst würde ihn der Zorn des Zauberers treffen, und die Folgen hatte Skeer bei anderen erlebt. Neg war ein mächtiger und freigebiger Herr, wenn man ihm gut diente. Versah man aber den Dienst weniger erfolgreich ... nein, es war besser, daran nicht zu denken.

Der Dieb erhob sich, dehnte seine kalten Muskeln

und Sehnen und schwang die Arme, damit das Blut schneller fließe. Besser den Befehl gleich ausführen und keine Zeit verschwenden!

»Kennst du den Weg? fragte Conan.

Tuanne nickte. »Ja, wir marschieren auf die vier Berge zu, welche Totenmaske genannt werden. Irgendwo in einem der Täler liegt Opkothard, die geheimnisvolle Stadt. Ich habe sie nie gesehen, man erwähnt sie nur flüsternd.«

»Meinst du, daß der Kerl dorthingeht?« fragte Elisha.

Tuanne schüttelte den Kopf. »Halte ich für unwahrscheinlich. Der direkte Weg führt geradeaus. Es gibt keinen Grund, warum er den Umweg machen sollte.«

»Dann können wir ihn vielleicht doch noch einholen«, meinte Elashi.

Conan äußerte seine Zweifel nicht — daß Skeer ein Pferd hatte und sie nicht. Würde er allein laufen, konnte er das Tempo des Pferdes erreichen. Aber mit den beiden Frauen hielt er es für unwahrscheinlich, daß sie ihre Beute einholten.

Doch gleich darauf entdeckten sie Skeers Lager. Als der Cimmerier die Reste des unglücklichen Pferdes sah, war er froh, seine Zweifel nicht geäußert zu haben.

Das linke Vorderbein des Pferdes war gebrochen, doch war das kaum der Grund seines Todes. Obwohl das Raubzeug kein brauchbares Fleisch mehr drangelassen hatte, fand Conan bei dem Kadaver einen Wirbel, der mit einem Schwert entzweigeschlagen worden war. Skeer hatte also das Reittier wegen des gebrochenen Beines getötet und dann vom Fleisch gut gelebt, ehe er sich auf den Weg machte. Soweit hatte er wirklich Glück gehabt.

»Vielleicht geht Skeer doch nach Opkothard«, sagte Conan. »Es sei denn, er möchte den Rest des Weges zu Fuß marschieren. Dort erwischen wir ihn möglicherweise. Zumindest können wir uns Reittiere besorgen.«

»Hast du genug für einen solchen Kauf?« fragte Tuanne.

Der Cimmerier lächelte verschmitzt. »Nein, aber ich habe gelernt, daß das nicht unbedingt ein Hinderungsgrund ist.«

Als es Nacht wurde, war das Trio erst halb so weit gekommen wie ohne den Schnee. Doch Skeer kam auch nicht schneller voran. Conan sammelte Reisig.

»Wir müssen ein Feuer entfachen«, erklärte er.

Wie üblich machte Elashi eine ihrer schnoddrigen Bemerkungen.

»Warum so eilig, Conan? Ist dir kalt?«

Als Antwort kam ein Heulen aus der Ferne. Drei Herzschläge später folgte ein zweites und drittes Heulen. Gleich darauf war alles ringsumher erfüllt von den Stimmen wilder Tiere.

Elashi wandte sich an Tuanne, die Conan beim Holzsammeln half.

»Wölfe«, sagte Tuanne nur. »Oder noch Schlimmeres.«

»Schlimmeres?«

»Vielleicht Werwölfe.«

»Verstehe ich nicht«, erklärte Elashi. »Werwölfe?«

»Menschen, die sich bei Vollmond oder wenn sie genügend Zauberkraft haben, in Wölfe verwandeln. Sie gleichen in Gestalt und Benehmen natürlichen

Wölfen, sind aber so intelligent wie Menschen und gegen normale Waffen unverletzlich.«

Elashi lief es kalt über den Rücken. Blitzschnell lief sie an Conans Seite und sammelte eifrig Reisig.

Sobald das Feuer brannte, fühlte Conan sich besser. Natürliche Tiere fürchten das Feuer. Wenn diese Biester, welche die Nacht mit ihrem Geschrei erfüllten, keine natürlichen waren, hatte er immer noch sein Schwert. Crom gab dem Manne bei der Geburt Mut. Ein starker Arm, eine scharfe Klinge würden diese Zaubertiere schon einen Kopf kürzer machen. Da war er doch ziemlich sicher. In seinem jungen Leben hatte jegliche Berührung mit Magie einen schlechten Geschmack auf der Zunge hinterlassen, so daß er nichts damit zu tun haben wollte.

Das Heulen kam näher. Elashi und Tuanne schienen gegen seine Nähe nichts zu haben. Als er einen Ast ins Feuer warf und sich zurücklehnte, spürte er die Hüften beider Frauen an den kräftigen Schenkeln. Er grinste leicht vor sich hin. Dies nächtliche Geschrei hatte auch seine guten Seiten.

Der Cimmerier breitete seinen Umhang aus. »Legt ihn euch um, damit wir alle drei unsere Wärme teilen!« In Wahrheit war ihm so dicht am Feuer ohne Umhang recht heiß. Doch Elashi und Tuanne nahmen seinen Vorschlag gern an.

Rechts von ihm strahlte Elashi viel Wärme aus, doch Tuanne auf der anderen Seite war so kalt wie eine Marmorfigur, die draußen im Schnee stand. Ihr Körper war weich, aber eiskalt.

Obwohl Conans Magen knurrte, trotz der Wurzeln und Knollen, spürte der Cimmerier, wie er bei der wohligen Wärme des Feuers und mit den beiden Frauen zur Seite langsam in den Schlaf glitt.

Tuannes Flüstern weckte ihn.

»Conan!«

Die blauen Augen des Cimmeriers öffneten sich und sahen ein Ungeheuer auf der anderen Seite des nur noch spärlich flackernden Feuers.

Es war eine Art Wolf, halb so groß wie ein Pferd und beinahe so weiß wie Schnee ringsumher. Die gebleckten Zähne des Monsters schimmerten wie altes Elfenbein.

Elashi bewegte sich neben ihm. »Mach dich bereit, das Feuer zu schüren«, flüsterte er. »Vielleicht kann ich ihn vertreiben.«

Das Wolfsungeheuer schlich etwas näher, ohne Conan aus den Augen zu lassen.

Urplötzlich sprang der Cimmerier auf und schwang das Schwert. »Heii, Wolf!« brüllte er. Seine rauhe Baßstimme dröhnte durch die stille Nacht.

Der Wolf machte einen weiten Satz zurück, blieb aber dann stehen. Ohne sich umzudrehen, fragte Conan: »Tuanne, meinst du, daß dies eines der Werbiester ist, von denen du sprachst?«

»Nein, es hat keinerlei magische Ausstrahlung«, antwortete sie.

»Gut! Legt Holz nach, damit das Feuer lodert, falls er noch Brüder oder Schwestern hat.«

Der weiße Wolf knurrte, ein tiefes Grollen. Dann zog er die Lefzen hoch und zeigte die fingerlangen Fänge. Das dichte Fell über den Schultern stellte sich auf. Steifbeinig machte er einen Schritt auf Conan zu.

Der Cimmerier nahm das Schwert locker in die Hand und schlug einen Bogen nach rechts.

Der Wolf folgte Conans Bewegungen mit funkelnden Augen. Das Grollen wurde lauter. Conan sah, daß sich das Tier zum Sprung vorbereitete.

Dann sprang der Wolf und zielte auf Conans Kehle. Behende wich der junge Barbar seitwärts aus. Dann schwang er das Breitschwert über dem Kopf, wie ein Mann die Axt beim Holzspalten führt. Dabei hielt er die Schultern gesenkt, wie man es ihn gelehrt hatte.

Die Geschwindigkeit des Wolfes täuschte. Er war langsamer, als Conan gedacht hatte. Hätte der gewaltige Schlag des Cimmeriers Nacken oder Körper des Wolfes getroffen, wäre es ein tödlicher Streich gewesen. Doch die rasiermesserscharfe Klinge erwischte nur den Schwanz und trennte diesen feinsäuberlich ab.

Der Wolf heulte auf und wirbelte herum. Doch war sein Gleichgewichtssinn durch den fehlenden Teil des Schwanzes gestört. Als er die Fänge in Conans Schenkel versenken wollte, erwischte er nur den Pelzumhang. Wütend knurrend riß er daran und schüttelte ihn von einer Seite zur anderen.

Nun konnte Conan seine Fehleinschätzung wiedergutmachen. Sein zweiter Schlag war genauer. Die Klinge sang in der frostigen Luft eine kalte Melodie von Stahl und Blut. Dann traf die Klinge den Wolf ins Genick. Der Mann mit dem geschmiedeten Metall hatte den Sieg über die Bestie errungen.

Der Kopf des Wolfes fiel in den Schnee. Erst Sekunden später merkte der Rumpf, was geschehen war. Der kopflose Wolfskörper sprang mit letzter Zuckung Conan an, warf ihn zu Boden und verströmte purpurrotes Blut über den Liegenden.

Tuanne und Elashi sprangen zu Conan und riefen angstvoll seinen Namen.

Der cimmerische Recke schob den Kadaver von sich und stand auf. Dampf stieg aus dem warmen Blutstrom, ehe die eiskalte Nacht ihn gerinnen ließ.

»Schon gut«, sagte Conan nur.

Die beiden Frauen starrten ihn an. Selbst Tuanne, die in ihrem unnatürlich langen Leben, viel gesehen hatte, schien erstaunt, daß Conan noch lebte.

»Borg mir dein Messer«, sagte Conan zu Elashi. »Vielleicht ist das weiße Fell des Ungeheuers etwas wert.«

Diesmal reichte sie ihm ohne Kommentar den Dolch.

Conan prüfte die Schärfe, nickte und machte sich daran, dem Wolf das Fell abzuziehen, das dieser nicht mehr brauchte. Zwar konnte der Cimmerier das Fell nicht ordentlich gerben; aber das Tier hatte noch Gehirnmasse, die es ebenfalls nicht mehr benötigte. Damit rieb er das Fell innen ein, um es zu konservieren, bis es richtig gegerbt werden konnte.

Acht

Neg schlug mit dem Handrücken in das Gesicht vor ihm, nicht besonders hart, aber für ihn zufriedenstellend.

Der Empfänger des Schlages hielt ihm stand, ohne mit der Wimper zu zucken oder erkennbares Interesse oder Schmerz. Er war einer der Männer-ohne-Augen. In den milchigen Augen drehten sich nur winzige graue Wolken, die einzige Bewegung in diesem starren Gesicht.

»Ist sie die einzige?« wollte Neg wissen.

Die Gestalt nickte langsam. Es wirkte wie eine Verbeugung.

»Dann wirst du ihren Platz einnehmen!«

Jetzt zeigte die Gestalt Gefühle. Mit erhobenen Händen trat der Mann zurück.

Neg lächelte. Er winkte, worauf zwei andere seiner blinden Sklaven erschienen und den Verdammten packten. Einen Augenblick lang schien es, als wolle dieser Widerstand leisten. Doch abrupt gab er auf, als sei dem Mann — schließlich *war* er mal ein Mann gewesen — die Sinnlosigkeit seiner Handlung klar geworden.

»Bringt ihn ins Verlies und tötet ihn!«

Nachdem die drei verschwunden waren, stellte Neg sich vor einen großen Spiegel an der Wand seines Gemaches. Wo hast du dich verkrochen, Tuanne? Nicht in meinem Befehlsbereich, da ich deine Anwesenheit nicht fühlen kann, weder im Land der Lebenden noch im Land der Toten. In den Zwischenlanden? Dort kann ich dich finden. Aber wie ist es dir gelungen, mein hübsches Kind der Nacht, aus dem Kerker zu fliehen?

Negs Spiegelbild blickte teilnahmslos zurück, das Gesicht unter der Maske der Gleichgültigkeit verborgen. Das verheißt nichts Gutes, Bruder, schien das Ebenbild zu sagen, daß einer deiner Sklaven entkommen konnte. So etwas ist noch nie geschehen. Wird deine Macht schwächer? Beeinträchtigt dich etwa irgendeine außernatürliche Kraft? Hat irgendein trickreicher Gott dir einen Hemmschuh zwischen die Beine geworfen, um seine eigenen Ziele zu verfolgen?

Neg wandte sich vom Spiegel ab. Die Fragen beunruhigten sehr. Es gab keine Antworten darauf. Tuanne war verschwunden. Das war das einzige, was er im Augenblick sicher sagen konnte. Warum oder wohin? Er wußte es nicht.

Nun denn! Als erstes galt es, den Schein zu wahren.

Er hielt es zwar für sehr unwahrscheinlich, daß jemand außerhalb seines Schlosses je von ihrer Flucht erfahren würde; aber sollte doch jemand davon Kenntnis erlangen, bedeutete das eine Bresche in seiner Macht. Daher mußte er die Frau so schnell wie möglich finden und zurückbringen. Abgesehen davon, daß Tuanne eine seiner Lieblingssklavinnen war.

Er klatschte in die Hände. Beinahe gleichzeitig stand schon einer der blinden Priester vor ihm. Es war, als habe der Mann das Klatschen schon gehört, als Neg die Hände gehoben hatte. Vielleicht stimmte das sogar. Der Kult hatte ein weitaus feineres Gehör als Sterbliche.

»Geh und finde meine Sklavin! Die, welche dein Bruder entkommen ließ. Nimm noch fünf deiner Brüder mit und mach dich auf den Weg. Wag nicht, ohne sie zurückzukommen!«

Der Mann-ohne-Augen verneigte sich. Dann eilte er mit wogenden Gewändern schnell hinaus.

Gut, dachte Neg. Die Sache ist bald erledigt. Die Männer-ohne-Augen waren zäh. Für die schöne Tuanne würde ihm schon eine passende Bestrafung einfallen — raffiniert und wirkungsvoll.

Inzwischen konnte er auf das Eintreffen der Quelle des Lichtes warten. Sollte sie in seinem Besitz sein, ehe die Priester Tuanne fanden, konnten sie die Suche abbrechen. Mit der Kraft des Talismans konnte er sie überall aufspüren — auch in den Zwischenländern. Seine Reichweite würde dann grenzenlos sein.

Bei diesem Gedanken lächelte Neg glücklich und zufrieden. Vielleicht würde ihm auf den dunklen Korridoren des Schlosses wieder eine Ratte über den Weg laufen. Das wäre schön! Er hätte gern seinen Todesblick nochmals eingesetzt. Und wenn es mal keine

Ratten mehr geben sollte? Nun, da waren immer noch die Dörfler in der Nähe ...

Skeer hatte große Blasen von den schlecht passenden Stiefeln, als er sich der Stadt Opkothard näherte. Aus der Ferne hatte er schon einen Blick auf sie werfen können, als sich der Pfad durch die Berge wand. Doch als er nun um eine Biegung kam, ließ ihn der Anblick die schmerzenden Füße vergessen.

Opkothard! Viel wurde über diesen Ort gemunkelt von denen, welche nie dort waren. Skeer hatte zweiunddreißig Winter geschafft, ohne je herzukommen oder daß ihm das etwas ausgemacht hätte. Als er so die Stadtmauern anstarrte, die keine Stunde mehr entfernt lag, wünschte er, daß er von diesem Anblick verschont geblieben sei.

Die Stadtmauer war massig und offensichtlich aus Gestein erbaut, das man aus den umliegenden grauen Felsen geschlagen hatte. Es war nicht leicht, ihre Größe aus der Ferne abzuschätzen; aber wenn diese Ameise, die oben herumkroch, ein Mensch war, mußte sie mindestens zwölf Bogenspannweiten hoch sein. Wozu brauchte man ein solches Bollwerk? Bestimmt war sie auch enorm dick.

Er sah nur einen Eingang in der eisgrauen Mauer, zu dem der Pfad geradewegs hinführte. Die Torflügel waren etwa halb so hoch wie die Mauer und aus dunkelrotem Material. Beim Näherkommen sah Skeer, daß sie aus Eisen mit einer dicken Rostschicht waren. Kein Angreifer konnte sich einen Weg durch dies Material hindurchbrennen!

Als ob ein Angreifer je bis zu diesem Portal gelangte! Im letzten Abschnitt verengte sich der Weg so, daß gerade drei Leute nebeneinander gehen konnten. Zu beiden Seiten fiel das Gelände steil ab, bis hinunter zu den Felszacken der Schlucht. Die Zugbrücke überspannte einen tiefen Graben von etwa fünf Armspannen. War sie hochgezogen, verschlänge dieser Rachen jeden, der töricht genug wäre, hinüberspringen zu wollen.

Die Opkothardier liebten anscheinend ungebetene Gäste nicht. Ohne ihr Einverständnis mochte kaum jemand in der Lage sein, sich Einlaß zu verschaffen, vor allem wenn von der Mauer noch ein Pfeilhagel herabkam.

Der Wachposten auf der Mauer mußte Skeer schon seit etwa einer halben Stunde gesehen haben, nahm aber keine Notiz von ihm, bis Skeer ihn anrief.

»Hallo, da oben!«

»Ja? Was willst du denn hier, Bauerntölpel?«

»Einlaß natürlich!«

»Na klar, sonst nichts? Zu welchem Zweck?«

Skeer hatte nicht gedacht, daß er sich einer solchen Befragung unterziehen müßte. Aber sein Verstand arbeitete in derartigen Situationen blitzschnell. Kurz vor dem Tor hatte er in der Mauer ein Symbol gesehen: eine fette Spinne. Skeer verehrte keine Götter besonders, obgleich er ihre Namen oft im Munde führte, meist wenn er fluchte. Doch kannte er dieses Symbol. Es stellte den Namenlosen Spinnengott dar, einen Schutzpatron von Yezud. Der Namenlose hatte nie viele Anhänger, nicht wie Mitra, Bel oder sogar Set. Wenn aber hier sein Abbild an so hervorragender Stelle angebracht war, mußte das auch etwas bedeuten.

»Na, Bauerntölpel? Hat der Teufel dir die Zunge gefressen?«

»Ich könnte aus vielen Gründen hergekommen

sein, mein Freund. Tatsache ist, daß ich Ihm, dem Namenlosen, dessen Gestalt acht Beine zählt, meine Verehrung darbringen will.«

»Warum hast du das nicht gleich gesagt? Willkommen in Opkothard, Pilger. Möge der Namenlose gnädig auf dich herabblicken.«

»Und möge Er auf dich herabblicken, wie du es verdienst, mein Freund«, sagte Skeer und dachte: Ich hoffe er saugt dir alle Säfte direkt durch die Augen aus, du Narr!

Die rechte Hälfte des schweren Tores schwang so weit auf, daß ein Mann passieren konnte. Dabei quietschte es so, daß jeder Dämon vor Schreck zurückgewichen wäre. Skeer beglückwünschte sich zu seiner hervorragenden Eingebung und marschierte in die geheimnisvolle Stadt, welche Spinnen liebte.

Als Conan und seine Begleiterinnen sich dem Stadttor von Opkothard näherten, fielen schon lange Schatten, da die Sonne sich bald zur nächtlichen Ruhe begeben würde. Der Cimmerier hatte schon andere befestigte Städte gesehen, doch keine mit einem so imponierenden Bollwerk wie dies.

»He«, rief der Wächter vom Mauerkranz, »sag mir, in welcher Angelegenheit du nach Opkothard kommst!« Er sagte das mit so viel Arroganz, daß dem Cimmerier sofort die Galle hochkam.

Conan wollte den Wächter schon anbrüllen, daß ihn das überhaupt nichts angehe, schwieg aber. Für ihn war es kein Problem, auch diese Mauer zu erklettern, da er als Cimmerier in den Bergen großgeworden war; aber den beiden Frauen würde es nicht leichtfallen.

Noch ehe er etwas sagen konnte, trat Tuanne vor, direkt in einen Sonnenstrahl, der ihre weiße Haut wie von innen heraus leuchten ließ. »Öffne das Tor!« befahl sie.

Conan ließ den Posten nicht aus den Augen. Der Mann leckte sich die Lippen, die plötzlich trocken geworden waren, und gab mit der linken Hand der Torwache ein Zeichen. »Jawohl«, sagte er ohne jede Spur von Überheblichkeit. Ob er erkannte, was Tuanne war oder nicht, auf alle Fälle sah er *etwas* bei ihr, weswegen er so schnell Befehl gegeben hatte, das Tor zu öffnen.

Nachdem sie durch das quietschende Tor getreten waren, roch und hörte Conan die Stadt. Menschen, Kochdünste, Abfallgestank mischten sich zu einem Duft, der außerhalb der Zivilisation unbekannt ist. Vor einer Reihe großer Steinbauten stand auf einem freien Platz die Statue einer Riesenspinne, die auf acht dikken Beinen hockte. Die Straßen waren relativ breit, doch führten zahllose enge Gassen von ihnen ins Häusergewirr.

Ein kleiner Junge starrte das Trio an. Conan rief ihn an.

Zögernd kam der Junge. »Bist du ein Barbar?«

Der Cimmerier lachte kurz. »Allerdings, mein Junge! Einige Leute nennen mich so. Aber wir suchen nach jemandem.« Er beschrieb Skeer, aber der Junge schüttelte den Kopf. »Hab ich nicht gesehen. Was hast'n du da für'n Fell?«

»Das hat einem Wolf gehört, der zuviel gefragt hat«, erklärte Conan. »Würdest du den Mann erkennen, nach dem wir suchen, wenn du ihn siehst?«

»Natürlich, gewaltiger Herr.«

»Gut.« Conan wandte sich an Elashi. »Hast du ein paar Münzen?«

»Nur wenig.«

»Gib dem Jungen einen Kupferling.«

Elashi holte aus ihrem Beutel eine Münze und warf sie dem Jungen zu, der sie geschickt auffing.

Conan sagte: »Also, mein Junge, wenn du diesen Mann siehst, kommst du zu mir. Dann sind noch zwei Kupferlinge für dich drin.«

»Ich laufe sofort los und suche, Herr.«

»Nein, warte! Wie viele Wege führen aus der Stadt?«

»Nur zwei, Herr. Dieser Eingang und einer, der ins abgeschlossene Tal im Norden führt, wo unser Getreide wächst.«

»Dann bleib hier und paß auf, ob der Mann die Stadt verläßt. Erklär mir den Weg zu einem Händler, wo ich mein Fell verkaufen kann.«

Der Junge gab Conan komplizierte Anweisungen, in welche Gasse und um wie viele Ecken er gehen müsse. Der große Cimmerier nickte. Dann machten sich die drei auf den Weg zum Händler.

Dieser Händler hatte die meisten Waren vor dem Laden unter einer blaugestreiften Plane. Als Conan dieses Zelt ohne Wände mit dem Wolfsfell über der Schulter betrat, erschien wie aus dem Nichts ein kleiner dürrer Mann. Sofort befühlte er das Fell.

»Hm, ein prächtiges Fell, wirklich. Ein weißer Wolf, richtig. Muß aber noch richtig gegerbt werden, außerdem fehlt der Kopf, ist also unvollständig. Trotzdem würde ich vielleicht ein Silberstück dafür geben, weil ich heute meinen großzügigen Tag habe.«

Tuanne berührte Conan an der Schulter. Ihre Finger waren wie Eiszapfen. Er schaute sie an.

»Nicht unter fünf Silberlingen«, flüsterte sie. »Weiße Wölfe sind sehr selten. Er bekommt doppelt soviel, wenn er das Fell weiterverkauft.«

Der Händler war so mit dem Fell beschäftigt, daß er das Flüstern nicht hörte. Doch Conans nächste Worte rissen ihn zurück in die Wirklichkeit.

»Acht Silberstücke«, erklärte der junge Cimmerier.

Der Händler schaute ihn an, als hätte Conan ihn angespuckt.

»Acht? Acht? Bist du verrückt? Hat die Sonne dein Gehirn verbrutzelt? Selbst ein so großzügiger Mann wie ich würde meinen Kindern das Brot aus den Mündern nehmen, wenn ich mehr als drei für dieses schimmelige Fell biete.«

Conan grinste etwas. Händler waren überall gleich! Für sie war Feilschen wichtiger als die Luft zum Atmen.

Conan zuckte mit den Achseln. »Ich möchte wirklich nicht der Grund sein, daß deine Kinder verhungern. Vielleicht könnte ich sieben annehmen und selbst etwas weniger essen.«

Der Mann hüpfte förmlich vor Freude über dies Geplänkel. »Vier! Bei vier muß ich etwas von dem nehmen, was ich für meine Beerdigung zurückgelegt habe. Fremder, könntest du mit ansehen, daß ein Mann wegen ein paar Silberlingen unbeerdigt liegen muß?«

Conan rieb sich das Kinn. »Das ist eine ernste Sache, Händler; aber bei weniger als sechs erleide ich vielleicht das gleiche Schicksal.«

Der Händler befingerte das Fell und musterte Conan listig.

Unauffällig warf Conan einen Blick umher. Mehrere rauh aussehende Kerle standen vor dem Zelt. Drei trugen Dolche im Gürtel, keiner ein Schwert oder eine Pike.

»Deine Verkleidung als Barbar ist wirklich ausgekocht«, sagte der Händler. »Aber mich kannst du nicht täuschen. Ich kenne einen Händler, wenn ich mit einem rede. Fünf! Das ist mein letztes und endgültiges Angebot.«

Conan nickte. »Du bist mir zu gerissen, Freund. Ich nehme an.«

Der kleine Mann grinste. Er schlug Conan auf die Schulter, war über die Muskelpakete dort überrascht und nickte.

Der Austausch fand statt. Als die fünf Silbermünzen im Abendsonnenschein aufglänzten, war Conan klar, daß die fünf Burschen dem Handel mit mehr als dem üblichen Interesse zusahen. Elashi und Tuanne hatten sie auch bemerkt. Als Elashi etwas sagen wollte, winkte Conan schnell ab.

»Übrigens, Händlerfreund«, sagte er. »Der Amboß da drüben steht aber schlecht.«

Der Händler nickte. »Ach ja! Die beiden Idioten, die mir im Laden helfen, haben ihn dorthin gezerrt, dann ging ihnen die Kraft aus. Seit Tagen sammeln sie neue Kräfte, um ihn woanders hinzuschieben.«

»Wo soll er denn stehen?«

»Da drüben, bei dem Faß mit Eisenwaren.«

»Na, dann trage ich ihn dir schnell hin.«

Conan ging zu dem großen Amboß, der aus schwarzbemaltem Eisen war und etwa so viel wog wie der Cimmerier. Aus der Hocke heraus legte er die Arme herum und stand auf. Mit dem Amboß vor der Brust sagte er zum Händler. »Der muß innen hohl sein.«

»Hohl? Nein, Freund, der ist aus solidem Roheisen gegossen.«

Conan hob den Amboß mit gestreckten Armen über den Kopf. Das machte er noch dreimal. »Bist du auch sicher? Mir kommt er hohl vor oder mit Federn gefüllt.«

Die Wirkung dieser Vorführung blieb bei den Strolchen nicht aus. Plötzlich hatten diese ehrenwerten Herren irgendwoanders dringende Geschäfte zu erledigen. Er hörte sie noch reden.

»Beim Namenlosen, so stark ist niemand!«

»Mit dem Barbaren sollte man sich nicht anlegen.«

»Bei Set! Ich bestimmt nicht!«

Und die fünf verschwanden so schnell, wie sie gekommen waren.

Conan setzte den Amboß so sanft wie eine Mutter ihr schlafendes Kind zu Boden.

»Ich werfe meine beiden Helfer sofort hinaus, falls du ihren Arbeitsplatz möchtest.«

»Vielen Dank, mein Lieber. Nein. Ich habe fünf Silberstücke und brauche daher nicht zu arbeiten.«

Als Conan zu Elashi und Tuanne schaute, sah er ihre erstaunten Blicke.

»Bei Mitras linkem Nasenloch!« sagte Elashi. »Ich habe noch nie einen Mann mit deiner Stärke gesehen! Wie kannst du ein so schweres Ding so leicht bewegen?«

Tuanne sagte nichts, aber nickte bei Elashis Frage beipflichtend.

Conan war mit sich mehr als zufrieden. »Dieses Kinderspielzeug? Das war gar nichts. Kommt und laßt uns ein Nachtlager suchen. Morgen früh werden wir Skeer finden und die ganze Sache hinter uns bringen.«

Als sie den Laden verließen, war Conans Gang mehr als nur ein bißchen überheblich. Ein Mann konnte wirklich in schlimmere Situationen geraten.

Mit einer einzigen Handlung hatte er gefährliche Burschen verscheucht und schöne Frauen tief beeindruckt, dazu noch fünf Silberlinge im Beutel. Ja, es gab schlimmere Situationen für einen Mann.

Neun

Der Wachposten über dem Südtor von Opkothard konnte sich nicht erinnern, je eine seltsamere Gruppe von Besuchern erlebt zu haben wie in den letzten Tagen. Gestern ein Pilger, der eher wie ein Bauerntölpel als wie ein wahrer Gläubiger ausgesehen hatte. Dann ein muskelbepackter Barbar mit einem weißen Fell über der Schulter und zwei Frauen, von denen eine offensichtlich eine Priesterin des Namenlosen war. Der Blick aus ihren Augen ließ ihn vor Kälte erschauern, so daß er sie schnell einließ. Auf keinen Fall wollte er sich die Ungnade des Namenlosen zuziehen. Dann waren noch nach Sonnenuntergang sechs Priester in der Dunkelheit gekommen. Sie mußten blind sein, denn die Finsternis machte ihnen offensichtlich nicht zu schaffen. Keiner stolperte. Ehe er die an einem dunklen Ort traf, würde er lieber einen Umweg durch die halbe Stadt machen. Und dann kam noch gegen Ende seiner Wache eine einzelne Gestalt im Talar.

»Wer dort?« rief der Wachposten.

»Ich bin Malo, Priesterschüler bei den Suddah-Oblaten.«

Diesen Orden kannte der Wächter. Sie waren schon öfter in der Stadt ein und aus gegangen. Doch dieser trug ein Schwert an einem Gurt um die Mitte. Ein Suddah hatte noch nie Waffen getragen. Aber es war nicht Sache des Postens, Abweichungen von der Regel eines unbedeutenden Ordens zu ergründen. Er ließ den Suddah ein. Damit war die Sache für ihn erledigt.

»Ich spüre das, was wir suchen«, sagte Tuanne. »Hier entlang.« Sie deutete auf eine winkelige Gasse, die sich durch ein etwas schäbigeres Viertel der Stadt wand. Wenn der Mond schien, hatte er sich hinter dikken Wolken versteckt. Das einzige Licht kam von den wenigen flackernden Fackeln, die auf Stangen in großen Abständen standen.

Conan sagte: »Da Skeer uns alle drei gesehen hat, wäre es besser, wenn wir ihn überraschen. Ich schlage vor, erst einmal etwas zu essen und ein Nachtlager zu suchen und morgen früh aufzubrechen.«

»Das ist eine gute Idee«, pflichtete ihm Elashi bei. Sie klang erstaunt, daß ihr Gefährte zu solchem Geistesblitz fähig war.

Conan wollte ihr schon antworten, ließ es aber. Was soll's?

»Dort vorn ist eine Schenke«, sagte Tuanne.

Conan blickte angestrengt. Obwohl er besser sah als die meisten, konnte er keine Schenke entdecken.

Tuanne lachte. Es war das erste Mal, daß Conan und Elashi sie lachen hörten. Sie sagte: »Ich bin an Dunkelheit gewöhnt. Meine Augen hatten dazu viele Jahre Zeit.«

Sie führte die beiden die enge Gasse hinunter. Conan stieg der Duft von würzigen Speisen in die Nase. Das Wasser lief ihm im Mund zusammen. Außer diesen Wurzeln hatte er seit Tagen nichts Ordentliches gegessen. Das Fleisch des Wolfes sei ungenießbar, hatte Tuanne erklärt. Und der eklige Gestank des Kadavers hatte Conan überzeugt, daß er dieses Fleisch lieber nicht anrührte.

Die Schenke war aus Stein gebaut, Tür und Fensterläden aus Holz. Über der Tür hing ein Brett, auf dem eine Spinne eingebrannt war. Die scheinen hier sehr beliebt zu sein, dachte Conan. Die Worte, die darunter eingebrannt waren, konnte er nicht lesen.

»Die Schenke heißt *Die Tarantel*«, erklärte Tuanne.

Elashi schauderte. »Die kenne ich. Das sind große Spinnen, so groß wie eine Männerhand. Ich habe sie in der Wüste schon gesehen.«

»Giftig?« erkundigte sich Conan.

»Nein. Nur der Biß brennt, sagen meine Leute. Aber sie sind häßlich und haarig.«

Conan war beruhigt. Haarig und häßlich — das war ihm egal. Gift war eine andere Sache.

»Skeer ist nicht drin«, erklärte Tuanne. »Jedenfalls nicht der Talisman, und ich kann mir nicht vorstellen, daß er ihn aus den Händen läßt.«

Conan nickte. »Dann nichts wie rein und essen!«

Mehrere Fettfackeln erleuchteten das Innere der Schankstube mit ihrem gelblichen Schein. Vier Männer und zwei Frauen saßen herum, aßen und tranken oder wärmten sich schweigend vor dem Kamin.

Tuanne ging zu einem Holztisch in der Nähe der Feuerstelle. Elashi und Conan folgten. Die anderen Gäste warfen dem Trio gleichgültige Blicke zu. Keiner richtete das Wort an sie.

Gleich darauf erschien eine wohlbeleibte Frau mit schmuddeliger Schürze. »Was darf's denn sein, Fremde?«

»Wein«, befahl Conan. »Und was zu essen. Brot, Fleisch, was hast du sonst noch?«

»Kein Fleisch, tut mir leid. Alles aufgegessen. Aber

ich habe schön scharfen Käse, schwarzes krustiges Brot und so viel Wein, wie du trinken willst.«

Conan spürte das Verlangen nach einem richtigen Stück Fleisch; aber er hatte schon vor langer Zeit gelernt, sich mit dem zu bescheiden, was vorhanden war. »Na schön, Wirtin, dann bring uns das.«

Sie watschelte weg. Nach kurzer Zeit kam sie mit einer großen Platte zurück, auf der zwei Laibe Brot und ein kopfgroßer Käse lagen, dazu drei Messingbecher. Dann holte sie noch ein paar Flaschen Wein. »Vier Kupferlinge macht das.«

»Hast du ein Zimmer?«

Die Frau sah Conan verschlagen an und grinste. »Ein Zimmer für euch drei?«

»So ist es.«

»Aber sicher, sicher! Noch mal vier Kupferlinge.«

»Was ist die Tauschrate von Silber und Kupfer in dieser Stadt?« fragte Conan.

Die Frau zögerte kurz und grinste wieder. »Hat ja keinen Sinn, einem Mann was Falsches zu erzählen, der gleichzeitig mit zwei Frauen fertig wird. Eins zu zehn.«

Instinktiv erklärte Conan: »Ich habe fünfzehn gehört.«

»Naja, vielleicht in anderen Vierteln. Hier sind zwölf zu eins eher richtig.«

Conan hatte keine Lust zu feilschen, da das Essen vor ihm auf dem Tisch stand. Er gab der Frau ein Silberstück. »Hier! Essen, Trinken und Zimmer. Der Rest ist für dich.«

»Meiner Treu, du bist wirklich ein großzügiger junger Herr.« Dann entfernte sie sich.

Das Brot war nicht warm, aber auch nicht altbakken. Der Käse war tatsächlich angenehm scharf, und der Wein schmeckte süß und köstlich. Conan und Elashi aßen mit großem Appetit. Tuanne aß nichts, stocherte nur, um den Schein zu wahren, auf der Platte herum und tat so, als nähme sie einen Schluck Wein.

Nach dem Abendessen zeigte die Wirtin ihnen das Zimmer. Es lag eine Treppe hoch, war klein, aber sauber. Es gab nur ein kleines Problem.

»Da ist nur ein Strohsack«, sagte Elashi.

»Aber doch groß genug für drei«, entgegnete die Wirtin und zwinkerte Conan zu.

»Bring noch einen!« befahl die Tochter der Wüste.

Die Frau nickte und ging. Dabei murmelte sie leise: »Wohl Ärger im Paradies, was?«

Conan hörte das und lächelte. Das verging ihm aber schnell, als er Elashis wütenden Blick auffing.

»Ich würde gern dein Bett mit dir teilen, Conan«, sagte Tuanne. »Die Nacht ist kalt, da wäre mir deine Wärme sehr willkommen.«

Elashis Reaktion war in Anbetracht ihres bisherigen Verhaltens Conan gegenüber äußerst unerwartet. Als die Wirtin mit dem zweiten Strohsack hereinkam, sagte sie: »Ich habe meine Meinung geändert. Es ist zu kalt, um allein zu schlafen. Ich werde mich zu den beiden legen.« Hochmütig zeigte sie auf Conan und Tuanne.

Auf dem Gesicht der Wirtin war wieder das listige Grinsen. »Aber gewiß doch! Das verstehe ich.«

»Wir *schlafen* nur zusammen«, fuhr Elashi sie an. »Wegen der Wärme.«

»Aber gewiß doch, nur wegen der Wärme.«

Skeer ging es zur selben Zeit nicht so gut. Er wollte keine Aufmerksamkeit auf sich lenken und hatte sich daher einen Verschlag in einer total verkommenen Herberge genommen, damit ihn jeder für arm hielt. In Knöchelhöhe hatte er quer über den türlosen Eingang zu seinem Verschlag eine Angelschnur gespannt. Sie war dünn, aber stark genug, daß man darüber stolperte, sollte jemand nachts hereinkommen. Skeer schlief mit dem Dolch in der Hand und so leicht, daß er beim Geräusch eines fallenden Körpers schnell genug zustechen würde, ehe der Eindringling sein Gleichgewicht wiedergewonnen hatte. Als weitere Vorsichtsmaßnahme hatte er mit dem Dolch unter dem stinkenden Heu, das als Lager diente, ein Loch in die Erde gegraben. Dort verstaute er den Talisman und glättete die Erde darüber. Bei oberflächlichem Suchen würde man seinen Schatz nicht gleich entdecken.

In Wahrheit glaubte Skeer nicht, daß seine Nachtruhe gestört würde. Von den sechs Verschlägen waren nur drei belegt. In einem schnarchte ein Säufer so laut, daß er die Toten wecken konnte. Im anderen lag ein schwer keuchender weißhaariger Alter, der mehr als siebzig Winter auf dem Buckel haben mußte, und allesamt sehr hart. Es war unwahrscheinlich, daß er immer noch verfolgt wurde. Jedenfalls würde ihn hier keiner suchen, wo niemand freiwillig Quartier nahm.

Morgen wollte Skeer dann seinem Glück etwas nachhelfen, indem er sich Proviant und ein Pferd besorgte. Und dann nichts wie weg! In einer besseren Unterkunft und mit wärmenderer Gesellschaft als die schnarchenden und keuchenden Genossen hier hätte er sich bestimmt länger aufgehalten. Das könnte ihm aber den Kopf kosten. Wenn Neg herausfand, daß einer seiner Boten gewagt hatte, sich seinen Befehlen zu widersetzen, war das Leben dieses Boten weniger wert als der Staub auf der Straße.

Mit diesen unangenehmen Vorstellungen im Kopf verfiel Skeer in einen unruhigen Schlaf.

Die Männer-ohne-Augen bewegten sich schweigend durch die Stadt, ohne von der Dunkelheit behindert zu sein, welche anderen zu schaffen machte. Nur noch wenige Fackeln brannten kümmerlich, dichter Nebel hatte sich über Opkothard gesenkt: Die stygische Dunkelheit verbarg ihre Geheimnisse — doch nicht vor den Männern-ohne-Augen. Sie suchten nach der Zombie Tuanne unbeirrt weiter. Ihre Ohren vernahmen das leiseste Geräusch, ihre Nasen erschnupperten, ob hinter geschlossener Tür ein Mann mit einer Frau zusammen war. Ihre Haut nahm die geringe Wärme war, wenn ein alter Mann, der nicht schlafen konnte, sich eine Pfeife anzündete und an die herrlichen Tage der Jugend zurückdachte. Das fehlende Augenlicht machte diesen schurkischen Priestern nichts aus. Unermüdlich suchten diese Raubtiere auf Beutezug nach dem Wild. Sie würden das finden, was sie suchten, oder niemals wieder in ihren Tempel zurückkehren.

Und sie würden Tuanne finden.

Malo vergrub sich in die Wollballen, die in der Scheune lagen, welche er sich als Nachtquartier gewählt hatte. Durch Fragen hatte er herausbekommen, daß der Barbar, der zwei seiner Mitbrüder getötet hatte, tatsächlich hier Zuflucht gesucht hatte. Nun, die würde er nicht finden!

Dieser Barbar, der sich Conan nannte, hatte Cengh und den Boten Mikahl getötet. Daran bestand für Malo kein Zweifel. Die Beweise waren erdrückend. Der cimmerische Kraftprotz war geflohen und hatte die

Quelle des Lichtes mitgenommen, welche der Bote zum Tempel gebracht hatte. Würde ein Unschuldiger fliehen? Bestimmt nicht!

Daß dieser cimmerische Gorilla Malo vor seinem Lehrer beschämt und lächerlich gemacht hatte, vergrößerte seine Wut. Daher hatte er sich sofort gemeldet, als Freiwillige gesucht wurden, um den Mörder der beiden Oblaten zu verfolgen. Für dieses eine Mal galten auch die strengen Ordensregeln nicht. Die Klinge an Malos Seite war aus feinstem turenischen Stahl kunstvoll geschmiedet und so scharf, daß er sich damit den Bart scheren konnte. Die sollte dieser Kraftprotz mal mit bloßer Hand abfangen, wie er es mit dem Stab getan hatte, dann gab es aber Blut und Knochen auf der Straße!

Conan mußte für den Tod der beiden Oblaten sterben! Für die Schande, die er Malo zugefügt hatte, sollte dieser Tod langsam und qualvoll sein! Er würde diesen Barbaren wie die Strohpuppe im Training aufschlitzen und seine Innereien in die Gosse werfen!

Morgen würde er den Mörder finden. Morgen würde der Mörder bezahlen. Mit diesen Gedanken schlief Malo ein, um von Ruhm und Blut zu träumen.

Im Herzen von Opkothard, in den Tiefen des schwarzen Tempels, der dem Achtbeinigen-Namenlosen geweiht war, verrichtete ein zaundünner Priester seine abstoßenden Zeremonien. Auf dem Altar lagen die Eingeweide eines getöteten Widders. Ein Dutzend schwarzer Spinnen, auf deren Bäuche eine rote Sanduhr gemalt war, krochen zwischen den Gedärmen und dem geronnenen Blut herum. Der Priester beobachtete aufmerksam die Muster, welche die Spinnen schufen. Die Prophezeiungen verhießen nichts Gutes. In der

Stadt waren gefährliche Menschen, einige mit Kräften, mit denen man sich besser nicht anlegte, andere, die diese Kräfte suchten. Menschen wie diese schufen viele Probleme, wenn man nicht aufpaßte.

Der dürre Priester sah den Spinnen noch einen Augenblick länger zu, dann holte er den Zeremonienstab aus dem Gürtel. Die Spinnen hatten ihre Schuldigkeit getan und waren nun überflüssig. Sorgfältig zerstampfte der Priester sie. Die Spinnen waren Weibchen. Was er ihnen zufügte, war auch nicht schlimmer als das, was sie mit ihren Männchen machten, sobald diese ihren Zweck erfüllt hatten. Das Rad des Schicksals drehte sich ewig und erfüllte den kosmischen Kreis.

Er mußte das Ergebnis seiner Augurenschau sofort dem Hohen Priester Emreaves melden, damit dieser gegen die Eindringlinge ins Heiligtum des Spinnengotts Schritte unternehmen konnte.

Eine Spinne zuckte noch auf dem Altar. Vielleicht nur ein Nervenkrampf. Da brachte der Priester schon seinen Stab mit kräftigem Schlag auf sie herab. Ein Teil der Därme spritzte heraus und befleckte ihm das Gewand. Doch nahm er davon keine Notiz. Die Zeremonie war wichtig. Das Gewand konnte gewaschen werden, aber von einer mißhandelten Spinne, die spukte, Tag und Nacht verfolgt zu werden, war etwas anderes.

Zehn

Skeer wachte auf, als ein Mann in der Nähe fluchte. Dieser Mann lag auf dem Boden von Skeers dreckigem Verschlag mit dem Gesicht im stinkenden Heu. Sein Fluchen war gedämpft, da man mit dem Mund voll Kompost nicht besonders laut reden kann.

Skeer war auf einen Schlag hellwach. Er rollte sich mit gezücktem Dolch auf den Eindringling zu. Innerhalb von Sekunden hatte er den Mann beim Schopf gepackt, den Kopf nach hinten gebogen und die Klinge an die merkwürdig saubere Kehle gesetzt. Ein dünner Strahl der Morgensonne schien durch einen Spalt im Bretterdach. Skeer erkannte den Säufer, der in dem anderen Verschlag gelegen hatte. Seine kunstvoll gespannte Angelschnur hatte ihren Zweck nicht verfehlt. Was wollte der Kerl hier?

Skeer fragte ihn. »Was suchst du hier?«

Der Gestank von saurem Wein bereitete ihm Übelkeit, als der Mann den Mund öffnete. »O, o, guter Herr. Ich — ich — s-s-suche n-n-ur ...«

»Los, spuck's schon aus!«

Eine unglückliche Wortwahl. Denn der Betrunkene machte den Mund auf, und ein stinkender Strom schoß heraus.

»Bei Set!« Skeer sprang zurück, um dem Erbrochenen zu entgehen.

Der Gestank füllte sofort den ganzen Verschlag. Skeers Magen rebellierte auch schon.

Der Betrunkene lächelte und sagte: »Isch s-s-suche d-die L-latrine, Herr! Natürliches B-bedürfnis.«

»Raus!« brüllte Skeer. »Und paß auf die Schnur auf!«

Der Mann schaffte es, auf die Beine zu kommen.

Trotz Skeers Warnung torkelte er los und blieb prompt wieder hängen. Diesmal fiel er aber nicht, sondern schwankte davon.

Eine großartige Unterkunft habe ich, dachte Skeer. Wenn sogar Besoffene meine Schlafstelle mit der Latrine verwechseln. Jetzt war es mehr als Zeit, sich davonzumachen.

Schnell grub Negs Agent seinen Schatz aus.

Als Skeer sich von seinem Nachtquartier entfernte, stand im Schatten unsichtbar eine Gestalt und beobachtete ihn. Sobald Skeer um die Ecke war, trat er ins Licht. Es war der Betrunkene, der eben noch bei Skeer kotzend auf dem Boden gelegen hatte. Doch jetzt war der Blick des Mannes klar und nicht vom Wein umnebelt. Sein Gang war fest und nicht torkelnd.

Der Betrunkene lächelte.

Eine zweite Gestalt glitt aus dem Schatten und stellte sich neben den Betrunkenen. Dies war der Alte, der ebenfalls Skeers Nobelherberge geteilt hatte. Er hatte immer noch weißes Haar. Doch verriet sein Auftreten, daß dies nur Tarnung war; denn er bewegte sich mit der Leichtigkeit eines Mannes im Sommer.

»Geh zum Hohen Priester«, sagte der Pseudobetrunkene zum Scheingreis. »Sag ihm, ich bin sicher, daß dies der Fremde ist, den er sucht. Er ist zu mißtrauisch für jemanden, der nichts zu verbergen hat.«

»Emreaves wird erfreut sein, dies zu hören«, meinte der andere.

»Nun geh schon! Je schneller du ihm die Botschaft bringst, desto schneller hat er Grund zur Freude.«

»Wie du befiehlst, Meister der Maske. Möge der Namenlose mit dir sein.«

»Von mir aus kann er sein, wo er will, solange die Priester so gut zahlen!«

Der Hohe Priester des Opkothardischen Tempels des Spinnengottes ohne Namen nickte, als er die Botschaft von dem Mann vernahm, welcher als Meister in der Kunst der Verstellung und der Maske den Boten so verändert hatte, daß vom Aussehen her niemand geglaubt hätte, daß er ein zweiundzwanzigjähriger Priesterschüler war.

Der Meister der Maske war zwar kein Wahrer Gläubiger aber sehr nützlich, wie sich jetzt wieder einmal zeigte. Auch wenn die Botschaft nur bestätigte, was der Hohe Priester schon gefühlt hatte, war es wichtig, die genaue Identität des Mannes zu kennen, der den kraftausstrahlenden Talisman bei sich hatte. Bis jetzt stützte sich alles auf Vermutungen. Das war zu gefährlich. Emreaves mußte es *wissen* und dann handeln, ehe der magische Gegenstand benutzt werden konnte. Der Namenlose zürnte über fremde Magie in seinem Reich. Es war Aufgabe der Priester solches zu verhüten.

Emreaves sagte: »Geh zurück zum Meister der Maske. Befolg seine Anweisungen. Er soll mit der Überwachung dieses Fremden fortfahren, bis ich Verbindung mit ihm aufnehme.«

Der Novize verneigte sich. »Jawohl, hoher Herr.«

Nachdem der Junge-als-Greis-verkleidete-Mann gegangen war, begab sich Emreaves ins innere Heiligtum. Gebete mußten gesprochen und Rituale ausgeführt werden. Danach konnte er den Träger des magischen Gegenstandes mit karmischer Straflosigkeit vernichten. Er mußte sich nur noch überlegen, welche Methode am geeignetsten war, den Fremden in den

Tod zu befördern. Aber das war nicht schwierig: Er konnte von vielen Methoden wählen ...

Conan erwachte aus einem Traum, in dem er mit zwei Frauen geschlafen hatte, von denen keine genug von ihm kriegen konnte. Als er im ersten Schein der Morgendämmerung sah, daß er tatsächlich zwischen zwei Frauen lag, lächelte er.

»Angenehme Gedanken?« fragte Tuanne.

Conan antwortete: »Du bist aber früh wach.«

»Ich schlafe nicht wie normale Frauen«, erklärte sie. »Ich danke dir für die Wärme in der Nacht.«

»Das hab ich gern getan.«

Auf der anderen Seite rührte sich Elashi. Einen Augenblick lang preßte sie die vollen Brüste gegen Conan und legte ihm ein Bein über die Hüfte. »Mmm«, sagte sie wohlig. Dann öffnete sie die Augen, erstarrte und löste sich jäh von jedem Kontakt mit dem starken jungen Cimmerier.

»Laßt uns gehen und Skeer suchen«, sagte Conan, ehe Elashi etwas sagen konnte.

»Ja«, meinte sie, »das sollten wir tun.«

Fünf der Männer-ohne-Augen standen vor der Tarantel-Schenke, in ihre dunklen Gewänder gehüllt, schweigend und reglos. Die morgendliche Kühle schien ihnen nichts auszumachen. Kurz darauf kam der sechste Priester heraus und nickte den anderen zu. Zwei gingen zur Vordertür, zwei andere zur Hintertür und zwei betraten die Schenke. Ohne anzuhalten, stiegen sie die Treppe hinauf zu den Schlafräumen.

Malo hatte bei seiner Suche nach dem Mörder-Barbaren keine Zeit verschwendet. Noch vor Tagesanbruch war er von seinem Wollbett aufgestanden und hatte nach Arbeitern gesucht, die um diese Zeit schon tätig waren: Abfallbeseitiger, Huren und Schlaflose. Opkothard war eine große Stadt, aber nicht so groß, daß Fremde nicht bemerkt wurden. Schon innerhalb einer Stunde wußte Malo, daß ein großer Barbar die Nacht in einer Schenke verbracht hatte, in Begleitung zweier Frauen.

Malo spuckte aus, als er dies hörte. Dieser Kerl brachte mit Sicherheit irgendeine unrechtmäßig erworbene Beute mit bemalten Huren durch und lachte über den Mord an zwei Priestern. Nun denn! Der würde nicht mehr lachen, wenn Malo mit ihm fertig war.

Skeer hatte ein Pferd gefunden, das leicht zu stehlen war, dazu noch einen Laden, wo er sich Proviant und Decken besorgen konnte. Er mußte die Sachen nur herausholen — der Besitzer hatte über der Tür feinsäuberlich aufgeschrieben, wann er sein Geschäft betreten würde. Skeer hatte noch eine Stunde Zeit. Ehe jemand merkte, daß etwas fehlte, würde er schon weit weg von der Stadt sein.

Gerade wollte er sich Zutritt zum Laden verschaffen, als er das Gefühl hatte, beobachtet zu werden.

Skeer hatte keine magischen Fähigkeiten. Sein Überleben hing von natürlicher Begabung und Instinkt ab. Letzter hatte ihn schon oft gerettet, daher traute er ihm. Unauffällig musterte Negs Agent seine Umgebung.

Zuerst sah er niemanden. Doch dann entdeckte er den Arbeiter. Der Mann schien keine Notiz von Skeer zu nehmen. Er war ganz damit beschäftigt, Mist von einem großen Haufen in einen hölzernen Karren zu schaufeln. Nur ab und zu wischte er sich die Stirn mit dem schmutzigen Ärmel.

Skeer überdachte die Lage. Klar, der Mistkäfer konnte ihn sehen; aber er schien nur für seine Arbeit Augen zu haben. Skeer war sicher, den Mann noch nie vorher gesehen zu haben. Dennoch blieb dieses kribbelnde Gefühl. Vielleicht gab es noch einen unsichtbaren Beobachter, der hinter einem Vorhang oder Fensterladen herunterlugte. Vielleicht schützte auch irgendeine magische Vorrichtung den Laden?

Skeer schüttelte den Kopf. Nein, so leicht würde der Sieg doch nicht werden, wie er dachte. Er beschloß, sich ein anderes Ziel zu suchen.

Er ging vom Laden weg, vorbei am Mistauflader, der ihn keines Blickes würdigte.

Du siehst Schatten, die es gar nicht gibt, sagte Skeer zu sich selbst. Aber er ging nicht zum Laden zurück.

Gerade hatte Conan das Schwert umgegürtet, als die Tür aufgerissen wurde und gegen die Wand knallte. Zwei Männer kamen herein und blickten Tuanne an.

Zumindest zeigten ihre Nasen in diese Richtung. Ihre Augen waren nur graue Scheiben.

Tuannes Reaktion war ein katzenhaftes Fauchen. Sie trat zwei Schritte zurück. Dann stand sie mit dem Rücken zur Wand.

»Tuanne?« rief Conan.

»Negs Männer«, antwortete sie. »Sie wollen mich holen. Man nennt sie Männer-ohne-Augen.«

Conans Schwert sang das Lied von Stahl und Leder, als er es aus der Scheide riß. »Sie werden gleich Männer-ohne-Köpfe heißen, wenn sie nicht sofort verschwinden.«

Die beiden Männer wandten die Gesichter dem Cimmerier zu.

»Sie sind gefährlich, Conan! Tödlich!«

»Die sind nicht mal bewaffnet«, bemerkte Conan.

»Das brauchen sie nicht. Sie sind ausgebildet und übermenschlich stark.«

»Das werden wir gleich sehen. He, ihr da!« rief er den Priestern zu. »Verlaßt sofort den Raum!«

Die Männer gingen auseinander, um Conan in die Zange zu nehmen.

Der junge Barbar nahm sein Schwert in beide Hände und zielte mit der Spitze auf die Brust des ihm näher stehenden Mannes.

Links von Conan hatte Elashi ihr Schwert gezückt, um die linke Flanke zu schützen. Zu seiner Rechten hatte Tuanne einen irdenen Wasserkrug ergriffen und hielt ihn über den Kopf, als wolle sie ihn werfen. Conan grinste. Bei Crom! Er hatte zwei Frauen, die für ihn *kämpfen* wollten ... Was mehr konnte ein Mann sich wünschen!

Der erste Priester setzte sich in Bewegung. Die Schnelligkeit überraschte Conan. Der Blinde sprang vor und trat Conan gegen das Knie. Dann sprang er wieder zurück. Alles, ehe der Cimmerier zuschlagen konnte. Der Tritt beförderte Conan einen halben Fuß nach hinten.

Hm, Tuannes Einschätzung der Männer war nicht ganz falsch. Sie waren schnell und stark. Aber Conan war schließlich auch kein Schwächling.

»Haaa!« schrie der Cimmerier und griff mit hocherhobener Klinge an.

Der Raum ließ nicht viel Platz für einen Kampf. Als der Blinde leichtfüßig zurückspringen wollte, war die Wand im Weg. Der scharfe Stahl traf auf die Schulter, hielt sich dort aber nicht lange auf, sondern glitt weiter. Der Arm flog von seinem Besitzer ab.

Doch der Einarmige gab nicht auf. Er machte eine

Kreisbewegung und stieß mit der Ferse zu. Dieser Tritt endete in Conans Magengrube und warf ihn zurück.

»Uff!«

Obwohl Conans Muskeln hart wie Stahl waren, hatte ihm dieser Tritt doch den Schmerzensschrei entlockt.

Jetzt aber machte der Priester den Fehler, sofort wieder anzugreifen. Conan war keineswegs ernstlich verletzt. Als der blinde Einarmige vorsprang, wurde er wie ein Huhn am Spieß durchbohrt. Selbst im Tod gab er keinen Laut von sich.

Der zweite Angreifer hatte versucht, Tuanne zu greifen. Das brachte ihm Ärger ein. Zuerst warf die Zombie-Frau den Krug nach ihm. Als er den Arm abwehrend hob, versetzte ihm Elashi einen Hieb mit dem Schwert quer über die Rippen. Es war kein tödlicher Streich, aber ziemlich wirkungsvoll. Eine Blutfontäne ergoß sich durch den Raum, als er zurücksprang.

Ehe der Mann sich erholen konnte, griffen Conan und Elashi wieder an und stachen beinahe gleichzeitig zu. Conan erwischte die Kehle, Elashi den Bauch. Tödlich getroffen sank er zu Boden.

»Das wär's dann wohl«, meinte Conan.

»Es werden noch mehr kommen«, warnte Tuanne. »Neg schickt nie nur zwei aus. Wir müssen schnell weg.«

Das kam Conans Wunsch sehr entgegen. Die beiden waren zu schnell für seinen Geschmack.

Die drei eilten die Treppe hinunter.

Malo kam zu der Schenke mit dem Schild der Spinne über der Tür. Zwei Männer flankierten den Eingang und beobachteten alles aufmerksam. Jedenfalls kam es ihm so vor — bis er näher kam. Es lief ihm kalt über den Rücken. Unwahrscheinlich, daß sie etwas beobachteten, nicht mit *diesen* Augen!

Aber seine Beute war dort drinnen, und er war nicht in der Stimmung, sich abhalten zu lassen.

»He, Freunde! Ich will in die Schenke.«

Die beiden Männer drehten sich gleichzeitig in seine Richtung und schauten ihn aus toten Augen an.

Hm, vielleicht war es doch besser, auf den Barbaren draußen zu warten ...?

Keine drei Herzschläge später tat ihm der Barbar den Gefallen — und zwar blitzschnell! Die beiden Türsteher waren schnell, aber Conan war schneller. Ehe sie ihn packen konnten, war er schon an ihnen vorbei. Und dann hatte der verdammte Barbar auch noch die beiden Weiber dabei, von denen Malo gehört hatte.

Der Suddah-Oblate griff nach dem Schwert.

Durch die vorausgehende Übung waren Conans Muskeln angewärmt, so daß er mit gewohnter Schnelligkeit reagierte. Aus der Drehung heraus erwischte er den blinden Angreifer direkt in der Kopfmitte.

Wirklich eine feine Klinge, dachte Conan, als Fleisch und Knochen sich säuberlich teilten.

Der zweite Blinde stieß einen gellenden Pfiff aus, offenbar ein Signal.

Conan hielt den Mann mit blitzschnellen Querhieben in Schach. »Bleibt hinter mir!« rief er den Frauen zu.

Der Angreifer mußte zurückweichen. Damit war der Weg auch für seine Begleiterinnen frei.

Jetzt wollte Malo sich auf den verhaßten Barbaren stürzen. Doch da schossen zwei weitere Männer mit diesen seltsamen Augen um die Ecke. Sie bemerkten Malo und hielten ihn fälschlicherweise für den Feind.

Malo hegte gegen die Männer keinen Groll. Doch war ihre Absicht so deutlich, daß er die turanische Klinge hob und rief: »Ihr irrt euch! Ich gehöre nicht zu denen.«

Seine Worte hatten keine Wirkung. Der eine Blinde wollte nach ihm greifen. Automatisch schlug Malo zu, was den Angreifer die linke Hand kostete. Malo grinste. Dies war sein erster richtiger Kampf nach zehn Jahren Training. Wenn diese Männer sich mit ihm anlegen wollten? Nur zu! Den Barbaren konnte er später noch erledigen. Er stellte die Beine rechts, links, rechts, links mit den knappen Bewegungen, die man ihn gelehrt hatte. Verwirrt ließen die Blinden von ihm ab.

Skeer hörte den Kampf, ehe er ihn sah. Instinktiv wollte er in die andere Richtung laufen, weg von der Menge, die immer aus dem Nichts auftauchte, wenn es einen Kampf gab. Aber hier war es besser, sich unter die Menge zu mischen. Also ging er mit, um den Grund des Auflaufs zu sehen.

Der Anblick, der sich ihm bot, jagte ihm eiskalte Schauer über den Rücken und Schweißperlen auf die Stirn.

Bei Set! Es war der Barbar aus dem Tempel! Und die Zombie-Hure auch! Außerdem fuchtelte noch ein Suddah-Oblate mit dem Schwert in der Luft herum. Und vier — nein, drei der Männer-ohne-Augen! Einer schien ziemlich tot zu sein, einer blutete stark. Und dann war da noch eine junge Frau, die er nicht kannte, ebenfalls mit dem Schwert in der Hand.

Irgend etwas stimmte hier nicht.

Skeer verstand zwar nicht alles, was sich abspielte, wußte aber, daß er bestimmt keinen Nutzen davon hatte. Schlimm genug, daß der Barbar und die Zombie da waren. Aber daß Neg einige seiner verdammten Priester ausgeschickt hatte, verhieß wirklich nichts Gutes.

Skeers erster Gedanke war zu fliehen — aufs nächstbeste Pferd und mit gestrecktem Galopp zum Südtor! Doch dann überwog seine Vorsicht. Er sah sich vorm Tor von irgend jemand aufgehalten, vom gestohlenen Pferd geholt und in Ketten abgeführt. Diese Vision erschien ihm durchaus realistisch. Nein, welche andere Möglichkeit gab es? Nun, er würde sich in der Stadt verstecken und bei Nacht heimlich fliehen.

Das Klirren der Schwerter klang ihm in den Ohren, als er sich vom Kampfplatz entfernte.

»Das ist er!« rief Tuanne.

Conan war gerade dabei, noch einen Priester niederzuschlagen, registrierte die Bedeutung des Ausrufs nicht.

»Was? Wer?«

»Skeer! Er läuft weg.«

Der große Cimmerier machte mit seinem Gegner kurzen Prozeß. Als der Mann ausrutschte, half er ihm, den Staub noch schneller zu küssen.

Dahinter fiel ein anderer Priester ohne Kopf zu Boden. Conan erkannte zuerst nicht, wer ihm geholfen hatte. Doch dann wußte er: Malo, der Priester mit dem er im Tempel mit Stöcken geübt hatte. Gut, daß er gerade jetzt gekommen ist, dachte Conan.

Elashi war zwar sehr tapfer, doch fehlte es ihr an Kraft und Können, um es mit dem Gegner aufzunehmen. Doch Tuanne half der Tochter der Wüste. Gemeinsam konnten sie den letzten Blinden in Schach halten.

Dann trat Conan hinter den Mann. »He!« rief er.

Der Blinde drehte sich bei dieser neuen Bedrohung um. Da trieb Conan ihm die Schwertspitze durch die Brust ins Herz.

Tuanne rief: »Schnell, Skeer entkommt!«

Als der Cimmerier und die beiden Frauen loslaufen wollten, war ihnen der Weg verstellt — Malo!

»Geh beiseite, Priester!« befahl Conan. »Sonst entkommt ein Mörder.«

»Mag sein«, entgegnete Malo. »Dafür gelingt dies einem anderen Mörder nicht!«

»He, bist du verrückt? Hier gibt es keine Mörder! Wir haben zu unserer Verteidigung gekämpft.«

»Deine Zunge sollte von den vielen Lügen gefroren sein«, sagte Malo. Er hob das Schwert über den Kopf, mit der Klinge nach oben, so daß sie wie ein horizontaler Schild war. »Diese Klinge ist nicht aus Holz, Barbar! Und du trägst auch keinen Panzerhandschuh.«

»Conan!« schrie Tuanne. »Skeer ist gleich weg!«

»Ich habe jetzt keine Zeit, Malo! Beweg dich!«

»Ich bewege mich erst, um deine Leiche zu untersuchen.«

Conans Wut war grenzenlos. Er hob das Schwert wie eine Axt zum Holzspalten und sprang.

Malo blieb entschlossen stehen. Das Schwert zur Abwehr bereit. Seine Stellung war perfekt.

Unglücklicherweise hatte Malos Training ihn nicht auf die Wut eines Conan aus Cimmerien vorbereitet.

Conans Schwert sauste so schnell herunter, daß es durch die Luft pfiff. Der Schlag war so hart, daß Malos Klinge weggefegt wurde. Die rasiermesserscharfe Klinge Conans traf Malos Stirn und spaltete ihm den Schädel wie eine reife Melone.

Die Seele Malos, des Suddah-Oblaten, entwich durch den Spalt und vereinigte sich mit denen seiner Ahnen. Als der Körper die Erde berührte, war Malo tot.

Doch nahm Conan sich nicht die Zeit, die Leiche zu untersuchen. Er lief mit Tuanne und Elashi dem verschwundenen Skeer hinterher.

Elf

Den Rest des Tages hielt Skeer sich nirgends länger als ein paar Minuten auf. Er aß etwas buchstäblich im Vorbeigehen. So stark war die innere Unruhe. Es war, als spüre er den heißen Atem der Vernichtung im Genick. Es war kein Zufall, daß der Barbar und die Zombie-Hure ihm hierher gefolgt waren. Weiterhin beunruhigte ihn die Anwesenheit der Männer-ohne-Augen. Aber da war noch etwas, eine nicht zu benennende Gefahr umgab ihn, etwas Böses lauerte an jeder Ecke, folgte ihm auf den Fersen. Dafür gab es keine vernünftige Erklärung; aber er spürte es. Rastlos streifte er den ganzen Tag durch die Stadt. Er gab sich Mühe, langsam zu gehen, um nicht aufzufallen. Im Inneren jedoch befand sich Skeer auf wilder Flucht, der Tod immer einen Schritt hinter ihm.

»Welche Straße?« fragte Conan.

Tuanne schloß die Augen, legte den Kopf leicht nach hinten und zeigte auf eine winkelige Gasse. »Diese.«

Elashi wollte gleich losstürmen, doch Conan packte sie am Arm. »Nein, warte einen Moment!«

Tuanne öffnete die Augen. »Warum zögerst du?«

Die drei standen an einer Kreuzung von vier Straßen. In der Nähe war ein Wagen mit Melonen. Frauen feilschten mit dem Melonenverkäufer, dahinter saß ein alter Mann und rauchte seine Wasserpfeife. Die blauen Rauchwolken, die ihn umgaben, dufteten nach einer exotischen Essenz.

»Hier sind wir schon mal vorbeigekommen«, sagte Conan.

»Na und?« Elashi wollte weiter.

»Wir sind hier und an mehreren anderen Stellen schon öfter gewesen. Ich glaube, unsere Beute steht nicht still.«

»Wie immer sagst du das, was wir auch schon wissen«, fuhr ihn Elashi an.

Tuanne legte ihr die Hand auf die Schulter. »Warte! Ich glaube, ich habe ihn verstanden. Skeer ist auf der Flucht. Wir können ihm nur aufgrund meiner Verbindung zum Talisman folgen. Aber wir werden ihn nie einholen, wenn er dauernd weiterläuft. Stimmt das, Conan?«

»Genau.«

»Und was schlägst du statt dessen vor?« fragte Elashi.

»Es gibt nur einen Weg aus der Stadt«, erklärte der Cimmerier. »Wenn er nicht in die Sackgassenschlucht will, muß er durchs Südtor. Wir legen uns dort auf die Lauer und warten.«

»Wie lange?« wollte Elashi wissen.

»So lange wie nötig. Wir können uns beim Schlafen abwechseln.«

Elashi nickte. »Ich muß zugeben, der Plan klingt vernünftig.«

Conan wunderte sich, warum es ihr so schwerfiel, das zuzugeben. Aber er sagte nichts.

Kaum setzten der Barbar und die beiden Frauen sich in Bewegung, hörte der Alte auf, an seiner Wasserpfeife zu saugen, und stand auf. Er trat auf die Kreuzung und schaute dem Trio nach. Als sie beinahe außer Sicht waren, winkte er. Eine der Frauen am Melonenkarren nickte und folgte den Fremden. Der Melonenverkäufer kam schnell zu dem Alten.

Der Raucher wischte sich übers Gesicht. Streifen wurden sichtbar, wo die Schminke abging. »Die drei haben mit dem anderen irgendwie zu tun«, erklärte er. »Melde dem Hohen Priester, daß ich noch fünf seiner Männer brauche. Zwei davon sollen ans Südtor gehen, die anderen drei hierher zu mir. Meine eigenen Agenten werden unserer Beute folgen.«

»Wie du befiehlst, Meister der Maske.«

»Dann geh schon. Schnell!«

Im inneren Heiligtum des Tempels beendete Emreaves sein Ritual. Nun mußte er nur noch Weihrauch verbrennen, dann war alles für den Tod der Sie bereitet. Kein schöner Tod, wenn es so etwas überhaupt gibt, aber ein sicherer Tod. Seit Bestehen des Tempels hatte noch niemand den Fluch der Sie überlebt. Oft traf er das Opfer nicht sofort, nicht wie ein Blitz aus heiterem Himmel; aber niemand konnte ihm entkommen. Waren die Sies einmal gerufen, hielten sie erst inne, wenn die Aufgabe erfüllt war. Für die so zum Tode Verurteilten Wahren Gläubigen war ein wichtiger Teil der Folter, sie von dem Fluch wissen zu lassen. Danach konnten sie ruhig fliehen. Viele zogen es vor, Selbstmord zu begehen als die Alternative zu ertragen.

Nacht senkte sich auf die Straßen, als Emreaves den Weihrauch entzündete. Beißende Rauchwolken stiegen zu der dunklen Balkendecke empor. Ihm kam es vor, als höre er im sinkenden Licht das Scharren Zehntausender von kleinen Füßen, die sich in Bewegung setzten.

Der Hohe Priester lächelte, als er das Weihrauchfaß schwang. Wer in diese Stadt Magie brachte, tat das auf eigene Gefahr. Dafür würden die Priester des Namenlosen immer sorgen.

Als der Abend sein dunkles Netz über die Stadt warf, fühlte Skeer sich erleichtert. Die Dunkelheit war seine Schwester. Sie breitete ihren Schutzmantel über das Treiben von Dieben und Huren. Niemand konnte fangen, was er nicht sah. Und in der Nacht bewegte sich Skeer wie ein Unsichtbarer.

Während des Tages war er weder vom Barbaren noch von den Frauen belästigt worden. Er hatte auch keine andere Gefahr entdecken können. Diese quälende Sorge blieb, obgleich nichts geschehen war, um sie zu begründen.

Nun, bald würde er Opkothard und alle seine Probleme hinter sich haben.

Der Plan, den er sich ausgedacht hatte, war einfach: eine Schenke mit vielen Zechern, davor ein halbes Dutzend Pferde angebunden, die auf ihre Reiter warteten. Genauso wie jene, welche dort drüben lag. Ein schlaftrunkener Wächter lehnte an einer Wand und paßte auf. Skeer würde ihm die Kehle durchschneiden, das stärkste Pferd nehmen und in der Kleidung des Toten zum Südtor reiten. Sollte jemand nach ihm suchen, würden sie niemand sehen, der Skeers Sachen trug. Dann würde er die Torwache überreden, ihn hinauszulassen. Mit den Vorräten, die er sich schon besorgt hatte, konnte er den halben Weg zu Negs Schloß reiten, ohne anzuhalten. Und dann holte ihn niemand mehr ein, selbst wenn sie sein Ziel kannten.

Der Barbar wußte bestimmt, wohin Skeer reiten wollte. Schließlich war er mit dieser Zombie-Hure im Bunde. Der hätte er den Kopf abschlagen sollen, als er die Gelegenheit hatte. Verdammt! Wieder verfluchte er sich, daß er die Zombie nicht gleich erkannt hatte. Verdammter Idiot!

Aber das war jetzt nicht mehr zu ändern. Die Vergangenheit konnte man nicht ändern. Jetzt galt es, die Gegenwart zu bewältigen.

Der Wächter schlief im Stehen. Ohne die Wand wäre er sicher umgekippt. Mühelos gelangte Skeer direkt neben ihn. Schwieriger war es, wie er den Mann erledigen sollte, ohne die Uniform mit Blut zu besudeln. Doch dann fiel ihm etwas ein.

Skeer lockerte mit dem Dolch einen Pflasterstein. Den schlug er dem Schlafenden gegen die Schläfe. Er spürte, wie der Knochen brach. Der Mann fiel sofort bewußtlos zu Boden. Wahrscheinlich würde er mit gebrochenem Schädel sterben, aber Skeer riskierte nichts. Sobald er dem Mann die Kleidung ausgezogen hatte, durchtrennte er die Halsschlagader des Bewußtlosen. Während das Leben des Mannes im Staub der Straße verrann, zog er schnell die Uniform an. Gleich darauf sattelte er den großen grauen Hengst, den er sich ausgesucht hatte, und ritt im Schritt davon. Verrotte in der Hölle, Opkothard, dachte er und schlug die Richtung zum Südtor ein.

Als er auf einer Kreuzung anhielt und nach möglichen Verfolgern Ausschau hielt, glaubte er Geräusche zu hören. Es war, als trommelten kleine Finger auf trockenes Papier oder als huschten Ratten in einem Keller über Glasscherben.

Ach was! Kein Grund zur Sorge! Er trieb den Hengst an und ritt weiter.

Der Mond segelte über den klaren Himmel, an dem das kalte Feuer unzähliger Sterne funkelte. Conan rutschte unruhig auf der Kante des Heuwagens hin und her, der nahe dem Südtor stand. Obwohl es seine Idee gewesen war, beim Tor auf Skeer zu lauern, mißfiel ihm die Warterei. Er war ein Tatmensch. Der Cimmerier drehte sich um und betrachtete die schlafenden Frauen im Heu. Elashi schlief in eine Decke gehüllt, die Conan von einer Leine gestohlen hatte. Tuannes Augen waren offen, doch starrte sie leer in den Raum und schien von ihrer Umgebung keine Notiz zu nehmen.

Der Wagen stand nahe bei der Einmündung einer Gasse in die Hauptstraße Opkothards. Conan konnte von hier aus das Tor gut sehen, war aber selbst durch die Schatten der umliegenden Häuser auch den schärfsten Augen verborgen.

Als der Reiter kam, hörte und sah ihn der Cimmerier, ohne selbst gesehen zu werden. Einer der Nachtwächter, dachte Conan. Wahrscheinlich soll er die Torwache ablösen.

Der neue Wächter hielt an und rief dem Posten über

dem Tor etwas zu. Die Worte konnte Conan nicht genau verstehen; aber er hatte den Eindruck, daß seine erste Idee falsch sei.

Urplötzlich fuhr Tuanne heftig auf. Conan drehte sich um.

»Der Talisman! Er ist ganz nah!«

Conan schaute wieder zu dem Reiter. Der Schein des Mondes war nicht hell genug, als daß er das Gesicht des Mannes hätte erkennen können. Doch Conans Gedanken waren schneller als seine Augen. Auch wenn er nicht sehr zivilisiert war, mangelte es ihm keineswegs an Verstand: Skeer saß da drüben auf dem Pferd — in Verkleidung.

Der junge Recke aus dem Norden zog sein Schwert, stieg lautlos vom Wagen und schlich zum Tor.

»Warum willst du so spät noch die Stadt verlassen, Kamerad?«

Skeer warf dem Mann einen Blick hinauf, von dem er hoffte, er sei verzweifelt, und zuckte mit den Achseln. »*Ich* will ja nicht, Bruder. Befehl vom Kommandanten der Wache. Er erwartet jemand, dem soll ich entgegenreiten.«

»Warum weiß ich nichts von diesem Befehl?«

»Keine Ahnung! Frag den Namenlosen, Bruder. Ich befolge nur meinen Befehl. Nun öffne schon das Tor! Über die Philosophie unserer Vorgesetzten können wir reden, wenn ich zurückkomme.«

Der Posten murmelte etwas vor sich hin, was sehr nach einem kräftigen Fluch klang, und rief dem Mann, der unten das Tor aufkurbelte zu, er solle öffnen.

Skeer grinste. Es war wirklich zu leicht, diese Schwachköpfe reinzulegen.

Da hörte er wieder dieses merkwürdige Geräusch,

dieses Kribbel-Krabbel. Er schaute sich um. Nichts zu sehen — warte! Da kam ein Mann herüber, eine breitschultrige Gestalt, deren Gesicht im Schatten lag, die aber ein Schwert in der rechten Hand hielt. Das konnte nur dieser Barbar sein!

Skeer wollte den Mann an der Kurbel zur Eile antreiben, als er etwas sah, das seine Aufmerksamkeit mehr fesselte als der Barbar: Die Statue der Spinne schien — wellenförmig zu wandeln! Skeer strengte die Augen an. Es war, als bedecke ein lebender Teppich die Steinfigur, eine zähe dunkle Masse, die langsam auf die Straße strömte. Im nächsten Augenblick konnte er erkennen, woraus dieser Teppich wirklich bestand ...

Spinnen! Tausende und Abertausende! Jede so groß wie eine Männerhand mit haarigen Beinen statt der Finger. Und alle bewegten sich auf das Tor zu!

Und direkt auf Skeer!

Da wurde Skeer klar, daß die Arachniden es auf ihn abgesehen hatten. Jetzt hatte sich das ungute Gefühl bestätigt, das er schon den ganzen Tag lang gespürt hatte. Skeer *wußte*, daß diese Ausgeburten der Hölle ihn suchten und niemand anderen.

Furcht und Entsetzen packten ihn.

Das Tor war jetzt teilweise offen, beinahe weit genug für einen Reiter. Skeer konnte nicht warten. Er gab dem Pferd die Sporen, so daß es lossprang und den Mann am Tor zu Boden stieß. Skeers linkes Knie stieß gegen das rostige Eisen, die Hose zerriß, doch das spielte keine Rolle. Ein verletztes Knie würde heilen, die Bisse von Tausenden von Spinnen nicht.

Da sah der Wächter die anströmende Flut der achtbeinigen Ungeheuer.

»Beim Namenlosen! Laß es nicht mich sein!«

Er griff nach einer Fackel und hielt sie den Spinnen entgegen. Gelbliches Licht tanzte über das Pflaster ...

Gelbliches Licht tanzte über das Pflaster. Conan blieb stehen, als er den Schrei des Postens hörte. Gleichzeitig hörte und sah er das Heer der Spinnen, die wie eine Woge anbrandeten.

»Crom!«

Er wollte weglaufen; aber da marschierten schon die ersten dieser haarigen Biester an ihm vorbei, ohne ihn zu beachten. Er hätte genausogut ein Baum sein können. Die Spinnen krabbelten um seine Knöchel, hielten aber nicht an. Conan stand stockstill, um ja nicht auf eine Spinne zu treten und damit die Aufmerksamkeit der anderen auf sich zu locken. Ein Schwert hatte keine Chance gegen diese Horde fetter, ekliger Krabbeltiere.

Inzwischen war Skeer durch das halboffene Tor entflohen. Conan hörte, wie sich der Hufschlag schnell von der Stadt entfernte. Fluch und Verdammnis! Er war wieder entwischt.

Der Cimmerier blickte zu Tuanne und Elashi. Beide Frauen starrten voller Entsetzen mit offenem Mund auf die Straße, die sich unter seinen Füßen zu bewegen schien. Conan atmete ganz langsam und hielt sich so still wie möglich. Falls die Spinnen es sich überlegen und ihn doch angreifen würden, war es nicht einfach zu entkommen. Elashi hatte zwar gesagt, daß diese Geschöpfe — wenn es die gleichen wie auf dem Schild der Tarantel-Schenke waren — kein tödliches Gift trügen. Aber so hundert Bisse würden für einen Menschen den Weg zu seinem Gott erheblich abkürzen. Und Conan verspürte keine Lust, Crom jetzt schon zu besuchen.

Stunden schienen zu vergehen, dabei waren es sicher nur wenige Minuten, bis die letzten Spinnen endlich an ihm vorbeigekrochen waren. Die Vorhut der schwarzen Welle war schon durchs Tor gezogen. Als auch die letzten verschwunden waren, rannte Conan zum Tor und blickte der dahinmarschierenden Masse achtbeiniger kleiner Ungeheuer nach.

Der Posten über ihm sang ein Gebet, immer wieder die gleichen Worte. Vom Mann an der Kurbel war nichts zu sehen. Und Skeer war in der fernen Dunkelheit verschwunden.

Der große Cimmerier blickte zum verängstigten Wachposten hinauf. »Was für eine Landplage ist das?« fragte er.

»Heil dir, o Namenloser! Beschütze deinen getreuen Diener vor allem Übel. Heil dir, o Namenloser! Beschütze deinen ...«

Conan schlug mit dem Schwertknauf gegen die Tür. »He, Wache! Muß ich erst die Wand hinaufklettern und dich einen Kopf kürzer machen? Was hat es mit den Spinnen auf sich?«

Der Mann erwachte wie aus einer Trance. »Was?«

»Die Spinnen! Die Spinnen!«

»Die schickt der Namenlose aus, dessen Gestalt sie annehmen. Es ist der Fluch der Sies — jede ist ein Weibchen —, und sie bringen den sicheren Tod, der es wagt, sich dem Spinnengott zu widersetzen.«

»Und wer könnte das getan haben?«

»Der Wächter — der, der gerade weggeritten ist. Er muß den Gott beleidigt haben.«

»Verstehe. Der hat bestimmt mehr als einen Gott beleidigt«, sagte Conan. »Und ist ungestraft davongekommen.«

Der Posten blickte ernst. »O nein, Freund. Den Sies

kann niemand entkommen. Wenn der Fluch auf dir liegt, werden sie dir bis ans Ende der Welt folgen. Sie hören nie auf, bis sie ihre Mission beendet haben.« Er schauderte. »Ich möchte nicht für alles Gold der Stadt in den Stiefeln dieses Mannes stecken.«

Conan ging zurück zu den beiden Frauen. »Wir müssen uns Pferde und Proviant besorgen«, erklärte er. »Wie es aussieht, ist uns Skeer wieder entwischt.«

Elashi wollte etwas sagen, ließ es aber bleiben. Gut so! Conan war nicht in der Stimmung, irgendeine spitze Bemerkung wegzustecken.

Zwölf

Conan hatte noch vier Silberstücke vom Verkauf des Wolfsfelles; aber in dieser Stadt konnte er dafür kaum ein Pferd kaufen, das einen Mann weit tragen konnte, ehe es an Altersschwäche zusammenbrach. Und er brauchte mindestens zwei Pferde, drei wären noch besser. Dazu Vorräte, Essen für zwei Personen, Dekken, Kochutensilien und derartiges mehr. Sie hatten keine Zeit, sich diese Sachen zu verdienen, denn mit jeder Stunde wurde Skeers Vorsprung größer.

Dann mußte er die Sachen eben stehlen, überlegte der Cimmerier. Es gab viele hier, die weit mehr hatten als sie brauchten, und der Cimmerier hatte keine Bedenken, den Reichen etwas wegzunehmen. Als Junge war er mit den Männern in Cimmerien auf Raubzüge gegangen. Die Beute hatte man als gerechte Entlohnung betrachtet. Jetzt handelte es sich zwar nicht um einen Kriegszug; aber es war notwendig.

Die Stadtmenschen bewahren ihr Gold und Silber

entweder gut versteckt oder gut bewacht auf, manchmal beides. Geld zu stehlen würde ein großes Risiko sein. Conan war im Stehlen noch blutiger Anfänger, ohne mehr Praxis fühlte er sich nicht besonders zuversichtlich. Da war es doch besser, sich die nötigen Sachen direkt zu verschaffen. Das sparte Zeit. Und Zeit war das Wichtigste im Augenblick, wenn sie Skeer einholen wollten. Der Trick lag also darin, das Risiko so gering wie möglich zu halten und klingende Münzen so schnell wie möglich in die Hände zu bekommen.

Gerade war der Cimmerier bei diesen Gedanken angekommen, als ihm etwas Seltsames auffiel. Ein Arbeiter breitete Leinwand für eine Markise aus. Daß er dies in der Nacht tat, war nicht ungewöhnlich, an dem Mann selbst war auch nichts auffälliges — aber in seinen Bewegungen lag etwas, das Conan bekannt vorkam.

Während Conan dem Mann zuschaute, fiel es ihm ein. Morgens waren sie an einem alten Mann mit Wasserpfeife vorbeigekommen. Irgendwie erinnerten die Bewegungen dieses Arbeiters an den Alten. Sie sahen sich überhaupt nicht ähnlich, und Körper lügen nicht wie Kleidung. Conan dachte an Skeer, welcher als Wächter das Tor passiert hatte.

Conan, Elashi und Tuanne gingen an dem Arbeiter vorbei. Er gab nicht zu erkennen, daß er sie beobachtete. Aber der junge Cimmerier spürte das Interesse dieses Mannes beinahe wie einen Druck im Rücken. Was hatte das zu bedeuten?

Conan grinste.

»Findest du irgend etwas komisch?« fragte Elashi.

»Hm, vielleicht.«

Der Meister der Maske wartete, bis das Trio außer Sicht war, dann ließ er die Leinwand sinken und schlug schnell einen Bogen um Häuser und Ställe, um anderswo wieder auf den Barbaren und die beiden Frauen zu treffen. Beim Laufen warf er die äußeren Kleider ab. Darunter trug er ein langes Gewand, welches er zuvor um die Mitte hochgerollt hatte. Mit gekonnter Schnelligkeit schüttelte er den Talar los, holte die Kapuze heraus — und siehe da! Jetzt war er kein Arbeiter mehr, sondern ein Priester.

An der Vorhalle eines kleinen Tempels, in dem die Erntegottheit Vela angebetet wurde, blieb er stehen, holte einen Gebetsteppich unter der Robe hervor und breitete sie aus. Dann kniete er nieder, legte die Hände zum Gebet zusammen und blickte gen Himmel. Er hatte alles richtig berechnet.

Schon bald hörte er Schritte und Stimmen, als seine Beute sich näherte. Ja, aus dem Augenwinkel konnte er sie jetzt sehen — aber, das waren nur die beiden Frauen. Wo war der hünenhafte Barbar?

Nachtkaltes Metall berührte in diesem Augenblick die Kehle des Meisters der Maske. Da wußte er genau, wo sich der Barbar aufhielt.

»Warum spionierst du uns nach?« fragte Conan barsch.

»M-m-mein Sohn, du irrst dich ...«

Conan warf die Kleider, die der ›Priester‹ gerade weggeworfen hatte, dem frommen Mann vor die Füße.

Er schluckte. »Was willst du von mir?«

»Beantworte meine Frage!«

»Ich werde vom Hohen Priester des Namenlosen bezahlt. Ich folgte dem, welcher die Stadt gefolgt vom Fluch der Spinnen verließ.«

»Warum beobachtest du dann uns? Er ist nicht unser Freund.«

»Ihr kamt zusammen. Ihr habt ihn hierher verfolgt. Da gibt es eine Verbindung. Der Hohe Priester duldet keine Geheimnisse in dieser Stadt.«

»Aha. Und zahlt man dich gut für deine Arbeit?«

Als der Mann antwortete, war eine gewisse Eitelkeit nicht zu überhören. »O ja! Ich bin der beste meines Faches in der Stadt. Meine Verkleidungen sind Meisterwerke. Ich werde nie entdeckt.«

»Außer jetzt. Ich hoffe, du hast etwas von deinem Lohn bei dir?«

»Warum?«

»Du möchtest uns doch gewiß ein kleines Freundschaftsgeschenk überreichen — und um deinen Hals zu retten.« Conan drückte die Schwertspitze etwas härter gegen die Kehle des Spions.

»In meiner Börse«, sagte der Mann, jetzt ganz leise.

Elashi und Tuanne standen vor Conan und seinem gefangenen Spion. Conan sagte: »Nehmt seine Börse.«

Elashi nahm den Lederbeutel vom Gürtel des Mannes.

»Mitra! Er hat Gold! Mindestens ein Dutzend Münzen.«

»Wirklich ein guter Lohn«, meinte Conan. »Und wieviel Freundschaft möchtest du uns gern durch ein kleines Geschenk beweisen, dafür daß wir als erste deine Künste entlarvten?«

»Alles! Nehmt alles!«

Der große Cimmerier nahm lächelnd die Schwertspitze von der Kehle des Mannes. »Nein, wir würden dich doch nicht mittellos zurücklassen. Was kosten drei Pferde und Vorräte für drei Monate?«

»Zwei Goldsolon.«

»Nimm drei!« befahl Conan Elashi.

»Nur drei? Hör mal, wenn ein Mann soviel bei sich trägt, hat er bestimmt noch mehr irgendwo vergraben.«

»Nein! Wir brauchen nicht mehr als drei.«

»Du bist sehr großzügig«, sagte der Spion. »Ich habe nichts gegen dich. Ich werde gehen und ...«

»Halt!« Conan richtete die Schwertspitze auf den Bauch des Mannes. »Es wäre mir lieber, wenn du erst dann zum Hohen Priester läufst, wenn wir die Stadt schon weit hinter uns gelassen haben.«

»Ich würde nie ...«

»Und deshalb werden wir dich verschnüren.«

»Das ist nicht nötig. Ich schwöre dir ...«

»Meiner Erfahrung nach binden Stricke fester als Schwüre«, erklärte Conan. »Oder in deinem Fall werden es auch Fetzen deiner alten Kleider tun.«

»Wirklich, das ist nicht nötig«, protestierte der Spion.

Elashi beugte sich vor und sagte: »Besser gefesselt als die Kehle durchgeschnitten, oder? Mein Freund sieht liebend gern Blut fließen. Manchmal trinkt er es sogar.«

Der Spion schauderte und musterte den Cimmerier angstvoll. Schnell streckte er die Hände vor mit gekreuzten Gelenken, damit sie gefesselt würden.

Gleich danach machten sich die drei auf den Weg zu dem Händler, dem Conan das Wolfsfell verkauft hatte.

»Ich bin sicher, daß er auch um diese Zeit nichts gegen ein Geschäft einzuwenden hat, wenn wir für zwei Goldmünzen einkaufen, ihm aber drei geben.«

»Dann verlassen wir die Stadt noch heute nacht?« fragte Elashi.

»Die Straße kann man sehen. Skeer reitet in der Dunkelheit. Das können wir auch«, erklärte Conan. »Zumindest so weit, daß uns nicht gleich jemand einholt.«

»Nachts unterwegs zu sein, ist nicht schlimm«, sagte Tuanne. »Man gewöhnt sich daran.«

Dann suchten sie den Händler auf.

Neg stand vor dem Spiegel und betrachtete nachdenklich sein Ebenbild, als einer der Männer-ohne-Augen schweigend hinter ihm auftauchte. Der Nekromant drehte sich um. »Ja?«

Diese blinden Priester sprachen nicht, verfügten aber über einen reichen Wortschatz an Gesten und Zeichen. Der Priester hielt sechs Finger hoch, zeigte auf sich und fuhr sich mit dem Finger quer über die Kehle. Noch klarer konnte man etwas kaum ausdrükken.

»Tot? Alle sechs?«

Der Priester nickte.

»Set verfluche sie! Wie?«

Der Mann-ohne-Augen zuckte mit den Achseln.

Neg überdachte die Meldung. Daß dieser Mann Bescheid wußte, war keine Zauberei. Sie standen alle irgendwie miteinander in Verbindung. Aber — was sollte er jetzt machen? Offensichtlich hatten sie Tuanne gefunden und waren dafür getötet worden. Sie mußten immer noch in ihrer Nähe sein. Er konnte weitere Priester schicken — oder ...

Neg ging zurück in sein Zaubergemach. Wenn man die Leichen der Priester nicht verbrannt oder in kleine Stücke gehackt hatte, konnten sie noch nützlich sein. Er würde ihre Seelen aus den Grauen Landen zurückrufen und die Körper wiederbeleben. Wer auch immer ihnen die Todeskarten zugeteilt hatte, würde bald herausfinden, daß er mit Zombies kein leichtes Spiel hatte ...

Conan, Elashi und Tuanne saßen auf guten Pferden, hatten Proviant und Ausrüstung und ritten auf das Südtor von Opkothard zu. Der Wachposten war derselbe, der dort war, als Skeer geflohen war. Der Mann erkannte Conan wieder, sagte nichts und gab nur den Befehl, das Tor zu öffnen.

So verließen mitten in der Nacht der junge, kühne Cimmerier, die Tochter der Wüste und die schöne Zombie-Frau die Stadt der Spinnen.

Das Leichenschauhaus in Opkothard war tief in die Erde gegraben, so daß die Sonnenwärme die Verwesung seiner Gäste nicht beschleunigte. Es war kühl und dunkel, selbst um die Mittagszeit. Als es auf Mitternacht zuging, waren die einzigen Lichtquellen ein paar Öllampen in Nischen an den Wänden. Die Luft war ruhig, abgesehen von den Schatten, die auf den Wänden tanzten, wenn eine der Lampen aufflackerte und Rauchfahnen zur Decke sandte.

Der Aufseher saß auf einem hohen Schemel neben der Tür. Er hatte sich an die Wand gelehnt und überlegte, was seine nächste Mahlzeit sein solle. Er hatte Käse, Wein und etwas Obst. Was sollte er wann essen? Er hatte heute viel Arbeit gehabt. Acht Leichen, alle gewaltsam zu Tode gekommen. Die mußte er aufbahren und fürs Begräbnis herrichten. Sechs davon waren blind, das war wirklich ungewöhnlich. In seinen zwölf Dienstjahren im Leichenschauhaus hatte er viele Leichen gesehen, aber noch nie sechs, die sich so ähnlich waren, noch dazu sechs Blinde. Dann war da noch der Priester aus den Bergen, von den Ulblaten oder Oblaten oder wie die hießen. Und schließlich noch der Nachtwächter mit eingeschlagenem Schädel und aufgeschlitzter Kehle. Da draußen trieb sich jemand mit wahrer Blutlust herum.

Erst den Käse, beschloß er. Den spüle ich mit Wein runter. Das Obst hebe ich mir noch auf.

Als er den Käse auspackte, störte irgend etwas die Fliegen.

Normalerweise waren nicht viel Fliegen hier. Der Aufseher hatte es nicht gern, wenn sie über seinen Schützlingen herumbrummten. Ab und zu schlüpfte schon mal eine herein. Wenn es ihm langweilig war, machte er Jagd darauf und erschlug sie. Aber sie waren keine wirkliche Plage. Von Zeit zu Zeit zuckte mal eine Leiche, wenn sich in ihr zuviel Gas gebildet hatte, dann schwirrten die Fliegen hoch, ehe sie sich wieder setzten. Das war wohl auch der Grund, warum er sie jetzt hörte.

Er schnitt sich eine dicke Scheibe Käse ab und steckte sie in den Mund. Komisch, dachte er, welche Tricks das Licht spielt. Es sah doch tatsächlich so aus, als habe sich die Leiche hinten in der Ecke bewegt.

Er kicherte. Es war auch schon ein oder zwei Mal vorgekommen, daß einer, den man für tot gehalten hatte, wieder aufwachte. Aber von diesen Leichen würde das keine tun. Schließlich war keiner an einer Krankheit gestorben, sondern an hartem Stein und kaltem Stahl. Töter konnte man gar nicht sein!

Wieder summten die Fliegen. Diesmal sehr laut.

Der Aufseher packte sein Käsemesser und setzte sich auf. Konnte eine Ratte hereingekommen sein? Set verdamme diese Ratten! Er haßte die Biester. Dann stand er auf, um nachzusehen.

Gebeugt suchte er auf dem Boden nach irgendwelchen Spuren der Nager, als sich einer der Blinden aufsetzte.

Der Aufseher sprang vor Schreck beinahe an die Decke. Das mußte das Gas im Bauch sein …

Einer nach dem anderen der blinden Männer begann sich zu bewegen.

Als der erste von der Bahre aufgestanden war und den Kopf nach rechts und links bewegte, ließ der Aufseher sein Käsemesser fallen und rannte laut schreiend weg. Das war schwarze, üble Magie — sonst gar nichts!

Nachdem er weg war, schritten die sechs Blinden im Gänsemarsch schweigend aus der Leichenhalle. Wieder waren sie vereint, nur einem Ziel dienend. Sie suchten jetzt eine der ihren, und diesmal mußten sie sie haben oder ewig als Zombies weiterleben.

Skeer ritt im Galopp, bis sein Hengst so erschöpft war, daß er kaum noch weiterkonnte. Der Anblick der Spinnen hatte ihn in eine solche Panik versetzt, wie er sie noch nie erlebt hatte. Doch jetzt war er von der Stadt schon recht weit entfernt und fühlte sich besser. Ein bißchen besser. Wenn Wissen Macht bedeutet, war Skeer im Augenblick genauso mächtig wie ein neugeborenes Kind. Was auch immer in Opkothard geschehen war, lag jenseits seiner Fähigkeit zu verstehen. Er war versucht anzuhalten und ein Tier zu fangen, mit dessen frischem Blut er mit Neg Kontakt aufnehmen konnte. Doch Jahre der Selbsterhaltung und Vorsicht sprachen gegen diesen Gedanken. Offensichtlich war irgendein Verrat im Spiel, an dem auch Neg teilhaben konnte. Skeer hatte es nicht geschafft, so lange zu überleben, weil er irgend jemand traute.

Sobald er am Ziel war, bei Negs Nest war, dieser Festung nahe der berühmten Dreiländerecke von Corinthien, Zamora und Koth, konnte er seine Situation überdenken. Dort hatte er Freunde — zumindest Leute, die ihm für schweres Geld Informationen lieferten —, die ihn über Negs Verhalten aufklären konnten. Darauf konnte er dann seine weiteren Handlungen abstimmen.

Es mußte doch irgendein Irrtum sein, der zu all diesem Wahnsinn in der Stadt geführt hatte. Alles würde sich richtig aufklären, sobald er in Negs Schloß war. Auf alle Fälle würde er vorgehen wie die Stachelschweine bei der Paarung: ganz langsam und übervorsichtig.

Ein kalter Wind war aufgekommen. Er zog den gestohlenen Umhang dichter um die Schultern.

»Wir reiten noch ein oder zwei Stunden, dann schlagen wir das Lager auf«, schlug Conan vor.

Elashi widersprach: »Ich dachte wir reiten die ganze Nacht hindurch. Du hast doch gesagt, die Straße sei deutlich zu sehen.«

»Irgendwann muß Skeer schlafen. Wir auch, jedenfalls du und ich.«

Doch dann hielt Conan schon früher an. Angestrengt blickte er in die Nacht hinaus.

»Diese Spinnen mögen es warm, hast du gesagt?«

»Ja, in der Wüste sind sie sehr verbreitet. Kälte wie hier würde sie bestimmt umbringen.«

»Das glaube ich nicht. Schau!«

Elashi strengte die Augen an. »Ich sehe nichts außer einem kleinen Hügel.«

Conan wandte sich an Tuanne.

»Ich sehe sie«, sagte sie ruhig.

»Sie? Wo?« Elashi hob sich im Sattel und setzte die

Knie dazu ein. Conan bemerkte, daß das starke Muskelspiel ihrer Schenkel den Rock sprengte, so daß man ihre Beine sah.

»Der Hügel«, erklärte Conan. »Sieh genau hin.«

»Der bewegt sich!«

»Stimmt! Er besteht aus Spinnen. Vielleicht gehen die auf der Außenseite über Nacht ein, aber die drinnen überleben.«

»So verhalten sich Spinnen nicht.«

»Normale Spinnen nicht«, erklärte Tuanne. »Diese sind verzaubert. Sie dienen einem Zweck.«

Elashi lief es kalt über den Rücken, auch Conan hatte ein ungutes Gefühl. Er wollte auf keinen Fall das Opfer dieser verzauberten Dinger sein.

»Wir reiten zurück auf die Straße für unser Lager.«

»Aber ein gutes Stück, hoffe ich«, sagte Elashi.

»In Ordnung.«

Dreizehn

Es war ein Kinderspiel für den Meister der Maske, sich von den Stoffetzen zu befreien, mit denen sie ihn gefesselt hatten. Bei den Gefühlen war es nicht so leicht. Selbst die Nacht konnte seine Erniedrigung nicht verhüllen. Es kam ihm so vor, als ginge ein Schein von ihm aus, der jedem signalisierte: Schau her, ich bin von einem Barbaren beschämt worden! Diese Qual nagte an ihm wie eine unsichtbare Ratte, deren scharfe Zähne unablässig seine Berufsehre verletzten. Zwanzig Winter lang hatte ihn niemals jemand erkannt, wenn er seinen Beruf ausübte. Einige hatten ihn zwar mißtrauisch gemustert, aber die trauten keinem über den Weg. Noch nie hatte ihn jemand so bloßgestellt wie dieser Muskelprotz aus dem Norden. Sein höchster Stolz war immer gewesen, unerkannt zu bleiben. Doch jetzt konnte er diesen makellosen Ruf nicht mehr aufrechterhalten. Und der Gipfel war, daß dieser barbarische Angeber ihn nach der schlimmsten Beleidigung auch noch ausgeraubt hatte!

Der Meister der Maske stapfte voll Wut durch die nächtlichen Straßen. Das Geld bedeutete ihm nichts. Er hatte über die Jahre ein so großes Vermögen angehäuft, daß er es nie ausgeben konnte. Gold war nichtig. Das einzig Wichtige war das Handwerk, sein Beruf und seine Ehre. Und jetzt war seine Ehre ruiniert. Ein einziger schwarzer Fleck auf all dem Weiß hatte alles in Grau verwandelt. Auch wenn man einen Mann aus Tausenden keinen pyramidalen Fehler nennen konnte — grau blieb grau, ganz gleich wie hellgrau!

Was konnte er tun?

Die Lösung lag auf der Hand. Solange der Barbar — dieser Conan, wie er sich nannte — unter den Lebenden weilte, konnte die Ehre des Meisters der Maske nicht wieder gereinigt werden. Conan war der lebendige Makel. War er jedoch tot, konnte man mit Recht behaupten: Kein Lebender kann sich brüsten, je den Meister der Maske entlarvt zu haben.

Ja, das war die einzige Möglichkeit.

Der Meister der Maske hatte auch selbst schon ein paar Mal getötet; aber er war kein Mörder. Doch mit seinem Geld konnte er Leute anheuern, die für solche Aufgaben wie geschaffen waren und es gern taten.

Der Hohe Priester konnte die Angelegenheit fallenlassen, da die Beteiligten nicht mehr in der Stadt waren. Also konnte er daran gehen, seine Ehre wiederherzustellen. Und er würde die Sache in Ordnung bringen, auch wenn er dazu bis ans Ende der Welt reisen müßte. Er würde diesen Barbaren noch vor ihm auf den Knien winseln sehen, ehe er ihn töten ließ. Conan der Barbar tot — das hieß, die Ehre des Meisters der Maske war wiederhergestellt.

Er mußte Männer und Ausrüstung zusammenstellen und so schnell wie möglich aufbrechen.

Elashi schrie.

Conan fuhr aus dem Schlaf, das Schwert in der Hand und sah sich um, was sie bedrohte. Als er es fand, war es leicht zu beseitigen.

Eine der schwarzen Spinnen kroch von Elashis Dekke. Weit kam sie nicht. Als Conan sie zertrat, hörte man ein Knacken.

Dann drehte sich der junge Cimmerier wieder zu den Frauen. Beide hielten sich eng umschlungen.

»Es war nur eine einzige Spinne«, erklärte er. »Wahrscheinlich vom Haufen abgekommen.«

»Ich *hasse* sie!« sagte Elashi. Dann fügte sie hinzu: »Tuanne, du bist so *kalt!*«

Die blasse Frau nickte. »Ich bin so, seit ich zurückdenken kann. Man lernt damit zu leben, aber angenehm ist es nicht, ich bin nicht nur kalt, mir *ist* auch ständig kalt.«

Einen Augenblick lang sagte niemand etwas. Dann blickte Elashi zu Conan auf. Sie zog ein Knie an, so daß ihr Rock zurückfiel und man ihren wohlgeformten sonnengebräunten Schenkel sah. Ihre Haut wirkte neben Tuannes Bläße besonders dunkel. Die Wirkung auf Conan blieb nicht aus. Er atmete schneller.

»Ihr ist kalt, Conan. Hilf mir, sie zu wärmen!«

Zuerst nahm der junge Cimmerier ihre Worte wörtlich. Als aber Elashi die Beine noch weiter auseinanderschob, so daß er das dunkle Dreieck sehen konnte, verstand er, daß ihr nicht nur daran gelegen war, daß Tuanne nicht mehr so fror. Eine solche Einladung kam für ihn völlig unerwartet. Er hatte aber keineswegs die Absicht abzulehnen oder lange Überlegungen anzustellen, was diese Sinnesänderung bewirkt hatte. Außerdem hatte er bisher noch nie einen Mann getroffen, der verstand, warum Frauen handelten, wie sie handelten.

»In Ordnung«, sagte er und steckte schnell das Schwert weg. »Dann wollen wir uns gegenseitig wärmen.«

Tuanne und Elashi lächelten — ebenso Conan, als er sich zu den beiden unter die Decken legte.

Der Rohling stank nach Wein und Schweiß, doch das machte dem Meister der Maske nichts aus. Schließlich war der Mann ein gedungener Mörder, angeblich der beste der Stadt. Er übte dies Gewerbe schon über sechs Jahre aus. Da er so lange überlebt hatte, mußte er wohl gut sein. Man erzählte sich, daß der Rohling — seinen richtigen Namen kannte keiner —, über siebzehn Männer im offenen Kampf erledigt habe und dazu noch zweimal so viele durch Stiche in den Rükken. Er war groß, dreckig, brutal und roh. Genau, was der Meister der Maske für diese Aufgabe brauchte.

Als die Mörgendämmerung den Himmel färbte, brach der Meister der Maske mit seiner Bande auf. Außer dem Rohling hatte er noch zwei Kerle angeheuert, deren Spezialität eher kleiner Diebstahl als Mord war, die aber für Geld alles taten. Er traute ihnen ohne den Schutz des Rohlings nicht einmal so weit, wie er spucken konnte. Allerdings hätte ihn auch der Rohling jederzeit umgebracht, wenn er ihm nicht eine größere Summe nach ihrer Rückkehr versprochen hätte. Der Meister der Maske hatte der Bande klargemacht, daß er nur einen kleineren Betrag mitnahm. Lebendig wieder in Opkothard war er eine Menge Geld wert, tot unterwegs nutzte er niemandem.

Es war ziemlich mühsam gewesen, soviel wie möglich über Skeer herauszufinden. Es gab da auch noch beträchtliche Lücken. Sein Ziel schien allerdings klar zu sein: Er war wohl einer der Untergebenen des Nekromanten Neg, über den man wenig Gutes sagen konnte. Der Meister der Maske war zu dieser Schlußfolgerung gekommen, weil die Anwesenheit eines weiblichen Zombie und die Auferstehung der sechs Blinden aus dem Leichenschauhaus doch sehr auf Nekromantie hinwiesen. Da nun Neg der Ruchlose der führende Vertreter dieser Art Magie in der Gegend war, hatte er bestimmt irgendwie die Finger im Spiel. Sein Schloß kannte man sogar in Opkothard. Wenn also Skeer dorthin ritt, würde Conan ihm folgen. Also brauchte der Meister der Makse nur in Negs Herrschaftsbereich reiten, um sein Opfer zu finden. Vielleicht würde er aber den Cimmerier schon auf dem Wege einholen und ins Jenseits befördern lassen. Wenn nicht, wartete er eben auf die Ankunft. Ein einfacher Plan, doch wie die meisten seiner Pläne durchaus praktikabel.

Mit wieder erstarktem Selbstvertrauen ritt der Meister der Maske an der Spitze seiner buntgewürfelten Schar durch das Stadttor von Opkothard hinaus in die Morgensonne.

Die aufgehende Sonne erwischte Skeer mitten in einem Alptraum: Er war unter Tausenden von kriechenden Spinnen begraben, die alle bissen und ihm das Gift einspritzten, das in seinen Blutgefäßen wie Salzsäure brannte ...

Skeer fuhr hoch. Sein Gesicht war von kaltem Schweiß überströmt. Spinnen!

Er zitterte in der kühlen Morgenluft. Ein Traum! Es war nur ein Traum!

Nichtsdestotrotz raffte er schnell seine Decken zusammen und entfachte ein Feuer, um zu frühstücken. Ganz gleich, wie entschlossen diese Spinnen waren, über die kalten Bergpässe konnten sie ihm doch unmöglich folgen. Das war sicher. In weniger als einer Woche würde er in Negs Reich sein, und die Magie dieses verdienten Zauberers war eine sichere Garantie gegen jegliche Art der Bedrohung, ob von Arachniden oder Menschen.

Sie marschierten im Gleichschritt dahin. Sechs Männer, die einst gelebt hatten und jetzt durch die Geheimwissenschaft der Nekromantie wiederbelebt waren. Tot waren die Männer-ohne-Augen, dennoch folgten sie unerbittlich ihrem ihnen zugewiesenen Opfer. Sie rasteten nicht, hielten auch nicht an, um zu essen oder zu trinken.

Tote brauchten so etwas nicht.

Neg stand im saubersten Raum seines Schlosses und hörte auf, die Kristallsäule zu streicheln, die im Zentrum des Heiligtums mit den schneeweißen Marmorwänden stand. Bald würde er die Macht haben, diesen Raum seiner Bestimmung zu übergeben. Bald würde er nicht mehr nur Neg der Ruchlose sein, sondern Neg der Allmächtige.

Er lächelte, als er den kalten Kristall unter den Fingern spürte. Ja, die Aussicht rief in ihm beinahe einen Orgasmus hervor, Gefühle, die er seit Hunderten von Jahren nicht mehr gespürt hatte. Macht! Macht war das beste Aphrodisiakum. Wenn er diese Macht hatte, würde er Tuanne zu sich rufen und sie benutzen, wie er es noch nie gekonnt hatte. Ja!

Conan erwachte, in jedem Arm eine Frau. Elashi links war warm, ihr Atem streifte seine nackte Brust. Tuanne, längst nicht mehr so kalt wie früher, lag zusammengerollt an seiner rechten Seite. Ihre Lippen waren sanft gegen seine Haut gedrückt.

Der junge Cimmerier hatte noch nie eine solche Nacht erlebt. Die Erinnerung ließ ihn lächeln und beinahe wie ein zufriedener Kater schnurren. Eins war sicher: Er mußte seine Vorurteile über das Reisen mit zwei Frauen zurücknehmen.

Elashi wachte auf, und Tuanne schlug die Augen auf. Beide hoben die Köpfe und lächelten einander über Conans breite Brust an, dann ihn.

»Gut geschlafen, Conan?« erkundigte sich Elashi.

»Nie besser!«

Tuanne sagte: »Seit hundert Jahren war mir nicht so warm. Ich danke euch.«

»Jederzeit«, meinte Conan. »Falls dir jetzt kalt ist ...?«

»Alter Bock!« Elashi versetzte ihm einen leichten Schlag auf die Schulter.

Conan grinste. Vielleicht nicht direkt ein Bock, aber zumindest schien er sie nicht enttäuscht zu haben. Stolz regte sich in ihm.

Gleich darauf entfachte Conan Feuer, auf dem sie ein schnelles Mahl zubereiteten. Wieder ohne Fleisch, da man es nur getrocknet mitführen konnte, weil es sonst schlecht wurde. Aber sie hatten Käse, Brot und heißen Kräutertee, um die Morgenkühle zu vertreiben.

Dann brachen sie das Lager ab, beluden die Pferde und ritten weiter.

Nach einiger Zeit hielten sie an der Stelle, wo sie in der vergangenen Nacht die Spinnen gesehen hatten.

Lediglich einige tote Spinnen lagen in der Morgensonne herum oder wurden von Raben, Geiern und anderen Aasfressern aufgepickt.

»Sie sind vor uns schon weitergezogen«, sagte Conan. »Bis auf die, welche direkt der Kälte ausgesetzt waren.«

Elashi sagte: »Igitt! Mir läuft es kalt über den Rükken, wenn ich an all die widerlichen schwarzen Biester denke, die dahinkriechen!«

»Ein unangenehmer Gedanke!« stimmte Conan zu.

In der Tat! Er wünschte keinem Menschen ein solches Schicksal, nicht einmal Skeer. Er wollte den Schurken sauber mit dem Schwert erledigen. Vielleicht verdiente Skeer einen solchen Tod nicht, wenn man an die Reihe seiner Schandtaten dachte; aber von Magie sollte man die Finger lassen. Conan würde Skeer nicht mit einem Fluch wie der Spinnengott belegen.

Zwischendurch: [redacted] Conan macht Feuer, etwas Warmes im Magen soll die Morgenkälte vertreiben ... [redacted] Auch uns reizt die Umgebung unseres Helden zum Frösteln. Setzen wir uns also mit ans Feuer und lassen uns zwischendurch etwas Heißes, Würziges schmecken, den ... [redacted]

VIERZEHN

Die Tage vergingen schnell für Skeer. Er schlief wenig und hielt nur an, wenn die Dunkelheit oder die Erschöpfung des Pferdes ihn dazu zwangen. Beim ersten Morgenlicht war er schon wieder auf den Beinen, aß etwas und ritt weiter. Er sah sich häufig um, konnte aber nie etwas Bedrohliches entdecken. Das Gewicht des magischen Talismans schien mit jedem Tag größer zu werden. Doch jeder Hufschlag brachte ihn näher an Negs Herrschaftsbereich. Noch einen Tag, dann war er in der Gegend, wo man ihn kannte und als Negs Mann respektierte. Noch einen Tag!

»Wir nähern uns dem Dorf, das der Eingang zu Negs Reich ist«, sagte Tuanne. »Ich kann seine Gegenwart vor uns wie ein bösartiges Leuchtfeuer spüren.«

»Skeer schont sich nicht«, meinte Conan. »Wir haben wenig aufgeholt.«

Elashi erklärte: »Ich würde ihn erwischen; aber ich muß gestehen, daß ich mich jetzt auf die Nächte freue.«

Conan lächelte. Auch ihm war das Hereinbrechen der Dunkelheit nicht unwillkommen, nicht wenn sich Elashi und Tuanne nachts an seine Seiten schmiegten.

Neg fühlte das Kommen der Quelle des Lichtes, wie ein frierender Mensch die Wärme eines entfernten Feuers fühlt. Jetzt war es nur ein Glimmen, die Wärme ganz schwach; aber es kam.

Er stand an einer Scharte des hohen Turmes und blickte hinaus, wo ein Gewitter seine Wut über das Schloß und das umliegende Land entlud. Blitze verbreiteten für einen Herzschlag lang Tageshelle. Dann beendete Donner den Blitz mit der Stimme eines erzürnten Riesen. Sturzbäche aus Regen ergossen sich über die uralten Mauern des Schlosses, so daß der Moderduft besonders stark zu riechen war.

Bald würde das Land von Stahl und Stiefeln widerhallen. Dann würde er eine andere Art von Donner befehligen, den der marschierenden Toten. Bald!

Unbeirrt marschierten die sechs Toten, die Männer-ohne-Augen angesichts des Gewitters dahin. Sie bewegten sich wie immer. Nur Schlamm und Wind verlangsamten ihre Schritte etwas. Sie marschierten nicht mit übernatürlicher Geschwindigkeit, eher wie Schildkröten; aber erbarmungslos immer weiter.

Was sie gegenüber den Pferden verloren, holten sie während der Nacht wieder auf. So kamen sie langsam, aber sicher immer näher an ihre Beute heran. Wohin diese ging, war unwichtig, ebensowenig spielte es eine Rolle, wie lange sie brauchten.

Letzten Endes würden sie siegen, selbst wenn sie bis ans Ende der Welt marschieren mußten. Oder darüber hinaus.

Rohling brummte: »Gottverdammter Regen!«

Die Plane über seinem Quadratschädel hatte ein Loch, so daß ihm das kalte Wasser ins Genick lief. Er schüttelte sich kräftig, was seinen Nebenmann verärgerte.

»He, paß auf, Mann!« rief dieser.

Der Meister der Maske kannte den richtigen Namen des Mannes nicht, sondern nannte ihn ›Backbord‹, da er immer die linke Seite einnahm. Der andere Ganove wurde dadurch zu ›Steuerbord‹. Der Meister der Maske hatte ein unvergeßliches, verhaßtes Jahr auf einem

Segelschiff arbeiten müssen, das die schlimmsten Routen auf dem Vilayet-Meer fuhr; nach den Städten im Osten: Khoraf, Khorusun, Onagrul und einem halben Dutzend kleinerer Häfen. Er beherrschte die Seemannssprache und benutzte sie öfters, wenn er sich als Matrose ausgab.

Rohling funkelte den schimpfenden Nebenmann an. »Wolltest du was sagen, Rattenfresser?«

Backbord ließ sich mit der Antwort Zeit. »Ne, Käpt'n, kam bloß so überraschend.«

Gleichgültig wandte Rohling sich ab. Der Meister der Maske hatte ihn schon mehrmals abhalten müssen, Backbord und Steuerbord umzulegen. Gut! Je wütender er innerlich wurde, desto schlimmer für Conan, wenn sie ihn erwischten, was hoffentlich bald sein würde. Der Meister hatte für den Regen nicht viel übrig, da seine Plane auch nicht viel besser als die Rohlings war.

Als der Dauerregen während der Nacht eine Pause einlegte, erhob sich Conan vom gemeinsamen Lager im provisorischen Zelt, um einem Bedürfnis der Natur nachzugeben. Er vermied die großen Pfützen draußen, als er etwas über die Erde krabbeln sah. Eine Ratte? Ein Erdhörnchen?

Nein.

Er war zu langsam, das Tier entwischte seinem Stiefel und verschwand in der dunklen Nacht. Nachdem der Cimmerier sein Geschäft erledigt hatte und wieder im Zelt lag, bewegte sich Elashi und fragte schläfrig: »Alles in Ordnung?«

»Ja«, antwortete er.

Er sah keinen Grund, das achtbeinige Tierchen zu erwähnen, das er draußen gesehen hatte.

Doch ein Blick in Tuannes dunkle Augen sagte ihm, daß sie es auch gesehen hatte.

Das Dorf trug viele Namen. Manche nannten es ›Vanatta‹, zu Ehren eines Bewohners, der sich vor hundert Jahren als fähiger Politiker erwiesen hatte und Berater beim damaligen König war. Arbeiter, die sich ein bißchen mit Zauberei auskannten, gaben dem Ort wegen Negs Nähe den Namen ›Nekromanten-Nest‹. Die Dörfler sprachen nur vom ›Regenloch‹, da Gewitter das Dorf ständig heimsuchten, selbst wenn die umliegende Gegend trocken blieb. Viele gaben Neg die Schuld für den Dauerregen; aber das wagten nur wenige offen auszusprechen. Selbst die Toten hatten Ohren. Und keiner wollte die Aufmerksamkeit des Nekromanten auf sich ziehen, indem er über den Zauberer Schlechtes sagte.

Skeer waren die Namen egal. Er hatte sich überhaupt wenig um das Dorf gekümmert. Doch an diesem Abend war er so froh wie nie zuvor, es zu sehen. Er hatte Freunde hier, zumindest Kameraden, die ihm halfen, um Negs Wohlwollen zu erhalten oder um harter Münzen willen.

Skeer ritt zu der kleinsten der drei Schenken im Ort. Er war hundemüde und durch den Schlafmangel gereizt. Dunkelheit beanspruchte bereits ihr Recht; aber wenigstens hatte der verdammte Regen aufgehört. Vor der Schenke warf Skeer dem Stalljungen die Zügel zu. »Kümmere dich um das Tier!« befahl er.

»Aber selbstverständlich, Lord Skeer! Wie schön, dich zu sehen, Herr!«

Skeer beachtete den Jungen nicht, sondern stampfte durch den Schlamm zum Eingang. Die Schenke hieß *Zum Gesottenen Schwein*, warum, wußte nur der erste

Wirt, und der war schon lange tot. *Schweinestall* wäre passender gewesen, da man diese Bruchbude am besten niederbrennen sollte, um etwas aus ihr zu machen. Aber Skeer war froh, in Sicherheit zu sein. Wenn hier jemand nach ihm fragte, würde er nur hochgezogene Brauen und leere Blicke ernten. Skeer? Nie gehört. Heute abend ist überhaupt keiner gekommen. Vielleicht versuchst du es mal im *Nekropolis* oder der *Rauchenden Katze* ...

Der Wirt war ein kräftiger Mann mit Narben im Gesicht, Erinnerungen an sein früheres Soldatenleben. Er nickte Skeer zu.

»Ein Zimmer«, verlangte Skeer. »Und eine Flasche. Die soll mir ein Weib bringen, was gleich dableibt. Und mich hast du nicht gesehen.«

Narbengesicht nickte. »Nimm vier«, sagte er. »Imelda bringt dir den Wein.«

Skeer nickte. Imelda hielt sich relativ sauber, redete wenig und stellte keine Fragen. Gut! Er wollte jetzt nur Gesellschaft und Schlaf, eigentlich mehr vom letzteren, was zeigte, wie müde er war.

Skeer ging über den mit Sägespänen bestreuten Gang zu seinem Zimmer. Von Geld wurde nicht gesprochen. Das war auch nicht nötig, da Skeer die Hälfte des *Gesottenen Schweines* gehörte. Das berechtigte ihn zu einigen Privilegien.

Morgen würde er einige Fragen stellen, um — wenn möglich — Negs Stimmung auszuloten. Aber zuerst mußte er sich ausruhen.

Als die Nacht das Licht vom Himmel zu stehlen begann, mußten Conan, Elashi und Tuanne anhalten. Vor ihnen lag eine tiefe Schlucht mit einem reißenden Fluß. Es führte zwar eine Hängebrücke mit dicken

Seilen und Planken hinüber, doch hatte der Sturm einen der Verankerungspfosten auf Conans Seite gelockert. Jetzt überbrückte den Abgrund nur noch ein einziger armdicker Strang. Der andere war samt Pfosten hinabgestürzt und lag etwa hundert Fuß tiefer.

»Oh!« machte Elashi. »Wir müssen außen herumreiten.«

Tuanne schüttelte den Kopf. »Zur nächsten Brücke sind es fünfzig Meilen — wenn sie noch hängt.«

Conan stieg ab und schaute über die Felskante hinab. Dann musterte er die Umgebung.

»Wonach suchst du?« fragte Tuanne.

»Wenn die Brückenbauer vorausschauend waren, müßte hier irgendwo ein Reserveseil vor Regen geschützt liegen.«

»Und was würde uns das nützen?« fragte Elashi. »Es stehen nirgends Bäume, die so dick sind, daß sie die Brücke tragen könnten.«

»Aha!« meinte der junge Cimmerier. »Da drüben steht unter dem Felsüberhang eine Kiste. Mal sehen, was drin ist.«

Wie Conan vermutet hatte, war die schwere Holzkiste mit Öl verschmiert, um die Nässe abzuhalten, und enthielt mehrere Seile mit verschiedenen Längen und Stärken. Conan rollte ein Seil in Schlingen auf.

»In Cimmerien lernen wir klettern, noch ehe wir richtig gehen können. Ich werde hinabsteigen und das Seil am Pfosten befestigen. Die Pferde können ihn heraufziehen, dann setzen wir ihn wieder ein, bringen die Seile in Ordnung und reiten weiter.«

»Willst du das noch heute nacht erledigen?« fragte Elashi.

Er lachte. »Besser morgen früh. Selbst ein Cimmerier vermeidet es, nachts über nasse Felsen zu klettern, wenn es nicht unbedingt nötig ist.«

»Vielleicht sollten wir früh zu Bett gehen«, schlug Elashi vor. »Damit du morgen stark bist.«

Conan lächelte sie an, dann Tuanne. »Hm, eine ausgezeichnete Idee.«

Am nächsten Morgen stand Conan früh auf. Er fühlte sich erholt und stark. Während die beiden Frauen Frühstück zubereiteten, band er ein Ende des Seiles an den noch stehenden Pfosten, nachdem er ihn mit einem Felsbrocken festgerammt hatte, und warf das Seil über den Felsrand. Danach kletterte er in die Schlucht hinab.

Der Fels war während der Nacht ohne Regen getrocknet. Außerdem gab es so viele Vorsprünge, auf denen er Halt fand, daß er in wenigen Minuten bei dem herabgefallenen Pfosten war. Schnell band er ihn fest und war im Nu wieder oben, da er das Seil wie ein Kletterseil benutzen konnte.

Es dauerte länger, ein notdürftiges Geschirr für die Pferde zu knüpfen. Doch ehe die Sonne einen weiten Weg am Himmel zurückgelegt hatte, war der zweite Haltepfosten heraufgezogen. Conans Muskeln wölbten sich, als er den Pferden half, den dicken Stamm an den richtigen Ort zu schleppen und aufzurichten.

Nach zwei weiteren Stunden harter Arbeit stand der Pfosten fest im Boden, unten gestützt von Felsbrocken.

Dann kletterte Conan wie ein Affe an dem bestehenden Seil bis zu der Stelle, wo die anderen Seile und Planken hingen.

Gegen Mittag war die Reparatur beendet. Conans Geschicklichkeit mit Seilen kam von Jahren der Praxis.

Die Knoten zog er nicht nur selbst fest, sondern setzte dazu auch die Pferdekraft ein. Seiner Meinung nach war die Brücke jetzt so tragfähig wie zuvor.

Als sie die Brücke gerade betreten hatten, drehte Tuanne sich plötzlich im Sattel um und spähte zurück.

Conan fragte: »Was …?«

»Die Männer-ohne-Augen!«

Wirklich! Er sah sechs Gestalten im Gleichschritt herantraben. Der Cimmerier griff nach dem Schwert.

»Nein, Conan! Sie sind tot — wie ich. Deine Klinge ist nutzlos.«

»Ich werde sie einen Kopf kürzer machen! Dann sollen sie versuchen, uns ohne Kopf zu finden.«

Elashi sagte: »Es gibt einen besseren Weg.«

Conan blickte sie überrascht an. Sie zeigte auf die Brücke, auf der sie standen. Conan verstand sofort. »Gute Idee!«

Der cimmerische Hüne trieb dem Pferd die Fersen in die Seiten und galoppierte zur anderen Seite. Sobald die Frauen auch dort waren, schwang er sich aus dem Sattel, zog das Schwert und wartete. Der richtige Augenblick war wichtig. Eigentlich eine Schande, die Arbeit eines Vormittags zu vernichten, dachte er.

Die sechs Zombies betraten die Brücke in Paaren. Ob sie etwas sagten, konnte Conan nicht hören. Er wartete.

Das erste Paar war etwa auf der Hälfte, als die letzten beiden die Planken betraten. Conan wartete.

Die ersten waren keine drei Armlängen mehr von ihm entfernt. Conan hob das Schwert, wartete immer noch. Zwei Spannen! Eine — jetzt!

Mit aller Macht seiner kräftigen Arme schlug der Hüne zu. Die scharfe Klinge traf das Seil und trennte es feinsäuberlich durch. Jäh senkte sich die Brücke zur Seite, als ein Halt weg war.

Drei der Männer-ohne-Augen stürzten schweigend in den Abgrund. Die anderen drei waren schneller. Sie erwischten die Planken und hielten sich daran fest.

Noch ein mächtiger Schlag Conans zerschnitt das mittlere Seil. Die Planken kippten weiter seitwärts. Einer der Blinden verlor diesmal den Halt und gesellte sich zu seinen gefallenen Kameraden.

Die letzten beiden hantelten sich langsam auf Conan zu.

Da hob sich das Schwert des Cimmeriers zum dritten Mal, zum Endschlag. Die Brücke sauste nach unten, über den Abgrund und schmetterte gegen die Felswand, die Conan morgens hinab- und heraufgestiegen war. Die Planken barsten beim Aufprall. Die beiden Gestalten wurden weggerissen und halsüberkopf in den reißenden Fluß geschleudert.

»Der Sturz wird sie nicht vernichten«, sagte Tuanne.

Conan nickte. »Vielleicht nicht. Aber er kostet sie Zeit. Selbst ein Cimmerier könnte da nicht unter ein oder zwei Tagen heraufklettern. Und dann sind wir längst weg.«

Er bestieg sein Pferd. Gleich darauf ritten die drei weiter.

Skeer erwachte. So frisch hatte er sich schon seit Monaten nicht mehr gefühlt. Es ging doch nichts über ein sicheres Dach überm Kopf, ein warmer Körper neben einem im Bett und Wein im Bauch, um die Sorgen zu vertreiben.

Beim Frühstück erforschte Skeer die Lage im Dorf

und — was wichtiger war — bei Neg dem Ruchlosen, seinem Herrn und Meister.

Von Einauge dem Taschendieb erfuhr er: »Ne, nischt Ungewöhnliches in der Gegend. Die, wo man nich sieht, kommen und gehen wie immer.«

Alleta die Hure meinte: »Was der Herr so will, weiß ich nich, wo der sich doch nich für fleischliche Begierden interessiert. Nein, sonst ist mir auch nichts aufgefallen.«

Die Auskunft Pipers, des Botenjungen aus dem Laden, brachte mehr Auskunft: »Na klar war ich im Schloß, wie immer. Was? Nein, verärgert kam mir seine Lordschaft eigentlich nicht vor. Bloß, daß eine seiner Wiedererweckten irgendwie abgehauen ist. Nein, mir hat er das nicht anvertraut! Aber wozu hat man schließlich Ohren? Ansonsten ist nichts anders — würde ich sagen.«

Skeer zog natürlich die Quellen seiner Informationen in Betracht, als er darüber nachdachte. Er ließ es auch nicht bei dreien bewenden, sondern verbrachte den größten Teil des Vormittags damit, herumzulaufen und sich bei einem Dutzend anderer Dorfbewohner zu erkundigen, darunter auch welche, die nicht unbedingt zu den kriminellen Elementen gehörten. Es stellte sich heraus, daß die ersten Bemerkungen durchaus richtig gewesen waren. Wenige Leute sahen Neg, lediglich einige Lieferanten, und die fanden alle, daß die Stimmung des Nekromanten nicht anders als sonst sei. Auch wenn man Neg nicht wie andere Menschen als ›normal‹ oder ›wie gewöhnlich‹ bezeichnen konnte, hatte er doch Gefühle. Aber diese schienen nicht besonders aufgewühlt zu sein.

Gut! Skeer wußte genug. Noch einen Tag im Dorf konnte ihm den Zorn seines Gebieters zuziehen, denn dieser hatte ihm unmißverständlich befohlen, so schnell wie möglich zu kommen.

Skeer nahm seinen ganzen Mut zusammen, straffte die mageren Schultern und ging zu seinem Herrn.

Fünfzehn

Das Dorf lag vor Conan und seinen Begleiterinnen. Es unterschied sich kaum von vielen, die der Cimmerier schon gesehen hatte. Dennoch zügelte er sein Pferd, als er sah, was hinter dem verschlafenen Ort stand. Nur wenige große Städte hätten sich ein solches Schloß leisten können.

Es war riesig und uralt. Die Zeit hatte die dunkelgrauen Steine verwittern lassen, so daß sie aus der Entfernung ganz glatt wirkten. Doch die Jahre hatten nicht vermocht, das Böse hinwegzuwaschen, das aus dem dicken Gemäuer strömte. Conan spürte, wie sich ihm die Haare aufstellten. Am liebsten wäre er umgedreht und — so schnell sein Pferd ihn trug — fortgeritten. Ihm wurde ganz flau im Magen, als er die hohen Türme und Mauern betrachtete.

»Negs Schloß«, erklärte Tuanne überflüssigerweise.

Elashi sagte: »Ich nehme an, es wäre zuviel von den Göttern verlangt, daß Skeer noch nicht drinnen ist, in dieser — Festung.«

Conan stieß einen kurzen Fluch aus, aber nur leise, da er für die Ohren seiner Begleiterinnen kaum geeignet war. Verdammt! Aber da konnte man nichts machen. Wenn dies der Ort war, an den Skeer geflohen war, dann mußte *er* eben auch hin.

»Kennst du einen Weg hinein?« fragte er Tuanne.

»Ich kannte einen Weg hinaus. Aber ich vermute, daß der Tunnel zugeschüttet ist. Zweifellos hat Neg ihn entdeckt, nachdem er herausfand, daß ich seinen Klauen entronnen war.«

Conan starrte wieder das Schloß an. Er konnte die Basis aus der Ferne nicht genau sehen. Aber es mußte einen Weg hinein geben. Und wenn er sorgfältig genug suchte, würde er ihn finden.

Tuanne schien seine Gedanken zu lesen. »Ich fürchte, es wird nicht einfach sein, sich Zugang zu verschaffen«, sagte sie. »Neg hütet seine Privatsphäre eifersüchtig. Ich kann auch dabei nicht viel helfen, da ich nur durch einen glücklichen magischen Zufall frei bin. Sieht er mich, kann er mich schneller wieder in seinen Bann schlagen als sich kratzen.«

»Suchen wir uns erst mal eine Herberge. Wir haben Geld und können uns eine Unterkunft leisten. Dann essen und trinken wir erst einmal und beraten dann, was das Beste ist.« Conan drehte dem Schloß den Rücken zu.

Schweigend folgten die Frauen dem Cimmerier ins Dorf.

Trotz aller Versicherungen spürte Skeer ein prickelndes Gefühl der Angst, als er sich dem einzigen Zugang zu Negs Schloß näherte. Es war das Gespür, das jeder gute Dieb hat, ein Gefühl hoher Spannung, als sei eine riesige Bogensehne bis zum Zerreißen gedehnt. Nach außen schien alles seit seinem Ausreiten unverändert. Aber unter der Oberfläche lag mehr, als man mit bloßem Auge wahrnehmen konnte.

Der Burggraben wirkte träge in der Nachmittagssonne; aber unter der stillen Oberfläche schwammen Geschöpfe, die man besser nicht reizte. Fische von

Menschengröße mit Zähnen, so groß wie die Finger eines Mannes, lauerten dort auf Futter. Und in den Tiefen sollte es Ungeheuer geben, welche die Mörderfische fraßen und *diese* wie Elritzen aussehen ließen.

Skeer hatte gehört, daß einmal ein neugieriger und verrückter Soldat mit einem Boot über den Graben rudern wollte. Er hatte vor, die Schloßmauer zu erklettern und Neg zu töten, weil dieser ihm oder seiner Familie Unrecht zugefügt hatte. Mit Pike und Schwert bewaffnet, hatte der Soldat eine starke Piroge zu Wasser gelassen.

Als der Soldat den Graben halb überquert hatte, ereilte ihn sein Schicksal. In einem blutigen Strudel versanken Mann und Kahn auf ewig.

Seither hatte niemand mehr Lust gehabt, den tödlichen Graben des Zauberers zu überqueren.

Die hohe Zugbrücke schmiegte sich an die Mauern, als Skeer sich näherte. Als er kurz vor dem Graben war, begann die schwere Brücke sich zu senken. Die Ketten rasselten, als sie durch die Eisenringe liefen. Skeer hatte seinen Namen nicht gerufen. Das war nicht nötig. Die Männer-ohne-Augen waren zwar blind, erkannten Skeer aber am Geruch, Geräusch oder durch irgendeine sonstige geheime Botschaft.

Jetzt war die Zugbrücke unten. Skeer schaute hinauf zu der Schar von Negs Priestern, die ihn von oben aus blinden Augen anstarrten. Er unterdrückte einen Schauder. An die anderen Sklaven Negs hatte er sich gewöhnt, aber die Männer-ohne-Augen jagten ihm mehr Angst ein als sogar die Zombies.

Er zögerte kurz, trieb aber dann sein Pferd entschlossen vorwärts. Schließlich hatte er etwas, das Neg mehr als alles andere auf der Welt haben wollte.

Er hatte dem Nekromanten hervorragend gedient und würde sicher willkommen sein.

Rohling kam aus der Schenke und schaute den Meister der Maske an. »Sind nich drin«, erklärte der große stinkende Mann.

Der Meister nickte. »Dann bleibt nur noch eine Schenke, die *Rauchende Katze.* Wenn sie vor uns eingetroffen sind, müssen sie dort sein.«

»Na gut«, brummte Rohling.

Aber auch in der letzten der drei Herbergen, deren sich das Dorf rühmte, gab es keinen Conan. Aber dort waren die beiden Frauen, die mitgeholfen hatten, den Meister der Maske zu beschämen.

Der Profispion sagte: »Ergreift die Weiber! Conan kommt sicher zu ihnen zurück.«

Rohling schüttelte den Kopf. »Mit der Blassen will ich nischt zu tun haben.«

»Was?«

»Die hat irgend 'ne Art Fluch an sich. Da will ich mich nich anstecken.«

»Ich zahle dir ...«

»... um den riesigen Kerl umzulegen, das is alles.«

»Wir machen's«, erklärte Backbord.

Der Meister der Maske sah ihn erstaunt an. »Ihr?«

»Ich und er«, erklärte Backbord und deutete auf Steuerbord, welcher auch zustimmend nickte.

Verächtlich blickte der Meister auf Rohling. Der große Kerl zuckte gleichgültig mit den Achseln. »Mir doch egal. Ich erledige Conan.«

»Nun gut. Dann bringt ihr mir die Weiber. Ich warte dort drüben hinter den Ställen.«

»Geht in Ordnung, Herr«, erkärten Backbord und Steuerbord wie aus einem Mund.

In der Herberge ruhten Elashi und Tuanne sich etwas aus. Conan war losgeritten, um die Verteidigungsanlagen von Negs Schloß zu inspizieren. Er wollte vor Morgengrauen zurückkommen.

»Ich muß mal zum Abtritt«, sagte Elashi.

»Ist gut. Ich warte hier«, meinte Tuanne.

»Irgendwie beneide ich dich, daß du solche Bedürfnisse nicht hast.«

»Tu das nicht«, sagte Tuanne. »Das wiegt die anderen Sachen keineswegs auf.«

»Da hast du recht. Ich bin gleich wieder da.«

Obwohl Elashi ihren Dolch bei sich hatte, wurde sie vom Angriff der beiden kleinen Männer völlig überrascht. Ehe sie sich verteidigen konnte, drückte ihr der eine schon seine Dolchspitze gegen die Kehle. »Eine falsche Bewegung und du bist tot!« erklärte er.

»Was wollt ihr? Ich habe kein Geld ...«

»Es geht nicht um Geld, du Dreckstück. Wir wollen dir auch nicht an die Wäsche. Unser Herr möchte ein Wörtchen mit dir wechseln.«

Der andere fragte: »Wirst du allein mit ihr fertig?«

»Na klar, du Depp! Hol die andere!«

Die Tür öffnete sich. Tuanne hatte erwartet, Elashi zu sehen. Statt dessen kam ein fremder Mann herein. Zuerst dachte sie, er sei einer von Negs Männern; aber ihm fehlte das sichere Auftreten, das die Sklaven des Nekromanten in seiner sicheren Nähe zeigen würden. Der Mann zielte mit einem kurzen Dolch auf sie.

Conan hatte Tuanne auch einen Dolch besorgt, ehe sie Opkothard verließen. Jetzt holte sie die Klinge und stellte sich vor den Eindringling. Er grinste bösartig und kam langsam auf sie zu.

Da wurde Tuannes Lächeln auch zu einem Grinsen,

und bösartig war gar kein Ausdruck dafür. Dieser vertraute auf seine Klinge. Dieses Vertrauen konnte zerstört werden.

Langsam hob Tuanne den linken Arm, so daß der Ärmel zurückglitt und man die elfenbeinerne Haut sah. Dann hob sie ebenfalls ganz langsam den Dolch, so daß die Klinge den weißen Arm berührte.

Der Eindringling hielt inne. Sie konnte seine Gedanken beinahe hören: He, was soll das?

So schnell, daß er vor Schreck zurücksprang, schnitt sie in den Arm. Die Wunde öffnete sich weit, doch kam kein Blut. Sie spürte den kalten Stahl und wie die Wundränder sich wieder schlossen. Das ganze dauerte nur Sekunden.

»Große Asura!« Der Mann hielt schützend die Arme vor sich, den Dolch hatte er aus Angst offenbar ganz vergessen.

Tuanne warf ihren Dolch von unten an die nächste Wand. Zitternd blieb die Klinge im Holz stecken. Dann ging sie auf den verängstigten Mann zu. »Komm her!« sagte sie. »Komm in meine Arme, damit ich dein Blut und dein Leben trinken kann.«

Der Mann drehte sich um und rannte in seiner Panik noch gegen die Wand, ehe er durch die Tür entfliehen konnte. Noch ehe Tuanne einen zweiten Schritt getan hatte, war er wie ein Hase vor einem Bluthund davongerannt.

Sie lächelte über den Vorfall. Doch da fiel ihr ein, daß Elashi noch nicht wieder da war. Sofort lief sie auf den Gang hinaus und suchte die Gefährtin. Doch ein schneller Rundgang durch die Schenke bestätigte ihre schlimmsten Befürchtungen: Elashi war verschwunden.

Am Rande des Schloßgrabens hockte Conan in einem Rohrdickicht und studierte die Mauern der Festung. Die Felsblöcke waren ohne Mörtel aufeinandergetürmt, und der Regen von Jahrhunderten hatte die Oberfläche geglättet. Jeder normale Mensch hätte nie eine Chance gehabt, diese Mauern zu erklimmen; aber Conan fühlte sich dazu schon imstande, auch wenn es selbst für ihn nicht leicht sein würde.

Oben patrouillierten Wachposten, die Blinden, in stattlicher Zahl. Da sie nicht sehen konnten, war ihr Gehör um so schärfer. Bestimmt hörten sie, wenn er die Wand hochkletterte. Es sah schlecht aus. Wie eine Fliege an der Wand zu kleben, war keine gute Position, sich zu verteidigen. Selbst ein mittelmäßiger Schütze würde ihn mit der Armbrust von oben herunterholen, sollten sie seinen Aufstieg ›sehen‹. Eine wunderbare Verteidigung war auch, einen Topf mit kochendem Öl auf den hilflosen Kletterer zu kippen.

Nachdem die Wachen vorbeimarschiert waren, nahm der junge Cimmerier einen großen Stein und warf ihn in hohem Bogen in die Mitte des Schloßgrabens.

Der folgende Tumult im Wasser, der Sprung eines Riesenfisches sagte Conan alles, was er wissen wollte. In *dem* Wasser würde nur ein kompletter Idiot schwimmen.

Leise schlich sich Conan aus dem Schilfdickicht in ein Gebüsch in der Nähe. Wie Tuanne gesagt hatte: Der Zugang zum Schloß würde nicht leicht sein. Ihr Fluchttunnel war bestimmt zugeschüttet, der Graben voller Ungeheuer und die Mauern kaum rauher als ein Kinderpopo. Dunkelheit bot bei blinden Wachposten auch keine Deckung. Die Sache war in der Tat mehr als verzwickt.

Conan arbeitete sich durchs dünne Unterholz bis zu der Stelle, wo er sein Pferd angebunden hatte. Nein, wirklich keine leichte Aufgabe! Er konnte sich natürlich auf die Lauer legen und warten, bis Skeer das Schloß mal verlassen würde; aber wenn Tuanne recht hatte, blieb ihnen keine Zeit mehr. Sobald Skeer den Talisman seinem Herrn übergeben hatte, würden die Toten auferstehen. Dieser Gedanke war dem jungen Cimmerier mehr als unangenehm. Außerdem fehlte ihm die Geduld, untätig abzuwarten. Ein Mann der Tat konnte beim Warten alt werden! Nein, es mußte noch einen anderen Weg geben, den er nur noch nicht sehen konnte. Aber wenn er existierte, würde der Cimmerier ihn finden.

Jetzt mußte er zurück zur Herberge.

»Wo ist Elashi?«

»Entführt«, sagte Tuanne.

»Entführt? Wohin? Von wem?«

Sie berichtete ihm schnell. Noch ehe sie fertig war, stürmte Conan nach draußen. Sie folgte ihm.

Die Spätnachmittagssonne war hinter einer dichten Wolkenbank verschwunden. Im Westen braute sich ein Gewitter zusammen. Der Wind hatte schon eingesetzt, die Luft war energiegeladen, als der junge Barbar auf die Straße sprang. Nicht weit von ihm hatte sich ein Mann aufgebaut, größer noch als er, das Breitschwert in beiden Händen, mit der Spitze nach unten. Es war offensichtlich, daß er auf Conan wartete, denn als er den Cimmerier erblickte, hob er das Schwert.

Wortlos zückte Conan sein Schwert ebenfalls. Wenn ein Mann mit der Klinge auf dich zeigt, bedarf das keiner Erklärung — allenfalls hinterher, falls du überlebst und dich nach den Gründen erkundigen kannst.

Der große Kerl gab eine Art erläuternder Begrüßung von sich.

»Conan der Cimmerier, das bist du?«

»Ja. Habe ich mit dir irgendeinen Handel?«

»Allerdings. Mein Herr, den wo du in Opkothard so verspottet hast, läßt dir ausrichten, daß er hofft, du genießt das geklaute Gold, weil es dich das Leben kosten wird.«

»Der Spion?«

»Er nennt sich lieber Meister der Maske.«

»Hat er meine Gefährtin Elashi entführt?«

»Allerdings. Hat er.«

»Dann ist er ein feiger Hund und ein Sohn eines Hundes!« rief Conan.

Der Hüne grinste den Cimmerier an. »So leicht bringst du mich nich in Wut, Junge. Er gehört nicht zu meiner Familie. Er ist nur mein Geldgeber.«

Conan schritt vor, die Schwertspitze auf die Kehle des Gegners gerichtet.

»Sag mir, wo Elashi ist, und ich laß dich leben.«

Der Riese lachte laut. »Trotz deiner Größe bist du gegen mich nur ein kleiner Junge, Barbar. In einer Minute bist du tot. Da spielt es doch keine Rolle mehr, wo dein Weib ist, oder?«

Conan schob sich langsam näher. Er stand fest auf der Straße, die Knie leicht gebeugt, sprungbereit. Die Rederei war zu Ende.

Der große Mann holte aus und schlug mit dem Breitschwert nach Conan, daß dieser den Kopf verloren hätte, wenn der Schlag gelandet wäre. Doch statt zu parieren, duckte sich der Cimmerier und stieß seinerseits zu.

Der Gegner tänzelte schnell zurück, so daß Conans Stich ins Leere ging. Der junge Cimmerier wartete jedoch nicht, sondern ließ einen Schlag von oben folgen, so wie ein Mann die Axt beim Holzspalten führt.

Der Hüne hob seine Klinge, um abzublocken. *Peng!* Metall schlug auf Metall, mit solcher Wucht, daß selbst im hellen Tageslicht die Funken sichtbar waren. Conan spürte die Vibrationen des harten Schlages. Es fing im Handgelenk an und kribbelte bis in die Schultern. Dieser Mann war stark, das war nicht zu bestreiten.

Jetzt wechselte sein Gegner nach rechts und führte seinerseits einen Schlag von oben. Doch Conan wich schnell ebenfalls nach rechts aus, parierte und traf mit seiner Klinge auf die Breitseite des feindlichen Schwertes. Der Schlag war aber mit solcher Wucht geführt, daß das Breitschwert halbkreisförmig weitergetragen wurde und sich die Spitze in den Lehmboden der Straße bohrte.

Doch ehe Conan nachsetzen konnte, hatte der Mann seine Waffe schon wieder herausgerissen und stellte sich dem Cimmerier.

»Nicht schlecht für einen Barbaren, mein Kleiner«, sagte der Hüne. »Dafür sollst du auch den Namen des Mannes erfahren, der dich schlägt. Man nennt mich Rohling.«

Conan erübrigte für Rohling ein kurzes Nicken, mehr nicht. Der Mann stand zwischen ihm und Elashi. Ganz gleich welchen Respekt er auch vor Rohling als Kämpe empfinden mochte, er mußte ihn als Entführer verachten.

Rohling griff an und schwang die Klinge wie einen Fächer.

Conan wich mit hocherhobenem Schwert zurück. Ein Schritt, zwei, drei. Er erfaßte den Rhythmus von

Rohlings mächtigen Hieben. Eins-zwei, eins-zwei. Geistig rüstete er sich zum Gegenangriff.

Statt nach hinten auszuweichen, sprang Conan leicht seitwärts. Dann brachte er mit aller Kraft die Klinge nach unten.

Der rasiermesserscharfe Stahl erwischte Rohlings Arm direkt unter dem dicken Schultermuskel, durchschnitt Fleisch und Knochen bis tief in die Rippen.

»Ahhh!«

Aus Rohlings Arm schoß Blut, ehe der Stumpf durch das Gewicht des Breitschwertes, das die Hand noch hielt, vom Körper gerissen wurde. Einen Herzschlag lang lag der Schwertgriff in beiden Händen. Als dann der abgetrennte Arm zu Boden fiel, traf der Schock Rohling erst richtig. Er fiel auf die Knie, sein Leben verrann auf der Straße. Vergeblich versuchte er den Blutstrom mit der Hand aufzuhalten. Das Blut floß an der Hand vorbei, die sich sehr schnell geisterbleich färbte.

Rohling blickte Conan an. Es gelang ihm ein Lächeln. »Ein guter Schlag, Junge. Dein Weib ist — im — Getreidespeicher.«

Conan nickte. Er bedankte sich für diese Information mit dem einzigen, was seiner Meinung nach den sterbenden Mann noch freuen konnte. »Du hast wirklich gut gekämpft, Rohling.«

Der Sterbende schloß die Augen und nickte. Dann fiel er mit dem Gesicht nach vorn auf die Straße.

Conan schleuderte das Blut von seiner Klinge. Der Getreidespeicher. Er würde ihn finden und den Mann, der sich Meister der Maske nannte.

Sechzehn

Starker Regen setzte ein. Den Nachmittag über hatten sich die Wolken aufgetürmt. Jetzt machten sie ihre Drohung wahr. Der erste Ansturm war erbsengroßer lauter Hagel.

Im Getreidespeicher lag ein muffiger Geruch über den Säcken voll Gerste, Weizen und Roggen, den auch das Prasseln des Hagels auf dem Dach nicht vertrieb. Der Meister der Maske wartete, bis der Hagel seinem wärmeren Bruder Platz machte und dicke Tropfen auf die von weißen Hagelschlossen bedeckte Erde fielen. Er ging zum Eingang.

Wo war Rohling? Er hätte längst den verwundeten Conan herbringen sollen, damit der Meister der Maske Zeuge des Todesstreiches sein konnte.

Einer der beiden Ganoven kicherte — er wußte nicht, ob es Backbord oder Steuerbord war — und stieß die Gefangene mit dem Finger an. Die Frau saß gefesselt da, mit dem Rücken gegen eine Ladung Säcke.

»Hör auf damit!« befahl der Meister der Maske gedankenverloren.

Der Kerl schaute ihn überrascht an und zog schnell die Hand zurück. »Wie du befiehlst, Herr.«

Angewidert wandte sich der Meister der Maske ab. Schrecklich, daß man mit solchem Abschaum mehr als einen Tag lang zusammenarbeiten mußte! Je schneller die Sache erledigt war, desto besser.

Wo *blieb* denn dieser stinkende Mörder?

Neg konnte kaum die Hand beherrschen, als er nach der Quelle des Lichtes griff. Skeer hielt sie ihm noch im Lederbeutel entgegen. Er hielt den Beutel an den Schnüren, als verabscheue er, mehr anzufassen als unbedingt nötig.

»Endlich!« sagte Neg.

Als der Nekromant den Beutel berührte, fühlte er, wie ein Schauer durch seinen Arm floß, als sei es eine heiße Flüssigkeit. Ein solches Wonnegefühl hatte er nicht mehr genossen, seit er zum letzten Mal mit einer Frau zusammen gewesen war — und das war schon viele, viele Jahre her.

Macht! Ja, Macht entströmte dem Talisman in Wellenbewegungen, so viel Macht, daß der ganze Raum von ihren Schwingungen erfüllt war. Ja! Ja!

Neg riß sich mit Gewalt von dem Talisman los, den er in der Hand hielt und blickte den Agenten an. »Mein treuer Diener, du hast alle meine Erwartungen erfüllt. Deine Belohnung wird groß sein.«

Er ging zu einem eichenen Schrank, öffnete ihn und holte einen Stoffbeutel heraus. Dann wandte er sich Skeer zu und öffnete den Beutel, so daß die Goldstükke darin aufleuchteten. Er sah die Habgier in Skeers Blicken und lächelte. Dann warf er den Beutel dem Agenten hinüber, der ihn geschickt auffing.

Neg holte jetzt aus dem Schrank eine staubige Flasche Wein deren Korken mit Wachs versiegelt war. »Ich habe diesen Tropfen für besondere Gelegenheiten aufbewahrt. Würdest du mit mir einen Schluck trinken?«

»Aber gern, Herr.« Skeer lächelte und liebäugelte mit dem Gold.

Der Nekromant nickte und brach das Siegel. Dann holte er zwei Gläser und schenkte ein. Der Wein hatte die Farbe alter Rubine. Ihr Feuer überzog Skeers Gesicht, als er das Glas hob.

»Auf daß du dein Ziel erreichst«, sagte Skeer.

»Ja, auf mein Ziel«, sagte Neg.

Skeer roch an dem Wein, sog das Aroma ein und probierte die rote Flüssigkeit. Ausgezeichnet! Er leerte das halbe Glas und lächelte Neg an. Seine früheren Ängste waren — wie es schien — völlig unbegründet gewesen. Der Nekromant war entzückt gewesen, hatte auf der Stelle ohne Murren bezahlt und hatte sogar das Siegel einer so guten Flasche Wein erbrochen. Was konnte ein Mann mehr von seinem Herrn erwarten?

Er hatte das Glas fast ausgetrunken, als ihm irgendwie komisch wurde.

»Probleme?« erkundigte sich Neg.

Skeer schüttelte den Kopf. »Ein bißchen schwindlig.«

»Vielleicht noch einen Schluck Wein?«

»N-n-nein. I-i-ch ...«

Neg streckte die Hand aus. Skeer dachte, er wolle ihm helfen, statt dessen nahm ihm der Nekromant nur das Weinglas aus den Fingern. »Das Glas ist sehr kostbar«, erklärte er. »Ich möchte nicht, daß es zerbricht, wenn du fällst.«

Fallen? Was bedeutete das? Da sah er, daß Neg sein Glas unberührt gelassen hatte. Da senkte sich die Erkenntnis auf ihn wie eine schwere Decke: Der Wein! Der Wein war ...

»Vergiftet«, ergänzte Neg, als habe er seinen Gedanken gelesen. »Du hast mir im Leben so gut gedient, daß ich annehme, daß du tot ein noch besserer Diener sein wirst.«

Dann wurde die Welt grau, und Skeer brachte nicht einmal mehr die Kraft zu einem Fluch auf, ehe er zu

Boden fiel. Vergessenheit überkam ihn. Skeer weilte nicht länger unter den Lebenden.

Blitze flammten über der Schlucht, Regen floß in Kaskaden über die Moose und Flechten der Felshänge herab und weichte den Boden noch mehr auf. Donner schlug mit harter Faust gegen die Wände, Wirbelwinde trugen den Regen manchmal nach oben, wie man es auf dem flachen Land nie sieht.

Auf der Westseite der Schlucht arbeiteten sich sechs Gestalten über den glitschigen Fels nach oben, ohne sich von Wind, Regen und Gewitter beirren zu lassen. Sie kletterten in großen Abständen, da einige schon mehrmals abgestürzt waren und neu begonnen hatten. Der oberste hatte noch etwa fünf Armlängen bis zum Rand, falls er sich den Rest der Strecke halten konnte. Der letzte hatte zehnmal diese Strecke vor sich.

Der dritte Kletterer verlagerte zu viel Gewicht auf einen Felsvorsprung, verlor den Halt und stürzte schweigend in den vom Regen angeschwollenen Fluß. Keiner seiner Bergkameraden erübrigte auch nur einen Blick für ihn. Stur und verbissen kämpften sie sich nach oben.

Gerade als der dritte Mann ins Wasser stürzte, erreichte eine andere Gruppe den östlichen Rand der Schlucht. Was früher einmal Tausende von Spinnen gewesen war, zählte jetzt noch einige hundert; aber sie hielten an ihrem Ziel ebenso unbeirrbar wie die Zombies fest. Ohne Zaudern machten sich die Spinnen an den Abstieg in die Schlucht. Einige fielen sofort aus der Wand, andere konnten sich auf der nassen Oberfläche halten.

Hoch droben erzählten die Blitze von dem komischen Anblick, der sich in der Schlucht bot. Und die lärmenden Donnerkinder lachten laut darüber.

Conan führte Tuanne durch eine enge Gasse. Ab und zu gewährten überhängende Dächer Schutz vor dem prasselnden Regen; aber Conan kümmerte sich nicht um das Gewitter. Ein Mann löste sich nicht so schnell auf, und es galt, Elashi zu befreien.

»Dort«, sagte Tuanne und zeigte auf ein Haus. »Das ist der Getreidespeicher, zumindest war er es zu meiner Zeit.«

Conan zog das Schwert aus der Saurierhautscheide. Unter einem Dach blieb er stehen und wetzte die Scharte aus der Klinge, die beim Kampf mit Rohling entstanden war. Dann ging er weiter.

»Willst du nicht versuchen, sie zu überraschen?« fragte Tuanne.

»Ich schleiche mich nicht an«, erwiderte der Cimmerier. »Direktes Handeln ist besser.«

»Auch wenn einer Elashi das Messer an die Kehle hält?«

Er zögerte. »Da ist was dran«, meinte er. »Hast du eine Idee?«

»Ja. Laß mich zuerst hineingehen. Ich kann feststellen, ob Elashi dort ist und in welcher Lage sie sich befindet. Wenn alles klar ist, gebe ich dir das Zeichen zum Angriff.«

»Ich möchte lieber keine Frau an meiner Stelle vorschicken«, sagte Conan.

»Es ist sehr lieb von dir, Conan, dich um mich zu sorgen.« Ihre Stimme klang sehr weich. »Aber mich können sie nicht verletzen, falls es dazu käme.«

»Stimmt! Das hatte ich vergessen.«

»Und das war die liebenswerteste Bemerkung, die

man mir seit hundert Jahren gemacht hat«, sagte sie lächelnd. Dann stellte sie sich auf Zehenspitzen und küßte den jungen Cimmerier.

Conan blickte ihr nach, wie sie durch den Regen zum Getreidespeicher hinüberging. Sobald sie eingetreten war, ging er hinterher. Er preßte sich mit dem Rücken gegen die nasse Holzwand neben der Tür und wartete mit gezücktem Schwert.

»Conan!« hörte er und stürmte sofort durch die Tür.

Drinnen stand Tuanne mit einem Dolch in der Brust vor einem Mann mit einem Rattengesicht, der sie fassungslos anstarrte. Neben ihm stand der, den Conan als Meister der Maske kannte, und dahinter versuchte ein dritter Mann durch den Hintereingang davonzulaufen! Elashi zerrte an den Stricken, mit denen man sie gebunden hatte.

Der Meister der Maske hob eine Armbrust und zielte auf Conan. Er löste den Abzug, der Bolzen flog durch die Luft, um den Cimmerier zu durchbohren.

Als Conan noch ein Kind war, kam einmal eine Gruppe Gaukler durch sein Dorf. Sie sangen, tanzten und führten kriegerische Kunststücke vor. Da war ein dünner Mann, der einem Windhund ähnelte. Er zeigte einen Trick, von dem alle Zuschauer fasziniert waren: er wich Pfeilen aus, welche Bogenschützen auf ihn abschossen. Wochenlang übten Conan und andere Kinder diesen Trick, was zu vielen blauen Flecken führte, welche die stumpfen Pfeile hinterließen, welche sie mit ihren selbstgebauten Bögen abfeuerten. Dank seiner Schnelligkeit war Conan weniger oft als die anderen getroffen worden. Der Trick war, sich genau in der Sekunde zu bewegen, in der der Pfeil die Bogensehne verließ. Eine halbe Sekunde später war schon zu spät.

Als Conan nun die Armbrust hochkommen sah,

ging er in Stellung. Als Junge hatte er den Trick mit bloßen Händen gemacht. Jetzt aber führte er ein Schwert. Ohne zu denken schwang er die Klinge, als er auswich. Der Bolzen flog, Conan wich aus und — zerschnitt den Holzschaft mittendurch.

»Bei Set!« rief der Meister der Maske, als die beiden Teile des Bolzens auf die Wand prallten.

Er griff nach einem zweiten Bolzen, doch da war Conan schon über ihm und halbierte ihm den Kopf wie vorher den Bolzen.

Das Rattengesicht wollte fliehen, seinem schnelleren Kameraden hinterher. Conan folgte ihm zwei Schritte, ließ es dann sein. Elashi war in Sicherheit. Das war die Hauptsache. Tuanne war bereits bei der Tochter der Wüste und band sie los. Der Meister der Maske trug jetzt sein letztes irdisches Kostüm. Zwei kleine Ganoven im strömenden Regen zu verfolgen war nicht nach Conans Geschmack. Er würde sie nur um der Gerechtigkeit willen verfolgen, sie aber rannten, um ihre armselige Haut zu retten. Die Götter, welche Schnelligkeit gewährten, bevorzugten die, welche um ihr Leben liefen, über die, welche Unrecht vergelten wollten. So war es nun einmal.

Conan wandte sich an Elashi. »Bist du verletzt?«

»Warum kommst du erst jetzt?« lautete die Gegenfrage.

Der Cimmerier konnte das Grinsen nicht unterdrücken. Sie war unverletzt!

Nun denn! Der Speicher war so gut wie jeder andere Ort, um das Ende des Regens abzuwarten. Danach standen sie vor neuen Problemen, von denen das wichtigste war: Wie kommen wir in Negs Schloß?

Neg der Ruchlose hatte eigene Probleme, in dem Raum, der so unberührt war wie das Trinkglas Gottes, lag die Quelle des Lichtes in der für sie geschaffenen Mulde im Kristall. Es hatte zwar einen Energiestoß gegeben, als der Talisman dort hingelegt wurde; aber keineswegs von der Stärke, die Neg für seine Pläne brauchte. Irgend etwas war schiefgelaufen. Er konnte aber nicht herausfinden — was!

Von den Wänden hallten die Flüche des Nekromanten wider, als er wutschnaubend hin und her lief und überlegte, welcher Teil des Zaubers fehlte. Himmel, Hölle und Dämonen! Was hatte er vergessen? Es müßte gelingen. Er hatte sich genau an die Anweisungen auf dem brüchigen Pergament gehalten, die richtigen magischen Gegenstände benutzt, die Beschwörungen korrekt ausgesprochen — da war er *ganz sicher.* Set wußte, wie oft er schon vor dem Eintreffen des Talismans alles geübt hatte! Was bei allen gottverdammten Höllen war los?

Ruhig! rief Neg sich zur Ordnung. Reg dich nicht auf! Zweifellos liegt es an einem winzigen Detail, das du übersehen hast. Er würde die ganze Prozedur noch einmal durchgehen, sorgfältigst auf die Aussprache aller Silben und Einzelheiten achten. Schließlich hatte er nicht alle diese Mühen auf sich genommen, um jetzt wegen einer läppischen Kleinigkeit zu versagen. Er mußte sich alle Dokumente für die Beschwörung herbringen lassen, obgleich er sonst seinem fabelhaften Gedächtnis trauen konnte. Und dann würde er Schritt für Schritt alles so lange wiederholen, bis es richtig war.

Neg wandte sich an den Zombie, der schweigend neben dem Eingang stand und auf die Wünsche des Nekromanten wartete.

»Geh in die Bibliothek und hole mir das *BiblioNecrum,* das *Buch der Verdammten* und den *Schwarzen Folianten.* Schnell!«

Skeer blickte seinen Herrn aus dumpfen Augen an und sagte: »Wie du befiehlst, Herr.« Dann drehte er sich um und ging.

So nahe! dachte Neg. So nahe! Er konnte nicht versagen. Nie und nimmer.

Der Körper, welcher der lebendige Skeer gewesen war, funktionierte als toter Skeer eigentlich noch besser. Allerdings hatte Skeer nicht volle Herrschaft über ihn. Gut, er befahl seine Handlungen — gehen, stehen, sprechen —; aber nur mit Negs Erlaubnis.

Dieser Zustand war Skeer so zuwider wie nichts in seinem bisherigen Leben. Eine Wut, die schon das frühere Leben hindurch in ihm geschmort hatte, loderte jetzt heiß in seiner kalten Brust. So behandelt zu werden — nach allem, was er für Neg getan hatte! Es nagte, es brannte, es fraß an seiner Seele wie ätzende Säure auf weichem Fleisch. Hätte er die Herrschaft über sich, würde er Neg tausendmal umbringen und jeden Tod schlimmer als den vorigen machen. Welch ein Entzücken wäre jedes Stöhnen seines Opfers, welche Ekstase jeder Schmerzensblick des Nekromanten. Ja, wenn er ...

Doch da lag das Problem! Er hatte diese Herrschaft nicht. Negs Stimme befahl, und er mußte gehorchen. Der Donner einer göttlichen Stimme konnte Skeer nicht mehr antreiben als das leiseste Flüstern Negs. Er war ein Sklave des Zauberers, gebannt! Bis er es am eigenen Leibe spürte, hatte er die wahre Bedeutung dieses Wortes nicht gekannt.

Beim Eintritt in die Bibliothek mußte er kurz an die

Zombie-Frau denken, die er mit Salzwasser übergossen hatte. Jetzt verstand er, warum sie den Talisman so unbedingt haben wollte. Eine innere Stimme sagte ihm, daß die Quelle des Lichtes für jemand, der unter dem Fluch der Wiederbelebung litt, wie er jetzt, den Schlüssel zum wahren Tod darstellte. Eine Berührung der Macht, die in diesem Ding wohnte, und er würde in die Grauen Lande eingehen.

Und war der Tod nicht eigentlich etwas Gutes? dachte er und holte ein schweres Buch aus dem kostbaren, aus Ebenholz geschnitzten Bücherschrank. Sicher bedeutete es auch große Macht, wenn man auf der Erde herumlief, ohne daß einem Gift oder Schwert etwas anhaben konnten. Aber die Nachteile wogen für jemanden wie Skeer die Macht nie auf. Der Rauch des Hanfsamens brachte für jemand, der nicht atmete, keine Visionen. Auch Frauen konnten ihn nicht mehr in derselben Weise fesseln wie vorher. Einige Teile von ihm schienen noch mehr tot zu sein als andere.

Jetzt zog er den zweiten Band neben der Buchstütze aus einem menschlichen Schädel mit Messingbeschlägen heraus. Nun noch das dritte gewünschte Buch. Nein, ein Zombie zu sein, hieß, nicht in der Lage zu sein, alle die Freuden genießen zu können, für die er sein ganzes Leben geschuftet hatte. Aber selbst *wenn* er sie genießen könnte, nutzte das nichts, da er als Negs Sklave nicht fort konnte. Der Nekromant entließ niemals einen seiner Schlafwandler. Manche dienten ihm schon Hunderte von Jahren.

Skeer bezweifelte keine Sekunde lang, daß auch ihm dies Schicksal zugedacht war.

Endlich hatte er auch das dritte Buch gefunden und trottete nun lustlos zurück in das Kristallgemach. Schoßhund Skeer, dachte er verdrossen, als er die Lederbände durch die Gänge schleppte. Für welches Verbrechen wurde er so bestraft? Na schön, er hatte bestimmt so viele Götter beleidigt wie jeder andere Dieb. Die Leichen seiner Opfer würden aufgestapelt höher als sein Kopf sein. Er hatte Frauen geschändet, Schätze gestohlen und anderes Unheil angerichtet, über die anständige Bürger Alpträume hätten. Aber andere hatten noch viel schlimmere Verbrechen begangen und waren nicht zu diesem grausamen Schicksal verdammt!

Negs Stimme hallte durch den Korridor: »Beeil dich, verdammt noch mal!«

Auf diesen Befehl hin setzten sich Skeers Beine in Bewegung. Er lief los. Im Innern verfluchte er Neg mit jedem Gottesnamen, den er je gehört hatte.

Doch auch das nützte nichts.

Er konnte nur das tun, was Neg befahl. Das tun und warten und hoffen, daß irgend etwas geschehen möge.

Siebzehn

»Aber sicher, Elashi«, sagte Conan, »ich bezweifle nicht im geringsten, daß die Hälfte der Dämonen der Hölle dir gern eine Tür öffnen. Doch in dieser Sache hier möchte ich meinen Hals lieber nicht im Vertrauen auf deine süße Stimme riskieren.«

Elashi ballte die Fäuste. »Nur weil wir zusammen schlafen, heißt das noch lange nicht ...«

»Er hat recht«, unterbrach Tuanne sie.

Elashi schaute Tuanne an. »Du stellst dich auf *seine* Seite?«

»Nur wenige Menschen, wenn überhaupt jemand, hat so viel Erfahrung mit List und Täuschung wie Neg«, fuhr Tuanne fort. »Noch nie hat es jemand geschafft, sich in sein Schloß hineinzuschwindeln — nicht an den Männern-ohne-Augen vorbei.«

Die drei waren in die Schenke zurückgekehrt und saßen allein vorm Feuer, um ihre Kleider zu trocknen.

Tuanne sagte: »Conan hat zwar viele Talente, wie wir beide wissen, aber Trickreichtum ist nicht seine Stärke.«

Elashi nickte. »Stimmt! Er ist brutal ehrlich, das muß ich zugeben. Eine seiner liebenswertesten Eigenschaften, aber ...«

Conan grinste.

»... auch eine seiner wenigen«, führte sie den Satz zu Ende.

Conan drückte das Wasser aus dem linken Stiefel und stellte ihn näher ans Feuer. »Ich gebe zu, daß ich keinen leichten Weg ins Schloß sehe. Allein könnte ich vielleicht an den Ungeheuern im Graben vorbeikommen und die Mauern hochklettern und mir den Weg an den Wachen freikämpfen.«

Tuanne schüttelte den Kopf. »Die Erfolgschancen sind verschwindend klein. Das hat bisher noch keiner geschafft.«

»Welche anderen Möglichkeiten haben wir denn dann?«

Die schöne Zombie-Frau beugte sich zum Feuer. Dampf stieg aus ihren Kleidern auf, doch schien sie die Wärme gar nicht wahrzunehmen.

»Es gibt einen anderen Weg. Er ist auch gefährlich, vielleicht so gefährlich wie ein direkter Vorstoß aufs Schloß.«

Conan beobachtete, wie die Schatten über ihr Gesicht tanzten, als sie sprach. Sie war eine außergewöhnlich schöne Frau.

»Meine Kontakte mit den Bewohnern der Grauen Lande haben mir über die Jahre Zugang zu gewissen Kenntnissen verschafft. Man kann in die Zwischenlande gehen. Eine solche Reise schließt gleichzeitig auch Gegenden in der realen Welt ein.«

»Das verstehe ich nicht«, sagte Conan.

»Magie, Conan. Eine Art Abkürzung.«

Der Cimmerier starrte ins Feuer. Er sprach nicht gern über Magie. Aber ihm fiel keine bessere Möglichkeit ein, ans Ziel zu gelangen.

Draußen regnete es immer noch. Das Trommeln der flüssigen Finger auf das Dach lullte ein. Doch Conan wußte, daß jetzt nicht der rechte Zeitpunkt war, sich zu entspannen. Der härteste Teil ihres Unternehmens schien noch vor ihnen zu liegen, und daß der Weg durch Zauberei erreicht werden konnte, machte die Sache nur noch schlimmer.

Neg fand heraus, daß sein Problem nicht bei der Aussprache, sondern bei den Vorbereitungen aufgetaucht war. Er hatte einen Schritt ausgelassen: Die Mulde im Kristall, in der die Quelle des Lichtes ruhte, war makellos sauber; aber das Werkzeug, um dies zu erreichen, war das falsche gewesen. Jetzt sah er das deutlich. Der Fehler hätte jedem passieren können. Er hatte das kambujische Wort *wanitakala* mit ›saubere Frau‹ oder ›Jungfrau‹ übersetzt, dabei hieß es eigentlich *wanitakale,* was etwas ganz anderes bedeutete. Das ›e‹ statt des ›a‹ am Ende veränderte ›sauber‹ in ›schmutzig‹. Also brauchte er statt einer Jungfrau eine Hure. Das Alter hatte die Buchstaben auf dem Pergament verblassen lassen, so daß auch die schärfsten Augen diesen Lesefehler hätten begehen können. Jetzt aber hatte er sich alles noch mal genau angesehen und die andere Endung entdeckt.

Also brauchte er einen Pinsel aus dem Haar einer Hure, um den Kristall abzustauben. Danach müßte der Zauber problemlos funktionieren.

»Skeer!«

Der Zombie erschien auf der Schwelle.

»Geh ins Dorf und bring mir genug Hurenhaare, um daraus einen Pinsel in der Größe zu fertigen.« Er zeigte einen etwa handgroßen Pinsel an. Dann warf er Skeer einen Beutel mit Münzen zu. »Zahl, was immer es kostet. Und beeil dich! Ich bin sicher, daß du sämtliche Huren im Dorf gut kennst Ich erwarte dich vor Einbruch der Nacht zurück.«

Nachdem Skeer gegangen war, stand Neg da und betrachtete die Quelle des Lichtes. Eine solche Kleinigkeit konnte die komplizierte Magie unterbrechen. Na gut! Noch vor Tagesende würde er die Sache berichtigt haben. Er konnte es kaum erwarten.

Skeer fühlte, wie die Blicke der Dorfbewohner sich in seinen Rücken hineinbrannten. Keiner wagte es, ihm ins Gesicht zu sehen. Ein Gefühl stieg in ihm auf, das Scham sehr nahekam. Der Regen hatte endlich aufgehört. Ihn hatte er nicht gestört, als er durch die Pfützen lief, um das zu holen, was Neg ihm aufgetragen hatte. Für das Gold in Negs Beutel konnte er die Haare sämtlicher Huren des Dorfes kaufen und wahrscheinlich noch einen Arm oder ein Bein als Zugabe. Er würde alles ausgeben aus Wut auf Neg und nur so viel abschneiden, wie unbedingt nötig war. Obwohl er mit Frauen nicht mehr das machen konnte, was er früher so gern getan hatte, freute er sich auf das Gesicht Belindas — ja, sie war die Richtige.

Aber diese Freude würde schon alles sein. Alle Menschen mußten sterben, das wußte Skeer, obwohl er über sein eigenes Ende nie viel nachgedacht hatte. Aber daß er von dem Mann, dem er einen so großen Dienst erwiesen hatte, auf so abscheuliche Weise beseitigt wurde — das erbitterte ihn mehr, als er sagen konnte. Gab es einen schlimmeren Fluch als den, ihm alles, was er vermißte, alles, was er wollte, vor Augen zu führen, obwohl er diese Dinge nie wieder würde genießen können? Wahrer Tod war süßer! Aber auch der war ihm versagt. Neg, ich verdamme dich in die tiefsten Schlünde der Hölle!

Aber jetzt Skeer hole das Hurenhaar, wie dir befohlen wurde, du allzeit gehorsamer Köter!

Zielbewußte Spinnen unter dem Zauberbann der Priester eines dunklen Gottes bewegen sich schneller als wiederbelebte Männer. Zuerst waren sie zu Tausenden gewesen, dann zu Hunderten, jetzt nur noch einige Dutzend; aber sie marschierten immer noch. Normalerweise sind Taranteln nicht so gut zu Fuß wie Hausspinnen, die ihr Netz in staubigen Ecken weben, doch diese bahnten sich ihren Weg über Wasser und Fels, in Regen und Sonnenschein, unbeirrt ihrem Ziel entgegen.

Vier dieser Wesen, die einst Männer waren, warteten am Rand der Schlucht auf ihre langsameren Brüder. Sie beachteten die Spinnentiere nicht, die über die Felskante krochen und weiter nach Westen eilten.

Die Nacht senkte sich auf das Land, eine immer dunkler werdende Decke mit Sternen bestückt, doch weder Zombies noch Spinnen würdigten die Pracht, da weder Zombies noch Spinnen Sinn für die Schönheiten des Lichtes haben. Ihnen und ihren dunklen Plänen war es angenehm, wenn die Nacht so schwarz wie ein stygisches Höllenloch war. Wenn die Sonne dem Mond weichen mußte, brachte ihnen das zwar keine Freude, aber doch eine gewisse Gemeinsamkeit in der Verfolgung ihrer Ziele.

Die Spinnen krochen eifrig dahin. Die Zombies beendeten ihren Aufstieg und marschierten ebenfalls weiter.

»Das ist er!« sagte Elashi.

Conan trat an das kleine schmutzige Fenster, an dem die Tochter der Wüste stand, und spähte hinaus in die Dämmerung. Der Mann, der vorbeiging, war eindeutig Skeer. Automatisch griff der Cimmerier zum Schwertknauf. Tuanne kam auch ans Fenster. Er spürte, wie sie erstarrte, als sie hinausblickte. Er wandte sich ihr zu.

»Das ist unnötig«, erklärte sie und berührte Conans Hand am Schwertknauf. »Skeer ist zu meinem Bruder verwandelt worden.«

»Was meinst du damit?« fragte Elashi.

»Er gehört Neg, selbst im Tod.«

»Ein Zombie?« fragte der Cimmerier.

»Ja. Negs Belohnung für einen geleisteten Dienst.«

Conan wollte zum Ausgang der Schenke.

»Wohin gehst du?« rief Tuanne.

»Mit Skeer reden.« Er zog die Klinge.

»Nein! Dein Schwert kann ihn nicht töten.«

»Ohne Arme und Beine kommt er auch schlecht voran«, erwiderte der Cimmerier. »Ich werde ihn in Scheibchen schneiden.«

»Warte, bitte!«

Conan wartete. »Dir liegt doch nichts an Skeer, weder lebend noch tot. Warum hältst du mich zurück?

»Ich bin schon fünfmal deine Lebenszeit Negs Sklavin. Wenn Skeer dich sieht, errät er sofort, daß ich in der Nähe bin. Und wenn Neg weiß, wo ich bin, wird er… mich rufen. Gegen seinen Ruf kann ich mich nicht wehren, obwohl ich aufgrund seiner Ungeschicklichkeit mit dem magischen Salz einmal entfliehen konnte. Bitte, Conan! Ich kann den Gedanken, wieder unter seiner Knute leben zu müssen, nicht ertragen.«

Conan rollte das Schwert auf der Hand, steckte es aber dann wieder in die Scheide. »Na ja, ich nehme an, Skeer kann uns im Augenblick sowieso nicht helfen. Und ich will nicht, daß du unglücklich bist.«

Beide Frauen legten gleichzeitig dem Cimmerier die Hand auf die Schultern. »Ich danke dir«, sagte Tuanne.

»Ich auch«, pflichtete Elashi ihr bei.

Tuanne behauptete, daß die Ingredienzen, die sie brauchte, um in die Zwischenlande zu gelangen, leicht zu beschaffen seien. Am Morgen ging sie mit Elashi und Conan zum Markt im Dorf und kaufte dort mehrere Sachen. Einige Zutaten waren nicht dort, aber gegen Mittag hatte die Zombie-Frau alles, was nötig war. Ehe sie mit dem Zauberspruch begann, erklärte sie den Freunden das Unterfangen.

»Ich selbst bin noch nie dort gewesen, aber die Geschichten, die ich hörte, machen einem angst. Wenn wir dort Tag haben, kann hier Nacht sein. Es gibt eine Straße als Teil des Zaubers, welche uns ins Innere von Negs Schloß führt. Diese Straße zu verlassen, bewirkt sofortiges Unheil. Auch auf der Straße können wir von allen möglichen übernatürlichen Kreaturen bedroht werden. Selbst erfahrene Hexen und Zauberer bewegen sich in den Zwischenlanden ganz vorsichtig. Und uns fehlt der Schutz der Magie, den sie haben. Ich glaube nicht, daß man mich endgültig töten kann, nicht einmal dort; aber euch schon. Doch kann mir Schlimmeres als der Tod zustoßen. Ihr müßt das alles wissen, ehe wir die Reise wagen.«

Elashi schaute Conan an, dann wieder Tuanne. »Mein Vater geht ungerächt durch die Grauen Lande«, sagte sie. »Ich will alles tun, was nötig ist, um diese Schande zu beenden.«

»Fang schon an!« sagte Conan. »Wo ein Sterblicher gehen kann, hat Conan keine Angst seine Füße hinzusetzen.«

»Also gut. Stellt euch dicht neben mich.«

Tuanne hob zu singen an, eine seltsame Melodie. Dabei entzündete sie ein Kohlenbecken. Würziger, aromatischer Rauch füllte das kleine Zimmer in der Herberge. Das Feuerchen wirkte ganz normal, bis Tuanne mehrere Dinge hineinwarf. Da wechselten die Flammen von Rotorange zu Grün und dann zu Blau, wie der Sommerhimmel über Cimmerien. Conans Augen gaukelten ihm etwas vor. Die Wände schienen aufzuweichen und sich zu krümmen, so daß keine geraden Linien mehr da waren.

Der Wirt klopfte an die Tür. »Kocht ihr da drinnen? Es ist verboten, auf dem Zimmer zu kochen oder Opfer darzubringen.«

»Achtet nicht auf ihn!« befahl Tuanne.

Das Klopfen wurde lauter. »He! Ihr da drinnen! Ich rieche Rauch! Bratet ihr eine Ziege?«

»Hau ab!« rief Conan. »Sonst wird es hier gleich

nach einem Menschenbraten riechen, und zwar nach deinem!«

Das Klopfen hörte sofort auf. Nur das Geräusch schneller Schritte drang noch an Conans Ohr. Er grinste.

Der dichte Rauch aus dem Kohlenbecken füllte den gesamten Raum. Der Cimmerier konnte nicht mal mehr die Wände sehen. Plötzlich spürte er Zugluft, als hätte man ein Fenster geöffnet. Der Rauch verzog sich.

Als die Dämpfe dünn genug waren, sah Conan, daß sie sich nicht mehr in einer zweitklassigen Dorfschenke befanden, sondern er stand auf einem Plateau, Teil einer großen Ebene. Unter einer blaugrünen Sonne tanzten winzige Stäubchen. Er schluckte und schaute sich um. Instinktiv fuhr seine Hand ans Schwert. Gen Westen — wenn diese Richtung Westen war — lag ein riesiger Dschungel. Nach Osten zu eine schier endlos erscheinende Wüste. Im Norden lag ein See — falls je ein Gewässer die Farbe frischen Blutes zeigte. Im Süden erhob sich eine Bergkette, die den Himmel tragen mußte, so hoch war sie. Direkt vor ihm führte ein schmaler Pfad vom Plateau zum Dschungel. Es war die einzige Straße in Sicht. Auf ihr war nichts zu sehen, außer den drei Gefährten.

Conan wandte sich an Tuanne mit unausgesprochener Frage. Sie nickte.

»Wir sind da.«

Elashi zeigte zum Dschungel. Das seltsame Licht ließ ihre Haut unwirklich blau erscheinen, mehrere Schattierungen dunkler als die blaßblaue Haut Tuannes. »Müssen wir dorthin?«

Tuanne nickte. »Ja. Der Dschungel repräsentiert Negs Schloß. Wenn wir es schaffen, in die Mitte zu gelangen, sind wir hinter seinem Umkreis der realen Welt.«

»Wenn wir es überleben ...«

Achtzehn

Mit feiner Stahlschere trimmte Neg die letzten widerspenstigen Haare des neuen Pinsels. Von einer Blondine, aber das war egal, war das Haar, so fein und weich wie das eines Säuglings. Von ihm aus hätten es auch Sauborsten sein können, solange es funktionierte.

Die Quelle des Lichtes lag im Beutel am Gürtel des Nekromanten und schlug sanft gegen seine Hüfte, als er den bereits blitzblanken Kristall nochmals entstaubte. Er hätte sich beeilen können, doch solche Zauber waren überaus heikel — wie er bereits schmerzlich festgestellt hatte. Sorgfältig fuhr er mit dem Pinsel über jede Stelle des ausgehöhlten Minerals und entfernte unsichtbare Staubkörnchen. Auch wenn sie so klein waren, daß man sie nicht sah, waren sie vielleicht groß genug, um den Zauber zu stören.

Nach ungefähr zehn Minuten fand er, es sei genug. Er holte tief Luft, atmete langsam wieder aus und steckte den Pinsel in den Lederbeutel, als er den Talisman herausnahm.

Neg legte die Quelle des Lichtes so behutsam in die Kristallmulde, daß nicht einmal eine schlafende Maus es gehört hätte.

Jetzt! Fertig! Nun noch die Beschwörungen, dann würde er sehen, ob sein Werk von Erfolg gekrönt war.

Mit der richtigen Stimmlage sang er die magischen

Worte; aber jetzt war ein zusätzliches Feuer dabei, eine Kraft, die er spürte. Zweifellos war es anders als zuvor. Es würde funktionieren. Da war er ganz sicher!

Und so war es! Kaum war er fertig, da begann die Quelle des Lichtes zu glühen und pulsieren, als wäre sie lebendig. Sie sandte ein strahlendes Licht von solcher Klarheit aus, daß die Augen schmerzten, wenn man sie betrachtete. Macht entströmte, eine Macht, mit der verglichen die Kraft, die er vorher gespürt hatte, nichts war.

Und diese Macht begann ihn zu erfüllen wie Wein ein leeres Gefäß. Sie brandete gegen seine inneren Wände und entzündete ein magisches Feuer in jedem Atom seines Seins.

Macht! Zu formen, wie er wollte! Herr über Leben und Tod, ganz nach seinem Belieben. Die Energien kochten in seiner schwarzen Seele. Er wußte, er *wußte,* daß er mit einem Blick Leben oder Tod austeilen konnte! Solange der Talisman sicher in seinem Kristallgefäß lag, würde er, Neg der Ruchlose, Neg der Allmächtige sein!

Er ging hinaus auf den Korridor. »Achtung!« rief er mit einer Stimme wie Donnergrollen. Sofort erschien ein Dutzend Männer-ohne-Augen.

»Bewacht diese Tür!« befahl er. »Niemand außer mir darf hinein.«

Die blinden Priester beeilten sich, seinem Befehl nachzukommen. Alle bis auf einen.

»Du«, sagte Neg, »schau mich an!«

Der Mann wandte dem Nekromanten die leeren Augen zu.

»Stirb!« befahl Neg und fixierte den Priester.

Lautlos fiel der Mann auf die Steinplatten. Tot, da gab es keinen Zweifel.

Neg lächelte über sein Werk. »Lebe!« sagte er und winkte dem Toten.

Wortlos hob der Priester den Kopf und stand wieder auf.

Da lachte Neg laut. Macht! »Bleib bei den anderen!« Der Priester — jetzt Zombie — ging fort.

Neg warf seinen Umhang theatralisch über die Schulter und schritt den Gang hinunter. Er hatte es vollbracht! Jetzt konnte er sofort damit beginnen, eine Armee zu erwecken. Innerhalb von zwei Wochen würde die ganze Welt vor der Macht Negs zittern!

Sein Lachen hallte schauerlich durch die dunklen Gänge.

In den Katakomben duckten sich die Ratten tiefer in die Ecken. Sie hatten plötzlich Angst.

Der Abstieg vom Plateau war leicht, obwohl das wechselnde Licht — jetzt blau, dann rot, dann beinahe normal — den Weg verschwimmen ließ. Conan führte, Elashi folgte und Tuanne bildete die Nachhut. Bis jetzt hatten sie noch kein Anzeichen für Leben gesichtet, was Conan durchaus lieb war. Im Norden wogte der Blutsee in den Farben Rot, Purpur, nahezu Schwarz und wieder Rot. Vor ihnen lag der Dschungel.

Der Cimmerier hatte anfangs Bedenken geäußert, daß der Dschungel viel weiter entfernt sei als Negs Schloß vom Dorf. Tuanne hatte ihm erklärt, daß es keine direkte Entsprechung zwischen der realen Welt und den Zwischenlanden gab. Eine Meile hier konnte ein Fuß dort bedeuten.

Na schön! Er würde tun, was auch immer von ihm gefordert wurde. Manchmal kamen ihm Zweifel, ob es klug gewesen war, sich auf das Unternehmen einzulassen. Aber ein Freund, wenn auch kein langjähriger, war getötet worden. Dafür mußte jemand bezahlen, und Conan aus Cimmerien drückte sich nicht von Pflichten, ganz gleich, wie groß die Schwierigkeiten waren.

Aus der Wüste hinter ihnen erhob sich starker Wind. Er war heiß und trocken. Statt Kühlung brachte er Ausdörrung. Windhosen erhoben sich vor ihnen und wirbelten die braune Erde auf. Zwei, nein drei dieser Staubteufel tobten vor ihnen. Doch was war *das?*

Die Windhosen vereinigten sich, verdichteten sich, wurden dunkel und undurchsichtig. Je kleiner sie wurden, desto klarer zeichnete sich in ihnen eine Figur ab. Jetzt bewegte sich vor den dreien keine Windhose mehr, sondern eine solide Gestalt, die auf zwei Beinen — wie ein Mensch — aufrecht dahinschritt. Aber diese Geschöpfe gehörten nicht zur menschlichen Rasse, jedenfalls zu keiner, die Conan je gesehen oder von der er je gehört hatte.

Die Dinger kamen auf das menschliche Trio zu. Als sie nicht mehr weit entfernt waren, sah Conan, daß sie Vögeln ähnelten: Statt eines menschlichen Gesichts ragten Raubvogelschnäbel aus Federn hervor. Große orangefarbene Augen rollten in Federmasken, die Schultern liefen in Stutzflügel aus, an deren Enden drei gekrümmte schwarzglänzende Krallen saßen. Die Beine sahen menschlich aus, doch die Füße waren ebenfalls Klauen.

Conan holte das Schwert heraus und schwang es hin und her, um die Muskeln zu lockern. Er spielte damit, warf es von einer Hand in die andere, wie jemand, der ein Instrument stimmt.

»Können wir um sie herumgehen?« fragte Elashi.

»Die Straße zu verlassen, könnte noch Schlimmeres

heraufbeschwören«, antwortete Tuanne. »Wir könnten zurückgehen und hoffen, daß sie uns nicht folgen.«

»Nein«, erklärte Conan, »unser Weg führt dorthin, und sie werden uns vorbeilassen — so oder so.« Mit dieser Bedrohung konnte er fertigwerden — gewinnen oder verlieren.

»Dann laß mich vorangehen«, sagte Tuanne. »Mein Körper stößt Tiere ab und ist auch nicht so verletzbar wie eurer.«

»O nein!« widersprach Conan. »Diesmal hält niemand Elashi ein Messer an die Kehle.«

»Du solltest aber versuchen, mit ihnen zu reden«, meinte Elashi. »Vielleicht wollen sie uns nichts tun.«

Als diese seltsamen Vögel weniger als drei Spannen entfernt waren, hob Conan das Schwert und zeigte mit der Spitze auf die Augen des Anführers. »He, gefiederte Freunde! Erlaubt uns, in Frieden vorbeizugehen!«

Der Anführer, dessen Federn etwas dunkler blauschwarz schimmerten als die der beiden anderen Vögel, öffnete den Schnabel, stieß ein lautes *Krä* aus, marschierte aber unbeirrt weiter.

»Soviel zum Reden!« sagte Conan zu Elashi. »Du kannst doch nicht behaupten, ich hätte es nicht probiert.«

Kurz vor Conan sprang der Anführer hoch. Er erhob sich zweimal Conans Größe in die trockene Luft und schlug mit den Flügeln. Der große Vogel konnte nicht gut fliegen, hatte aber weit mehr Sprungkraft als jeder menschliche Athlet.

Die Aktion überraschte Conan. Der Cimmerier brachte sein Schwert hoch, doch der Vogel ging plötzlich nach unten und schlug die Klauen in Conans

Schulter. Cimmerisches Blut floß über den Arm; aber die Wunde war flach und beinahe schmerzlos.

Der Vogelmensch berührte leicht den Boden und schwang sich wieder in die Höhe.

Conan hörte hinter sich Flügelschlagen. Er wirbelte herum. Da standen die beiden anderen gefiederten Ungeheuer. Beide sprangen wie ihr Anführer hoch. Aber diesmal war Conan darauf vorbereitet. Er sprang selbst hoch und schlug mit dem schweren Schwert zu. Die Spitze fraß eine tiefe Furche in das rechte Bein des einen Vogels. Das Biest krächzte laut. Blut tropfte aus der Wunde.

Conan lächelte grimmig und ging erneut zum Angriff über. Mochten die Biester auch übernatürlich sein, sie bluteten jedenfalls hervorragend.

Der verwundete Vogelmann landete und sank in sich zusammen. Aber die Verwundung war doch nicht so schwer …

Vor Conans Augen verwandelte sich der verwundete Vogel in einen Wirbelwind, der sich schnell auflöste und Sand über die Kämpfenden spritzte. Conan blinzelte, als ihm der Sand in die Augen geriet, schwang aber das Schwert, um den zweiten Angriff des Anführers abzuwehren. Beide verfehlten ihr Ziel.

»Die Berührung mit Eisen ist tödlich«, erklärte Tuanne. »Das ist bei vielen magischen Geschöpfen so.«

»Gut!« meinte Conan.

Die beiden übriggebliebenen Ungeheuer synchronisierten ihre Angriffe. Während Conan nach einem schlug, griff der andere an. Dies Federvieh war sehr schnell.

Als Conan herumschoß, um den Anführer wieder von vorn zu nehmen, hörte er hinter sich ein überraschtes Krächzen und danach den Fall eines Körpers.

Sobald der Anführer dorthin sprang, drehte auch Conan sich um und sah den anderen gefiederten Feind am Boden liegen. Elashis Dolch steckte in seinem Bein. Er grinste.

Als der Wind wieder Staub ins Gesicht des Cimmeriers blies, griff der Anführer erneut an.

Mit schrillem Schrei stürzte er mit ausgestreckten Klauen auf Conan herab.

Der Cimmerier sprang nach links und schwang das Schwert. Federn flogen, als die Klinge die Brust aufschlitzte und dann durchbohrte. Der Vogel mußte fast hohl sein, dachte Conan, als der Anführer zu Boden fiel.

Nachdem sich der Wind gelegt hatte, blickten die drei Gefährten sich an. Die Frauen machten um Conans Wunde viel Aufhebens, dabei war es kaum mehr als ein Kratzer. Aber er widersetzte sich ihren Bemühungen keineswegs, sagte nur: »Wenn uns auf dieser Fahrt nichts Schlimmeres zustößt, ist die Sache ein Kinderspiel.«

»Unglücklicherweise war das vielleicht unsere geringste Sorge«, meinte Tuanne. »Ich habe Geschichten gehört, wonach diese Ungeheuer wie Spatzen aussehen.«

»Verschone mich mit diesen Geschichten«, sagte Conan. »Manche Dinge bleiben besser unausgesprochen.«

Dann marschierten die drei weiter auf dem Weg.

Die Bewohner von Negs Schloßgraben bekamen unerwartet Futter, als ein Dutzend fetter saftiger Spinnen ins Wasser sprangen, um zum Schloß hinüberzuschwimmen. Doch währte der Festschmaus nicht lange, da die verzauberten Arachniden bei den Unterwasserwachtposten einen widerlichen Geschmack hinterließen. Ob dies der natürliche Geschmack von Taranteln war, oder ob die Bitterkeit durch die Magie hinzugekommen war, spielte für die Fische keine Rolle. Sie gaben die unausgesprochene Botschaft weiter: *Pfui!* Freßt ja nicht diese schwarzen Krabbler. Die schmecken *abscheulich!*

Dadurch erreichten mehr als zwei Dutzend der kräftigsten Taranteln Negs Schloß. Durch Maulwurfsgänge und Mäuselöcher verschafften sie sich Zugang zur Behausung dessen, den sie suchten. Der Verfluchte rief sie, und sie marschierten weiter, um ihre Mission als Abgesandte eines erzürnten Gottes zu erfüllen.

Skeer trottete mit einer Schale voll erlesener Früchte für seinen hohen Herrn Neg durch die Gänge, als er die Spinnen sah. Vor Schreck ließ er die Holzschale fallen. Trauben, Datteln und Pflaumen rollten über den Steinboden. Die Schüssel klapperte laut.

»Was ist das für ein Lärm?« rief Neg.

Skeer war wie versteinert. Er konnte nicht antworten.

Die Spinnen krabbelten auf den Zombie zu. Endlich am Ziel.

Da betrat Neg den Korridor. »Skeer, du ungeschickter ...« Er sah die Spinnen. »Ha, sind das etwa Freunde von dir?«

»S-s-sie f-f-olgen mir schon seit Opkothard, Herr.«

»Aha! Die Sies! Von dem Fluch habe ich gehört. Sie sind verzaubert und sollen dich töten. Du mußt einen der Priester dort beleidigt haben. Na, die haben einen schönen Weg hinter sich!«

»Herr! Kannst du mir helfen?«

Neg lachte laut und hart.

Die Spinnen kamen Skeer immer näher. Der stand da wie angewachsen.

»H-herr!«

»Idiot! Du bist jetzt *tot!* Was können sie dir anhaben?«

Da wurde Skeer plötzlich die Wahrheit bewußt. Er *war* tot.

»Bring mir eine andere Schale mit Obst, du Schwachkopf!« Neg drehte um und ging zurück in sein Gemach.

Die erste Spinne erreichte Skeers Bein. Die Berührung war ihm unangenehm; doch als sie ihm die Fänge in die Wade versenkte, war es nicht schlimmer als ein Moskitobiß in der Zeit, als er noch lebte. Erst wollte er die Spinne zerquetschen, doch dann schüttelte er sie nur ab. Was konnte sie ihm schon tun?

Die Spinne kroch etwas zurück. Sofort scharten sich ihre Artgenossen um sie. Alle blieben stehen. Wie es schien, beratschlagten sie irgendwie.

Skeer wandte sich ab, hob das Obst auf und ging zurück in die Küche. Die Spinnen folgten. Er blieb stehen.

Sie blieben stehen.

Er tat zwei Schritte.

Die Taranteln zogen nach.

Wieder blieb er stehen.

Auch die Spinnen hielten an.

Skeer lachte. Wie enttäuscht mußten sie sein! Da hatten sie nun ihre Beute gefunden, aber sie war tot, obwohl sie sich bewegte. Was sollte so ein verzaubertes Tier machen? Skeer zu beißen, war reine Giftverschwendung. Vielleicht hatte das die erste ihren Artgenossen erklärt. Sie konnten ihre Mission nicht ausführen. Was sollten sie tun? Offenbar fiel ihnen nichts Besseres ein, als Skeer erst einmal auf Schritt und Tritt zu folgen — wie Hunde.

Skeer ging weiter zur Küche. Sein achtbeiniges Gefolge hinterher. Er lachte wieder. Seltsam, wie sich die Dinge entwickelt hatten! Wer hätte noch vor ein paar Wochen gedacht, daß er tot sein würde, als Zombiesklave diente und Herr über dreißig oder vierzig fette Spinnen wäre. Diese Geschichte würde niemand einem Märchenerzähler oder fahrendem Sänger glauben. Dazu war sie zu phantastisch.

Er führte den Befehl seines Herrn aus, gefolgt von seinem krabbelnden haarigen Teppich.

In der Herberge drängten sechs tote Männer in das leere Zimmer. Schweigend betrachteten sie das Kohlenbecken, rochen die magischen Kräuter und Gewürze und wußten, wohin sich ihre Beute begeben hatte. Alles ohne ein Wort zu sprechen.

Zwei Zombies gingen weg, um auch Zaubermittel zu besorgen. Die anderen warteten hier auf ihre Rückkehr. Ihre Opfer hatten zwar Zeit gewonnen, indem sie in die Zauberländer ausgewichen waren — aber sonst nichts. Die Männer-ohne-Augen konnte man mit dieser Taktik nicht abschrecken.

Später, als sich der Rauch wieder aus dem Raum verzogen hatte und er wieder leer war, stand der Wirt schaudernd auf der Schwelle und wunderte sich. So viele Personen waren in das Zimmer hineingegangen, aber keiner herausgekommen.

Neunzehn

Der Aufseher des Leichenschauhauses in Opkothard hatte sich von seinem Schreck erholt, obwohl er schwor, daß im Haar auf dem Kopf und im Bart graue Haare waren, die vorher nicht dort gewesen waren. Der Anblick von sechs Toten, die sich plötzlich erheben und hinausgehen, war genug, um das Leben eines jeden normalen Menschen um Jahre zu verkürzen.

Er lehnte gegen die kühle Wand der Leichenkammer und betrachtete seine neuesten Pfleglinge. Diese sechs waren aber auch außergewöhnlich gewesen, dachte er. Ausländer und auf gewaltsame Weise ums Leben gekommen! Wer weiß, welch üble Kräfte in ihren Seelen gelauert hatten? Alle jetzigen Leichen stammten — dem Namenlosen sei Dank! — aus der Stadt und waren zumeist eines natürlichen Todes gestorben. Eine vierköpfige Familie hatte einen Krug verdorbener Feigen nicht überlebt, das rote Fieber hatte etliche dahingerafft, eine einstürzende Mauer hatte ihm drei Arbeiter beschert, die langsamer als die Kollegen gewesen waren. Und ein alter Mann hatte sich einfach ausgezogen und in die öffentlichen Bäder gelegt. Mehrere Stunden später hatte man ihn herausgezogen, als es jemand auffiel, daß er so lange nicht an die Oberfläche kam. Nein, bei diesem Haufen waren die Chancen gering, daß sich schlimme Dinge ereignen würden!

Er war daher ganz ruhig, als er eine Ratte bei den hinteren Bahren rascheln hörte. Mit Ratten wurde er fertig.

Der Aufseher nahm den Wurfpfeil, den Zenk, der Messermacher, für ihn angefertigt hatte. Er bestand aus einem mehrere Zoll langen Stab, in dem vorne ein Nagel und hinten Federn steckten. Auf kurze Entfernung traf er sehr genau. Der Aufseher hatte in letzter Zeit so manchen Nager damit erledigt. Jetzt schlich er grinsend in die dunkle Ecke.

Das Grinsen verschwand jäh, als er sah, wie sich die runzlige Leiche des alten ertrunkenen Mannes aufsetzte. In seiner Panik schleuderte er den Wurfpfeil. Die kleine Waffe blieb in der Schulter des Alten stecken; aber ob er die Leiche störte, konnte man nicht sehen.

Jetzt bewegten sich auch die anderen. Ringsumher erhoben sich die Toten von ihren Bahren. Sie sprachen nicht, benahmen sich aber ansonsten wie Lebende.

Der Aufseher rannte schreiend hinaus. Er schwor, daß er nur wieder in die Leichenhalle zurückkehren würde, wenn man seinen toten Körper hineintrüge!

Tuanne blieb plötzlich stehen und schwankte, als fiele sie gleich um. Sie näherten sich den Zwischenlanden. Conan fragte: »Ist alles in Ordnung?«

»Es ist Neg«, antwortete sie mit geschlossenen Augen. »Er hat begonnen, die Macht des Talismans einzusetzen. Er ruft die Toten.«

Conan und Elashi schauten umher. Sie waren allein.

»Ich spüre, wie er an mir zieht«, fuhr Tuanne fort. »Es ist ein starker Ruf, ein Befehl.«

»Kannst du widerstehen?« fragte Elashi besorgt.

»Im Augenblick ja. Hast du das Salz, das ich dir gab?«

Conan blickte die Tochter der Wüste an. Er hatte keine Ahnung.

Elashi sagte: »Ja, ich habe es.«

»Falls ich niedersinke, mußt du es benutzen. Wenn

Negs Macht wächst, muß ich zu ihm gehen. Auf einem anderen Weg als den, welchen wir jetzt nehmen.«

»Aber die Gefahren ...«

»Das spielt keine Rolle. Ich muß gehorchen.«

»Dann wollen wir uns beeilen«, sagte Conan. »Je früher wir ankommen und den verfluchten Zauberer erledigen, desto besser.«

Im Laufe des ›Tages‹ sah Conan die Wirkung von Negs Zauberkunst. In der Ferne tauchten Gestalten auf und gingen im rechten Winkel auf die Straße zu, auf der das Trio marschierte. Als sie näherkamen, griff der Cimmerier nach dem Schwert.

»Nein«, sagte Tuanne. »Sie werden uns nichts tun. Schau sie dir an!«

Es waren tatsächlich Menschen, wie Conan sah. Männer, Frauen und Kinder kreuzten den Weg, ohne Conan und seine Gefährtinnen zu sehen. Es waren Menschen, die Neg hörig waren. Wie Schlafwandler blickten sie starr geradeaus, als würden sie von einer unsichtbaren Schnur gezogen.

»Die Seelen der Toten, welche den letzten Weg in die Grauen Lande noch vor sich haben«, erklärte Tuanne. »Sie wurden durch die Macht des ruchlosen Neg in die Körper zurückgerufen. Manche starben erst vor kurzem, andere waren schon länger in der Erde, weil sich ihr Gang in die Grauen Lande aus irgendeinem Grund verzögerte. Diese Körper werden keinen schönen Anblick bieten.«

»Igitt!« sagte Elashi.

Conan sagte nichts; aber seine Reaktion war die gleiche wie Elashis. Ein Körper, der schon mehrere Tage dahinfaulte, war selbst im Winter kein appetitlicher Anblick.

Die Zahl der Wanderer nahm zu, als die drei sich dem Dschungel näherten. Hunderte, vielleicht Tausende hatten den Weg gekreuzt, und es war kein Ende abzusehen.

»In wenigen Tagen wird Neg eine Armee um sein Schloß versammelt haben«, sagte Tuanne. »Alle Toten aus dem Umkreis von tausend Meilen werden ihm zuströmen. Keiner, der nicht unter seinem Befehl steht, wird an seine Festung herangelangen. Kein Lebender.«

Tuanne schwankte wieder und blieb stehen. Sie wollte sich der letzten Gruppe der Schlafwandler anschließen.

»Tuanne!« rief Elashi.

Die Zombie-Frau tat noch einen Schritt, blieb aber dann stehen. Sie schüttelte den Kopf und kam schnell zurück zu ihren Gefährten. »Seine Macht wächst«, sagte sie leise.

Conan sah, daß Elashi in der hohlen Hand Salzkristalle hielt. Jetzt steckte sie diese wieder in ihren Beutel.

»Meiner Meinung nach müßten wir in einer Stunde den Rand des Dschungels erreichen«, sagte Conan. »Kommt!«

Die Armeen der Nacht bewegten sich.

Vom höchsten Gemach aus blickte Neg durch das Fenster auf seinen Herrschaftsbereich — *alles* war ihm jetzt untertan! — und die Gestalten in der Ferne. Sie kamen. Sie kamen aus allen Richtungen. So weit Negs Auge reichte, kamen sie.

Er lachte tief und dröhnend und winkte denen, die ihn nicht sehen konnten, aber seinen Ruf spürten. Kommt zu mir! dachte er. Kommt und vereinigt euch mit der mächtigsten Armee, die je aufgestellt wurde! Eine Streitmacht, die nicht getötet und nicht aufgehalten werden kann, unter meinem Befehl. Kommt!

Die Kraft floß jetzt stärker durch ihn, nachdem er sich an ihre Wirkung etwas gewöhnt hatte. Sie entströmte ihm, wie Licht von der Sonne ausstrahlte. Er war für alle Toten Gott, und sie beteten ihn an und kamen, um sich vor ihm zu verneigen.

Die Armeen der Nacht bewegten sich und kamen zu ihrem Herrn.

Überraschung war ein viel zu milder Ausdruck dafür, was der Meister der Maske fühlte. Er sollte tot sein, kein Mensch konnte einen Schwerthieb überleben, wie ihn ihm der Barbar mit der schweren Klinge versetzt hatte. Daran erinnerte er sich lebhaft. Sein ganzes Leben war an ihm vorbeigerast. Dieser Conan — die Götter mögen ihn verfluchen — hatte ihn niedergemacht und ...

Der Meister der Maske faßte sich an den Kopf.

In der Mitte war ein fingerbreiter Spalt, der sich über der Nasenwurzel verengte und hinten bis fast zum Genick reichte. In der Öffnung fühlte er eine weiche Masse — sein Gehirn zweifellos. In diesem Augenblick verlor der Meister der Maske beinahe völlig den Verstand. Kein Mensch konnte mit einer solchen Wunde Leben!

Erst da merkte er, daß er nicht atmete.

Er konnte zwar Luft holen; aber es spielte keine Rolle, ob er sie anhielt oder ausatmete. Probeweise sagte er etwas. Das gelang, wenn er daran dachte, genug Luft einzusaugen, damit die Stimme arbeitete.

Die Erkenntnis kam ihm, als er den Zwang spürte zu gehen.

Er war tot.

Tot, aber irgendwie zurückgebracht. Also mußte er ein Zombie sein. Und dann war es mit Sicherheit Neg, der seinen Füßen befahl zu gehen. Die Unnatürlichkeit des Ganzen jagte ihm Angst ein; aber dann kam ihm ein tröstlicher Gedanke: Vielleicht würde er eine zweite Chance haben, Conan zu töten, falls dieser noch lebte.

Das Lächeln auf dem Gesicht des Meisters der Maske verwandelte sich in höhnisches Grinsen, als er an diese Möglichkeit dachte. Vielleicht sollte man die Götter doch nicht verfluchen.

Als er auf dem Weg dahinmarschierte, ohne zu wissen, wohin, sah er andere, die ebenfalls wie er dahinschritten. Da war Rohling, ohne Arm. Andere kannte er nicht. Dieser Neg hatte Macht, da bestand kein Zweifel. Na schön! Er würde sehen, was kam. Inzwischen konnte er sich mit Rachegedanken an Conan aufheitern. Diesmal würde er einen Vorteil haben: Tote konnten nicht erschlagen werden.

Im ganzen Land erhoben sie sich.

Malo, der ehemalige Suddah-Oblate, stand auf und begab sich nach Westen. Hinter ihm gingen zwei seiner Mitbrüder, ebenfalls lebendig aber nicht lebend.

Ein nachlässiger Nachtwächter hatte sich aus der noch feuchten Erde gegraben und gesellte sich zur Parade der Toten.

Zwei Bergbanditen, die ehrgeizig aber unerfahren gewesen waren, hatten das, was die wilden Tiere von ihnen übrig gelassen hatten, zusammengerafft und kamen den Berg herab.

Im ganzen Land erhoben sie sich. Der Abschaum aus der Gosse von Shadizar, die gehängten kleinen

Ganoven aus Numalia, die Opfer bei den schwarzen stygischen Riten, die Guten, die Bösen, die Kriminellen und die Unschuldigen. Alle, die innerhalb von tausend Meilen von Negs Schloß gestorben waren, alle, welche noch keinen ständigen Aufenthalt in den Grauen Landen erhalten hatten, alle, welche ausreichend Gliedmaßen hatten, um zu gehen oder zu kriechen — sie alle erhoben sich von Totenbahren, Gräbern und Särgen. Sie erhoben sich und eilten ihrem neuen Herrn entgegen.

Die Armeen der Nacht marschierten.

Die Nacht kam in den Zwischenlanden sehr plötzlich. Die Abenddämmerung legte ihre sanften Hände auf die Straße, dann fiel die Nacht herab, so schnell, wie eine Lampe erlischt, wenn das Öl zur Neige geht.

Der Rand des Dschungels lag noch fünf Minuten entfernt; aber Conan hatte nicht den Wunsch, nachts hineinzugehen.

»Wir lagern hier«, erklärte er. Niemand widersprach.

Der Cimmerier holte aus dem nächsten Gebüsch Feuerholz. Er wußte nicht, ob die Geschöpfe, die diese Welt bewohnten, Angst vor Feuer hatten; aber Angst oder nicht Angst — ein brennendes Scheit ins Gesicht des Gegners gesteckt würde eine Atempause verschaffen.

Sie aßen Dörrobst und geräucherten Fisch, den Elashi in ihren Beutel gepackt hatte. Conan spülte das ekelhafte Zeug mit Wein herunter, den er nicht vergessen hatte, sondern in einer Lederflasche eingesteckt hatte. Er trank sehr wenig — ein Mann wollte hier bei klarem Verstand bleiben. Dann überlegte er, ob das Feuer unerwünschte Aufmerksamkeit erregen würde. Nach einigem Nachdenken beschloß er, daß ein sicherer Ort in etwas Entfernung vom Feuer besser wäre. Von dort aus konnte er die Umgebung des Feuers sehen und was auch immer den Weg dorthin suchte.

Über ihnen waren Sterne aber kein Mond. Der Himmel ähnelte keinem, den er bisher gesehen hatte. Die vertrauten Sternbilder schienen hier nicht. Er schaute hinauf. Die bogenförmig angeordneten Punkte glichen einer Dolchklinge. Dicht über dem Horizont schwebte ein unregelmäßiger Ring, eine dichte Ansammlung harter Diamanten ähnelte beinahe einer Männerfaust. Hätte er noch Zweifel gehegt, daß dies Land anders war als seine Welt, hätte dieser Himmel ihn überzeugt.

Nach dem Essen legte Conan Holz nach. »Laßt uns etwas vom Feuer weggehen«, sagte er. »Damit kein Neugieriger uns überraschen kann.«

Wieder keinerlei Widerspruch von den Frauen. Sie fanden ein Gebüsch eine halbe Minute zu Fuß vom Feuer. Der Cimmerier überlegte, ob er Wache halten solle; aber da Tuanne nicht schlief, hielt er es für besser, sich auszuruhen. Ihre Augen waren für die Dunkelheit besser geeignet als seine, und bei Gefahr würde sie ihn wecken.

Mit Elashi an der einen Seite, Tuanne an der anderen versank Conan bald in tiefen Schlaf.

Als er aufwachte, war Tuanne nicht mehr da.

Es war noch vor Morgengrauen. Das Feuer war heruntergebrannt. Nur noch ein bißchen Glut glimmte. Tuanne war nirgends zu sehen.

Er setzte sich auf. Elashi erwachte.

»Was ist los?«

»Tuanne ist weg«, antwortete er.

Sie standen schnell auf und verließen den Schutz des Gebüsches; aber die Dunkelheit war undurchdringlich.

»Wir müssen sie finden«, erklärte Elashi.

»Es ist zu dunkel«, widersprach Conan. »Wir würden uns nur selbst verirren.«

»Wir können sie aber nicht hier lassen!«

»Ich bin für jeden Vorschlag offen.«

Elashi schwieg.

»Sie sagte doch, daß ihr Weg ein anderer sei als unserer, wenn sie sich Negs Befehl nicht mehr widersetzen könne«, sagte Conan. »Wir müssen in Negs Schloß. Das ist unsere einzige Hoffnung, sie zu retten.«

»Und wie kommen wir von hier weg?« fragte Elashi und sprach damit Conans eigene Sorge aus. »Ich kenne den Zauberspruch nicht, du etwa?«

»Sie sagte, der Weg sei eigens für uns gemacht. Vielleicht gibt es irgendeinen Hinweis, wenn wir den richtigen Punkt erreicht haben.«

»Und vielleicht irren wir hier herum, bis unsere Knochen zu Staub werden!«

»Ich bin für jeden Vorschl ...«

»Hör auf, das zu sagen!«

Der erste Schimmer einer seltsamen Morgendämmerung erhellte den dunklen Himmel. Conan behielt seine Bemerkungen für sich. Was sollte er sonst machen? Er verstand Elashis Angst.

Für Skeer verblaßte bald der Reiz der Neuheit, daß ihm seine eigene kleine Krabblerarmee folgte. Die Spinnen folgten ihm überallhin. Da er keinen Schlaf brauchte und auch keine Notdurft verrichten mußte, brauchte er sich keine Sorgen zu machen, unter einer Decke aus Spinnen aufzuwachen oder eine in der engen Latrine totzutreten. Stets waren sie hinter ihm.

In einem Wutanfall beschloß er, die verdammten Biester zu vernichten. Er sprang plötzlich auf die Taranteln zu. Als hätten die haarigen Tierchen seine Bewegung geahnt, schwärmten sie blitzschnell aus. Er konnte nur eine noch zertreten. Zufrieden hörte er das *krunsch,* als sich die arachnidischen Eingeweide im Muster eines Rades auf dem Steinboden verteilten. Aber trotz aller Bemühungen konnte er keine weitere erwischen. Skeer war sicher, daß ihre Geschwindigkeit übernatürlich war. Wäre er lebendig gewesen, hätte er sich bei dem Versuch, die Biester zu töten, völlig verausgabt. So aber sah er die Sinnlosigkeit seiner Bemühungen ein.

Sobald er mit der Jagd auf die Spinnen aufgehört hatte, sammelten sie sich wieder. Er zählte zweiundzwanzig kleine Miststücke. Das Leben hatte seine Schattenseiten, doch war der Tod anscheinend noch schlimmer.

Skeer schritt durch die leeren Gänge von Negs Schloß, wirbelte Staub von Jahrhunderten auf und hing seinen düsteren Gedanken nach.

Tuanne wußte, daß sie verloren war. Die Berührung von Negs Verstand war zwar bei ihr schwächer als bei den anderen, welche dieser Zwang durch die Zwischenlande marschieren ließ; aber sie wußte durch diese Berührung, daß er sie gesehen hatte.

Ah, Tuanne! Ich wußte, du würdest zurückkehren. Ich habe etliche neue Vergnügungen für dich nach deiner Ankunft. Du hast dich ohne meine Erlaubnis entfernt, ohne mir auch nur Lebwohl zu sagen. Ich bin tief verletzt.

Negs mentale Stimme wurde hart wie eine psychische Peitsche. *Ich bin tief verletzt, und du wirst auch verletzt werden ...*

Da verringerte sich Tuannes Hoffnung auf Stecknadelkopfgröße. Mutlosigkeit überfiel sie und lastete so schwer auf ihr, daß ein Berg im Vergleich nichts wog. Das Schicksal, tausend Jahre oder länger Negs Sklavin zu sein, Gegenstand seines Zornes und seiner Launen, war schwärzer als die tiefste Höhle.

Gemeinsam mit den anderen Seelen, welche von seinem Fluch gebannt waren, schritt Tuanne weiter.

Neg brauchte das Dorf, das ihn jahrhundertelang ernährt hatte, nicht mehr. Um seine Macht zu erproben, schickte er eine Abteilung seiner neuen Truppen hinein.

Die Dörfler, die nicht fliehen konnten, wurden alsbald Teile seiner neuen Armee.

Als der Abendhimmel sich von violett zu schwarz färbte, verbreiteten die Flammen des brennenden Dorfes ein hübsches Licht, in dem er die Tausende von Zombies sehen konnte, die sich vor dem Schloßgraben versammelt hatten.

»Nennt meinen Namen!« befahl er.

Wie aus einem Munde riefen sie. Da sie in mehreren Reihen standen, schwoll der Ruf wie eine Woge, die sich am Strand bricht.

»Neg! Neg! Neg!«

Die Brust des Nekromanten schwoll vor Stolz und Macht.

»NEG! NEG! NEG!«

»NEG! NEG! NEG-NEG-NEG-NEG ...«

Ja! Neg! Herr der Welt!

Zwanzig

Der grüne Dschungel dampfte. Das Licht, das durch das dichte Blätterdach drang, schien so normal zu sein wie das Land, in das sie sich begaben. Die Sonne war nicht mehr blau, sondern brannte gelb und heiß. Conans Schweiß bewies die Hitze. Elashi entledigte sich ihrer Oberkleidung und band sie um die wohlgeformten Hüften.

Es war ein seltsamer Dschungel. Keine Insekten schwirrten durch die Luft, kein Laut eines jagenden Tieres war zu hören. Von all den Gefahren, vor denen Tuanne gewarnt hatte, war nichts zu sehen. Niemand hemmte ihren Weg.

Nach zwei Stunden Marsch durch den Regenwald kamen sie ans Ende ihrer Abenteuerfahrt in die Zauberlande.

»Du hattest recht«, sagte Elashi. »Das muß die Stelle sein, wo wir zurück in unsere Welt gehen können.«

Vor ihnen stand wohl der Urahne aller Bäume. Daneben hing ein Holztor von doppelter Mannesgröße. Der Wächter davor war ein kräftiger Hüne, nur mit Lendenschurz und Stiefeln bekleidet. Er hielt ein Schwert.

Der Mann kam ihnen bekannt vor. Er war leicht so groß wie Conan, das rabenschwarze Haar war gerade geschnitten und hing bis auf die Schultern. In seiner Haltung lag ein gewisser Hochmut.

Crom! Das konnte doch nicht sein!

»Bei Mitra!« sagte Elashi. »Das ist — ist ...«

»Ich selbst«, beendete Conan den Satz.

»Das kann nicht sein.«

»Dann ist es eine gute Kopie. Obwohl er meiner Meinung nach zu unverschämt dreinblickt.«

»O nein! Er ist der absolute Abklatsch von dir«, widersprach Elashi.

Conan blickte sie an. »Dann verstehst du dich mit ihm bestimmt ebensogut wie mit mir.« Seine Stimme klang hart.

»Das glaube ich nicht«, sagte sie und zeigte nach vorn.

Der Ersatz-Conan schritt auf sie zu.

»He, Mann!« sagte der echte Conan.

Die Kopie blieb stehen und sah verwirrt aus. Conan fand, daß er dümmlich dreinschaute.

»Was wollt ihr?« fragte der falsche Cimmerier.

»Dein Tor passieren«, antwortete Conan.

»Das ist unmöglich. Ich habe Befehl, niemanden durchzulassen.«

»Gilt das auch für dich?«

»Nein. Aber du bist nicht ich«, erklärte die Fälschung. »Du bist irgendeine dämonische Illusion. Zauberei!« Er spuckte aus.

Conan widerstand dem Wunsch, es ihm gleichzutun. Statt dessen sagte er: »*Du* bist das Trugbild. Laß uns durch, dann kannst du meine Gestalt weiterhin haben.«

»Nein, nein, Dämon! Aber ich werde gleich *deine* wahre Gestalt sehen, sobald ich dir den magischen Schleier heruntergerissen habe.« Damit zückte der Wächter sein Schwert und ging in Kampfstellung.

Conans Grinsen war wölfisch, als er ebenfalls in Stellung ging. Dann sprang er vor, hob die Klinge und schlug, so hart er konnte, dem Gegner auf den Kopf.

Die Parade war hervorragend. Sie war ebenso kraftvoll wie Conans Angriff. Ein schlechtes Zeichen.

Der nachgemachte Conan blickte wieder überrascht drein.

So blöde sehe ich doch nie aus, dachte der echte Conan. Irgendwann muß ich mal in den Spiegel schauen.

Da führte die Imitation einen kräftigen Schlag gegen seinen Arm. Conan tänzelte zurück und parierte, um seinerseits vorzustoßen, um die Schwertspitze in die mächtige Brust zu versenken. Doch der Gegner wich blitzschnell nach hinten aus, so daß die Spitze ihn nicht mehr erreichte.

Zwei Minuten Stoß und Gegenstoß endeten unentschieden. Keiner der beiden konnte den anderen berühren. Wie konnte ein Mann sich selbst besiegen? Dieser Gedanke bereitete Conan Kopfzerbrechen, als er einen Breitschlag vortäuschte und dann auf den Hals zielte. Sein Stoß wurde aber vorausgeahnt, lokker abgewehrt und danach vom falschen Conan nachgemacht.

»Crom!« stießen beide gleichzeitig aus.

»Vielleicht kannst du mit ihm reden?« schlug Elashi vor, als die beiden Conans sich zwei Spannen entfernt gegenüberstanden.

»Vernünftig reden? Du scherzt wohl!« sagte der Echte.

Der andere Conan lachte.

Aber — mit wem konnte man besser vernünftig reden als mit sich selbst?

Der echte Cimmerier — obwohl er überlegte, ob der andere sich vielleicht auch für das echte Produkt hielt — senkte die Klinge.

»Wenn einer von uns nachgemacht ist, dann ist er eine hervorragende Fälschung«, sagte Conan.

Der Wächter des Urbaumes nickte. »Das muß ich auch sagen.«

»Aber was ist, wenn wir beide echt sind?«

»Das ist unwahrscheinlich.«

»Zugegeben, aber in diesem Zauberland ist alles möglich, das mußt du zugeben.«

»Stimmt. Möglich ist es.«

»Wenn das so ist, wäre es keine Pflichtverletzung, wenn du mich durchs Tor läßt.«

Mürrisch nickte der andere. »Stimmt.«

»Dann laß mich passieren; denn ich *weiß,* daß ich echt bin.«

Der Ersatz-Conan dachte kurz nach. »Selbst wenn es stimmt, was du sagst, was ist mit ihr?«

Conan fiel keine Antwort ein.

Da sagte Elashi: »Ich? Ich bin nur eine Illusion.«

»Eine Illusion?«

»Klar! Ein Phantom. Ein Geist. Mich gibt's gar nicht.«

»Hm, wenn das so wäre, könntest du passieren. Aber ich muß mich von der Wahrheit überzeugen.«

Elashi lächelte. »Das ist leicht. Berühr mich. Deine Hand wird ungehindert durch mich hindurchgehen.«

Der echte Conan starrte sie an. Hatte sie den Verstand verloren? Sie war keineswegs eine Illusion! *Seine* Hand war nie durch ihren warmen Körper hindurchgegangen.

Elashi trat einen Schritt vor, hielt den Kopf kokett zur Seite und zwinkerte dem echten Conan zu.

Aha! Jetzt kapierte er. »Ja, berühr sie!« sagte er.

Der falsche Conan senkte das Schwert und trat auf Elashi zu.

In diesem Moment hob sie ihre Bluse und entblößte die vollen sonnengebräunten Brüste. »Hier, fühl!«

Als der Conan-Verschnitt die Hand ausstreckte, um die wunderbaren Kugeln zu streicheln, sprang der echte Conan vor und versetzte dem anderen einen mächtigen Faustschlag hinters Ohr. Der falsche Conan fiel bewußtlos zu Boden.

Elashi grinste und bedeckte sich wieder.

»Mich hättest du so nicht reinlegen können«, erklärte Conan.

Jetzt grinste sie noch unverschämter.

»Mich nicht!« beharrte Conan.

»Natürlich nicht«, sagte sie, lächelte aber weiter.

Als sie zum Tor gingen, stand das Bild der halbnackten Elashi immer noch sehr lebendig in Conans Erinnerung. Er konnte dem anderen Conan, der jetzt auf dem nassen Boden schlief, wahrlich keinen Vorwurf machen. Es war ein wirklich hinreißender Anblick gewesen. Aber *er* wäre auf einen solchen Trick nie reingefallen. Natürlich nicht.

Neg entdeckte noch einen Trick, den ihm seine neue Macht ermöglichte. Er konnte, wenn er wollte, durch die Augen irgendeines Zombie ›sehen‹. Er mußte lediglich den mentalen Kontakt herstellen und konnte dann an zwei Stellen zugleich sein, an einer tatsächlich und an der anderen in einem traumähnlichen Zustand. Je nach Lust und Laune konnte er sich den ›wahren‹ Standort aussuchen. Darüber hinaus konnte er auch seinen Verstand in die Körper der Männer-ohne-Augen versetzen, was ungemein interessant war. Obgleich blind, waren ihre anderen Sinne so geschärft, daß die Blindheit kaum störte. Neg probierte die neue Methode bei einem lebenden Dorfbewohner aus, doch bei diesem funktionierte die Übertragung nicht. Na und? Kleinigkeit! Im Nu war der Bauer tot und die Übertragung möglich.

Bald schon würde seine Armee groß genug sein, alles hinwegzufegen. Er mußte sich nur für eine Richtung entscheiden. Sollte er nach Norden gehen, nach Corinthien, Nemedien oder Brythunien? Oder vielleicht nach Westen, Ophir und Aquilonia einnehmen, bis an das Seereich Zingaran? Koth und Shem lagen im Süden, dahinter Stygia und Kush. Im Osten lagen Zamora und Turan ...

Ach, die Qual der Wahl! Eigentlich spielte es keine Rolle, welche Länder er zuerst eroberte. Am Schluß würden sie alle ihm gehören. Mit jeder Schlacht würde seine Armee wachsen. Jeder erschlagene Soldat würde sein Mann werden, auch jeder Zivilist. Je größer die Verteidigungsmacht, desto schneller würden seine Armeen wachsen. Eine unbesiegbare Armee von Toten, die nie Schlaf, Essen oder Ruhe benötigten, würde alles hinwegfegen — wie Wind das dürre Laub.

Sobald er dann die gesamte Welt regierte, konnte er alles tun. Alles! Er würde zehntausend Jahre regieren!

Der letzte lebendige Mann in einer Welt voller toter Sklaven.

Das Tor neben dem Baum führte in einen dunklen Gang. Conan ging mit gezücktem Schwert voraus, während Elashi sich an seinem Gürtel festhielt.

Nach kurzer Zeit sahen sie ein schwaches Licht.

Nach wenigen Schritten waren sie bei der blakenden Öllampe an der Wand eines ganz gewöhnlichen Steinkorridors. Sie kamen zu einem Portal. Conan fühlte die Kälte, die ihm beim Eintritt ins Schloß des Nekromanten entgegenschlug. Als er sich umdrehte, war das Portal verschwunden. Er sah nur die leere Mauer.

»Sind wir da?« fragte Elashi.

»Sieht so aus.«

»Und jetzt?«

»Jetzt suchen wir Neg und töten ihn.«

Fünf Zombies gingen durch die Zwischenlande. Fünf, die Männer-ohne-Augen gewesen waren. Der sechste ruhte — wenn auch etwas ungemütlich — in den Eingeweiden einer Kreatur von der Größe eines irdischen Wales. Dies Ungeheuer hatte sich zur Straße hochgebohrt, auf der die sechs dahinmarschierten, und hatte den Zombie mit einem Biß verschlungen. Ob das Fleisch eines Wiederbelebten der Kreatur nicht bekam, ließ sich nicht feststellen, da das Ungeheuer wortlos in der Erde versank, als sei diese Wasser. Den kleinen Imbiß nahm es mit in die Tiefe.

Die fünf zogen ohne ihren Kameraden weiter.

Elashi und Conan wußten nicht, daß Tuanne denselben Weg in Negs Schloß genommen hatte, jedoch ehe die Conanfälschung Posten am Tor bezogen hatte. Auch die fünf Zombies marschierten unbeirrt auf dieses Tor zu.

Am Riesenbaum trafen sie auf den falschen Conan.

»Ich bin einmal ausgetrickst worden«, erklärte er. »Ein zweites Mal passiert mir das nicht mehr. Macht, daß ihr fortkommt!«

Die Zombie-Priester hatten aber keineswegs diese Absicht. Sie schritten weiter auf das Tor zu.

Welcher Gott oder Halbgott auch Conan vervielfältigt hatte, was auch immer die Gründe dafür gewesen waren — das Produkt war hervorragend gelungen. Im Imitat-Cimmerier loderte die Wut wie in einem Vulkan. Er stürzte sich auf die fünf Priester, ließ sein Schwert durch die Luft wirbeln. Hin und her, nach oben, nach unten — und so blitzschnell, daß überall tote Fleischbrocken durch die Luft flogen. Hände, Arme, Füße, Ohren, ein Kopf — alles, was das scharfe Eisen abschneiden konnte, sauste umher. Einige der beweglicheren Teile — vor allem Hände — versuchten zu ihren Eigentümern zurückzukehren und krabbelten wie fleischige Insekten auf dem Boden herum, doch ließ ihnen die blitzende Klinge nie genug Zeit.

Selbst bei einem nachgemachten Cimmerier war diese Raserei ein schrecklicher Anblick.

Als der Mann schließlich auch seine Stärke erschöpft hatte, lagen auf der freien Fläche unter dem Urbaum blutlose Fleischklumpen verstreut. Instinktiv wußte der falsche Conan, daß er die einzelnen Brokken so weit voneinander trennen mußte, damit sie sich nicht wieder vereinigen konnten. Irgendeine Art Leben würde in ihnen weiterbestehen, aber eher Flora als Fauna. Nachdem der Imitationscimmerier die Teile weit im Dschungel verstreut hatte, bezog er wieder seinen Posten. Doch blickte er immer wieder mißtrauisch aus seinen strahlend blauen Augen zum Dschungel hinüber.

Die Zombie-Männer-ohne-Augen waren am Ende ihrer Reise angekommen, doch hatten sie diesen Ausgang nie und nimmer erwartet.

Fünftausend verzauberte Zombies hatten sich draußen in der Dunkelheit versammelt. Neg blickte zu ihnen vom Mauerkranz seines Schloßes herab. Für den Anfang würde die Hälfte reichen, fand er. Nordwest schien ihm eine gute Richtung. Er schwenkte den linken Arm.

»Marschiert los! Tötet alles, bis ihr Numalia erreicht. Wartet dort auf mich.«

Die halbe Armee setzte sich in Bewegung und marschierte in die Dunkelheit hinaus. Was würden die guten Leute in Numalia denken, wenn plötzlich eine Armee Toter vor ihrer Schwelle stand? Was würden sie zahlen, um sie wieder loszuwerden? Am Ende alles. Aber zuerst wollte Neg Wagenladungen von Edelsteinen, Gold, ausgesuchter Jungfrauen und andere Spielsachen fordern, an denen der Nekromant Vergnügen fand. Vielleicht würde er ein Schloß aus Gold bauen lassen, mit Fußböden aus Rubinen und Smaragden. Eine interessante Idee.

Den Rest der Zombies wollte er fürs erste in der Nähe des Schlosses halten. Sollte ihn eine Streitmacht angreifen, falls jemand den Verbleib der Zombies in Erfahrung gebracht hatte, würden sie zur Abschrekkung reichen.

Er wandte sich vom Anblick der abziehenden Truppen ab.

Seine Eroberung der Welt hatte begonnen.

Wenn es möglich gewesen wäre, hätte Skeer sich vor Wut rot verfärbt. Doch so zeigte er keinerlei Anzeichen von Wut, was gut war. Negs Macht war so groß, daß niemand wußte, was er tun konnte oder würde, wenn man ihn verärgerte. Allerdings hatte Skeer auch schon vorher das Verhalten seines Herrn nie vorhersagen können. Skeer, der Narr! Skeer, der Spaßvogel! Skeer, der Schwachkopf, der auf den uralten Trick mit dem vergifteten Wein reingefallen war! Dabei hatte er diesen Trick selbst schon verwendet.

Er schritt durch den unteren Teil des Schlosses. Wie immer folgten ihm seine Schoßhund-Spinnen im üblichen Abstand. Er hatte sich daran gewöhnt, vor allem, da er nichts dagegen machen konnte.

Da sah er Tuanne gehen.

»Ah! So trifft man sich wieder!«

Sie schwieg und ging langsam weiter.

»Gehst du zu unserem Herrn?«

»Ja«, sagte sie.

»Grüß ihn von mir. Ich wünsche ihm für die nächsten tausend Jahre die Syphilis.«

»Bist du in Ungnade gefallen, Skeer?«

Er ging neben ihr her. »Er ruft dich, was? Wenn ich dürfte, würde ich sehr gern bei eurem Treffen zuschauen.«

»Denkst du immer noch schlecht von mir, jetzt, wo du das gleiche Schicksal erleidest?«

Die nächsten Schritte sagte Skeer nichts. Dann begann er: »Nein! Ich muß zugeben, das tue ich nicht. Ich kann jetzt verstehen, warum du es getan hast. Wenn ich den Talisman zurückbekäme, würde ich auch all dem ein schnelles Ende bereiten.«

»Du weißt, wo er ist?«

»Allerdings; aber was hilft das schon? Er ist streng bewacht. Allen Sklaven ist verboten, auch nur daran zu denken, das gesicherte Gemach zu betreten.«

»Aber uns ist es nicht verboten«, ertönte Conans Stimme.

Skeer wirbelte herum. Tuanne drehte den Kopf, ging aber weiter. »Conan!« rief sie. »Elashi!«

»Ja! Das Salz, Elashi.«

Skeer machte ganz große Augen. »Ihr habt *Salz?* Hier?«

»Ja.«

»Dann werft es auch auf mich.«

Tuanne sagte: »Es ist ganz gewöhnliches Salz, Skeer. Das bricht den Bann nicht, es lähmt nur eine Zeitlang.«

»Ist doch egal! Hauptsache, ich kann seinem Ruf widerstehen. Bitte!«

»Ich habe keine Lust, dir zu helfen, Skeer. Du hast meinen Freund umgebracht.«

»Ich kann euch zum Talisman bringen«, sagte Skeer. »Wenn du den hast, kannst du Neg aufhalten.«

Conan blickte zu Tuanne.

»Ja«, sagte sie leise. »Bitte.«

»Also schön. Hier ist die Wasserflasche, Elashi. Wirf dein Salz hinzu.«

Die Frau gehorchte und bereitete die Salzlösung. Dann goß sie etwas in die hohle Hand und besprengte Tuanne damit. Tuanne wurde steif. Conan fing sie auf, ehe sie zu Boden fiel. Behutsam bettete er sie auf seinen Umhang auf die Steinfliesen. »Wir werden dich holen, sobald wir unser Werk vollendet haben.«

Sie konnte nicht sprechen, aber er sah das verstehende Glitzern in ihren Augen.

»Und ich?« fragte Skeer.

Conan betrachtete die Spinnen, die an seiner Anwesenheit keinen Anstoß zu nehmen schienen. »Nachdem du uns gezeigt hast, wo der Talisman aufbewahrt wird.«

»Dann kommt schnell, ehe Neg auf die Idee kommt, seine Stiefel müßten schon wieder geputzt werden und mich ruft.«

Nach einem letzten Blick auf Tuanne folgten Conan und Elashi Skeer. Sie blieben so weit hinter ihm, daß sie nicht auf die Spinnen traten.

»Es sind sechs Wächter da«, erklärte Skeer. »Männer-ohne-Augen. Einer von ihnen ist wie ich, die anderen leben.«

»Mit denen werden wir schon fertig«, meinte Conan.

»Zuerst müssen wir zu ihnen gelangen. Hör mal!«

Hinter einer Biegung des Korridors hörte man Stimmen.

»Schnell, hier hinein!« Skeer zeigte auf eine Tür. Dann schlüpfte er hinein, Conan und Elashi folgten.

Sie waren in einer Vorratskammer. Dutzende von Kerzen hingen an langen Fäden von der Decke. Dunkle Holzfässer waren an den Wänden aufgestapelt. Conan ließ einen Spalt in der Tür offen. Mit gezücktem Schwert spähte er hinaus.

Ein halbes Dutzend Männer marschierte an dem Versteck vorbei. Sie hatten alle das blasse, fahle Aussehen der wiedererweckten Toten.

Skeer stand neben ihm und flüsterte: »Neg hat viele aus seinem Totenheer ins Schloß gerufen. Sicherheitsmaßnahmen. Seine neuen Sklaven laufen überall durch die Gänge.«

»Dann müssen wir eben vorsichtig sein«, erklärte Conan.

»Könnten wir uns nicht auch für Wiedererweckte ausgeben?« fragte Elashi.

»Nein. Wir erkennen uns untereinander«, sagte Skeer.

»Vielleicht könnten wir so tun, als seien wir deine Gefangenen?« schlug Conan vor.

»Ja, das könnte gelingen. Auch wenn ich bei Neg

nur Lakai bin, wissen doch viele der neuen Zombies, daß ich ein sehr enger Lakai bin.«

»Dann nichts wie los!« sagte der Cimmerier.

Irgend etwas stimmte nicht. Das fühlte Neg. Er konnte nicht sagen, was es war; aber es gab an einem Ort, den er nicht erreichen konnte, Schwierigkeiten. Es war kein Grund zur Panik, da Tausende von getreuen Schlafwandlern um das Schloß versammelt waren und Dutzende neuer Wächter innen patrouillierten. Der Nekromant war vor jedem Angriff sicher, da er sich nicht nur auf den körperlichen Einsatz seiner Anhänger verlassen konnte, sondern auch noch ihre Gedanken zu lesen vermochte. Alles, was sie wußten, konnte er erfahren. Er mußte lediglich die Antworten finden.

Was war los?

Hmm.

Nun, Punkt eins war, daß Tuanne längst hätte eintreffen müssen. Vielleicht sollte er ihren Weg überprüfen.

Er schickte seine Gedanken nach ihr aus. Aha, da war sie! Ganz in der Nähe. *Gib mir deine Augen,* befahl er.

Was er sah, ergab keinen Sinn: eine leere, schwach beleuchtete Wand. Dann erkannte er, daß es keine Wand, sondern eine Decke war.

Wie konnte das sein? Stand sie da und starrte zur Decke? Das war umöglich, da er sie zu sich befohlen hatte. Sie konnte sich langsam bewegen, aber bewegen mußte sie sich.

Schließ die Augen! lautete der mentale Befehl.

Nichts geschah. Die Decke blieb.

Bei näherem Hinsehen stellte Neg fest, daß die Höhe ungewöhnlich war. Tuanne mußte knien oder auf dem Rücken liegen. Außerdem war sie unfähig — keinesfalls unwillig —, die Augen zu schließen. Das konnte nur daran liegen, daß sie unter dem Bann eines Gegenzaubers stand. Ein Zauber eines anderen, mächtigeren Zauberers oder einer Hexe. Vielleicht war es auch nur eine lähmende Salzlösung? Aber Salz war im Schloß verboten, mit Ausnahme der Menge, die Neg zu eigener Verwendung aufbewahrte.

Was auch immer der Grund war, das bedeutete nichts Gutes. Da war ein Haar in der Suppe. Das mußte sofort entfernt werden.

Er brach den Kontakt zu Tuanne ab. Wo war Skeer?

Egal! Skeer war unwichtig. Neg klatschte in die Hände, worauf zwei Priester erschienen ... (Sie lebten noch. Das mußte er schleunigst ändern.) »Geht und bringt Tuanne her!«

Die Priester verneigten sich und eilten hinweg.

Das unsichtbare unangenehme Jucken war immer noch da, ja, es hatte sich verstärkt. Wo war Skeer? Vielleicht sollte er sehen, was der Ex-Dieb machte ...

Später, beschloß er.

Der Meister der Maske ging mit Rohling als Partner Wache. Sie gehörten zu den Glücklichen, die ins innere Heiligtum von Negs Schloß zugelassen waren. Rohling hatte seinen Arm wieder. Es war interessant gewesen, zu sehen, wie sich der Arm durch die Bewegung der Finger und das Handgelenks, wie ein verkrüppelter Hund, auf die Suche nach dem Herrn gemacht hatte. Dann hatte Rohling ihn aufgehoben und an die Stelle gehalten, wo er hingehörte. Innerhalb von Stunden war er angewachsen und die Wunde verheilt.

Auch die tiefe Wunde im Kopf des Meisters der Maske hatte sich geschlossen. Äußerlich sah er aus wie vorher. Einige der Zombies aber sahen schlimm aus. Manche Wunden brauchten länger, um zu heilen. Und wo große Fleischteile fehlten, war eine völlige Wiederherstellung nicht möglich. Da gab es hochinteressante Narben. Einige liefen auf den nackten Knochen.

Aber was soll's? dachte der Meister der Maske. Er brauchte sich darüber nicht den Kopf zu zerbrechen. Obwohl er dem Nekromanten jetzt hörig war, genoß er eine Art Freiheit. Besser, tot herumzulaufen als tot in der Erde zu verwesen.

Tuanne lag auf Conans Umhang, gefangen in ihrem durch das Salz gelähmten Körper. Neg hatte ihren Verstand angezapft und gesehen, daß sie reglos dalag. Zweifellos würde er sich darüber wundern, und zweifellos würde er etwas unternehmen. Ihre einzige Hoffnung ruhte auf Conan und Elashi.

Bei Morgenanbruch brach eine Gruppe *notarii,* welche nach Süden nach Koth reisten, ihr Lager ab. Ein Mann blickte zufällig auf die Kammlinie eines Hügels in der Nähe. Der Atem stockte ihm. Schnell machte er ein Abwehrzeichen gegen das Böse und schlug Alarm. »Zhombeya! Zhombeya!« rief er.

Seine Gefährten reagierten blitzschnell. Als die Tausenden von schweigenden Gestalten den Hügel herabschritten, wurde alles zurückgelassen, was nicht schnell genug gepackt und aufgeladen werden konnte. Ehe die ersten Zombies das Lager erreichten, waren die *notarii* längst weg und bewegten sich im historisch korrekten rechten Winkel zu den schlafwandelnden Massen.

Die *notarii* wußten, wie man mit den Zhombeya fertig wurde. Die Methode war ganz einfach: Rennen! Und zwar schnell!

Nach der Auferweckung von den Toten hatten Negs Häscher auch keine schnellere Auffassungsgabe als vorher. Conan und seine Gefährtin gingen unter Skeers Führung schon zum drittenmal an einer Abteilung Zombies unbehelligt vorbei. Entweder dachten sie, Skeer sei für die zwei verantwortlich, oder es war ihnen egal. Skeer hatte einmal einem toten Genossen zugenickt, aber nie seine vorbereitete Erklärung abgeben müssen: »Dies sind meine Gefangenen. Ich bringe sie zu Neg.«

Diese Schattengestalten waren nicht sehr wachsam. Conan und Elashi hatten immer noch ihre Schwerter. Es schien alles leichter zu gehen, als Conan gedacht hatte.

»Conan!« Der Ruf zerstörte die Selbstzufriedenheit des Cimmeriers.

Er drehte sich um und sah den Meister der Maske und Rohling, obgleich er beide getötet hatte.

»Jetzt aber schnell!« sagte Conan.

Sie versuchten, vor dem Meister der Maske wegzulaufen.

»Hinterher! Das sind Feinde von Neg!«

Diese Worte kamen offensichtlich an, denn jetzt nahmen über ein Dutzend Zombies die Verfolgung auf.

Conan zog das Schwert, wollte aber nicht stehenbleiben. Seine Verfolger waren bereits tot. Obwohl er sie niedermachen konnte, würde es ihm nicht so schnell gelingen, daß er den Sieg davontragen konnte. Ein weiser Mann weiß, wann er kämpfen und wann er weglaufen muß, hatte ihm sein Vater eingeschärft.

Hinter der nächsten Biegung kam ihnen die nächste Gruppe der marschierenden Toten entgegen. Conan wollte sich den Weg durchkämpfen, doch Elashis Verstand war schneller als seine Klinge.

»Hinter uns!« rief sie ihm zu. »Negs Feinde verfolgen uns!«

›Negs Feinde‹ war eindeutig der Schlüsselausdruck, welcher die Zombies in Schwung brachte. Sie machten sich zur Verteidigung ihres Herren bereit, offensichtlich blind seinen Befehlen folgend, ganz gleich was es sie kostete.

Conan, Elashi und Skeer rannten weiter und überließen alles weitere den beiden Abteilungen. Zweifellos würden sie bald die Wahrheit herausfinden, aber Conan plante nicht, darauf zu warten.

Feinde in seinem Schloß! Wie sie hereingekommen waren, konnte er später herausfinden. Erst einmal mußten sie gefangen und vernichtet werden.

Neg zwirbelte sich nervös den Schnurrbart. Er würde das Schloß mit seinen Hörigen füllen. Dann gab es keine Stelle mehr, wo sich ein Feind verstecken konnte.

Er gab den Befehl.

Gleich darauf würden weitere fünfhundert der Schlafwandler die Gänge patrouillieren!

Skeer samt seinem Spinnengefolge führte Conan und Elashi eine steile Steintreppe hinab. Es waren schon weniger Taranteln, da Conan einige mit seinen großen Füßen plattgetreten hatte. Aber die übriggebliebenen marschierten verbissen weiter.

Die drei hörten die Schritte der Verfolger auf den Steinfliesen dröhnen. Doch keiner kam die Treppe herunter.

»Die Stufen führen ins Verließ«, erklärte Skeer.

»Was ist mit dem Talisman?« fragte Conan.

»Auf der anderen Seite des Schlosses. Aber wir können einen Großteil der Strecke unterirdisch zurücklegen.«

»Dann geh voraus!«

Vor Neg stand jener, welcher sich Meister der Maske nannte. »Sprich!« forderte ihn der Nekromant auf.

»Er nennt sich ›Conan‹, Herr. Ein fremder Barbar. Er war es, der mich — tötete. In seiner Begleitung ist jetzt eine Frau, vorher war noch eine andere dabei, ein Zombie ...«

»Was? Beschreib diese Zombie-Frau!«

Der Meister der Maske tat es.

Tuanne! Aha!

»Ich hatte mit dem Kerl eine Rechnung zu begleichen und ...«

»Deine lächerlichen Streitereien interessieren mich nicht«, unterbrach ihn Neg. »Erzähl mir mehr über den Barbaren und die Frau!«

»Es war noch ein Mann bei ihnen. Einer deiner Hörigen.«

»Wirklich? Beschreib ihn!«

»Er hat ein Gesicht, das jedem Heiligen zur Ehre gereichen würde. Ihm folgt eine Schar Spinnen.«

»Skeer! Bei Sets schwarzen Locken! Ich werde seine Knochen zu Staub reiben! Nein, das wäre zu gut für ihn. Ich werde ihm Arme und Beine abhacken und als Fußschemel benutzen!«

Skeer blieb in dem Labyrinth der unterirdischen Gänge plötzlich stehen. »O nein! Er ruft mich!«

Falls es möglich war, wurde Skeer noch blasser als vorher.

»Er — er *weiß* es!«

»Der Meister der Maske«, meinte Elashi.

»Ja«, stimmte Conan ihr zu. »Benutz die Salzlösung.«

Die Tochter der Wüste holte die Flasche heraus und besprengte Skeer mit der Flüssigkeit. Der Zombie erstarrte. Conan fing ihn auf und legte ihn neben die Wand auf den Boden.

Die restlichen Spinnen bildeten um Skeer einen Halbkreis.

»Jetzt sind wir auf uns gestellt«, sagte Conan. »Wir müssen weiter und den bewachten Raum finden.«

Elashi nickte. »Ich folge dir.«

Tuanne hatte eine gewisse Beweglichkeit wiedererlangt, als die beiden Männer-ohne-Augen sie vor Neg auf die Beine stellten. Der Nekromant lächelte so gemein wie ein Dämon nach einer besonders höllischen Tat.

»Ah, die schöne Tuanne! Wir haben eine Menge zu besprechen, meine Liebe!«

Tuanne schwankte leicht, blieb aber doch stehen. Sie war verloren und konnte jede Hoffnung fahren lassen.

»Was hat dieser Muskelprotz Conan vor, von dem ich erst vor kurzem erfahren habe?«

Obwohl Tuanne die Worte zurückhalten wollte, zwang sie Negs Blick zum Sprechen. »Er — er will deinen Tod.«

»Meinen Tod? Ha! Den wollten schon Tausende,

und ihnen ist es nicht gelungen. Die meisten fanden das, was sie mir wünschten.«

»Aber er ist jetzt in deinem Schloß, oder etwa nicht?«

Neg runzelte die Stirn. »Du hast dir ja eine ganz schöne Unverschämtheit angewöhnt. Das kann ich nicht dulden.« Der Nekromant drohte mit dem Finger.

Ein scharfer Schmerz durchfuhr sie, als würde jemand eine glühende Nadel in ihren zarten Busen stechen. Sie rang nach Luft, blieb aber aufrecht stehen.

»Ist das alles, was der Kerl will?«

Sie wußte, daß sie nicht lügen konnte; aber vielleicht konnte sie die Wahrheit irgendwie umgehen. Conan hatte zweifellos viele Wünsche, und sie konnte nicht alle kennen.

»Ich weiß nicht, was er alles will.« Das war die Wahrheit. Sie hatte Neg nicht belogen — er hatte sie nicht gefragt, *was* Conan noch plante. Würde er sie direkt fragen, müßte sie es ihm offenbaren; aber ohne diesen Zwang konnte sie ihre Antworten etwas steuern.

Der Nekromant zwirbelte sich wieder den Schnurrbart und lächelte. »In wenigen Augenblicken ist das Schloß voll mit meinen Schlafwandlern. Dein Held wird gefangen und zu meiner Belustigung zu mir gebracht werden. Vielleicht könnt ihr beiden dann für mich gewisse — Tänze aufführen.«

Tuanne stand schweigend da. Vielleicht ließ Neg es für sie aufs erste bewenden. Ganz leise rührte sich die Hoffnung, die sie schon völlig aufgegeben hatte. Conan und Elashi waren einfallsreich. Vielleicht gab es doch noch eine winzige Chance.

»Ist dieser Conan allein?«

Das Wort fiel ihr schwer, aber sie mußte es sagen. »Nein.«

»Aha! Und wer ist noch bei ihm?«

»Elashi, eine Frau aus der Wüste.«

»Ach ja.« Da war es wieder, das dämonische Grinsen. »Je mehr, desto besser. Und wünscht dies Weib auch meinen Tod?«

»Ja.«

Er schüttelte den Kopf. »Noch eine Närrin mehr für meine Armee. Nun, mit einem Barbaren und zwei Frauen fällt mir bestimmt etwas ein, das mich auf kurze Zeit unterhalten wird.«

Tuanne schwieg. Der schwache Hoffnungsstrahl verblaßte. Neg war jetzt zu mächtig. Sie spürte, wie die Energien von ihm ausstrahlten, wie Hitze von einem Freudenfeuer. Mit einer Handbewegung konnte er Conan und Elashi töten, als seien die beiden nur lästige Insekten. Ihre einzige Chance bestand darin, die Quelle des Lichtes zu finden und Negs Machtzufuhr zu unterbrechen.

Aber alles sprach gegen diese Möglichkeit.

Zweiundzwanzig

Conan kam sich allmählich wie ein Metzger vor. Er und Elashi hatten aufgegeben, sich zu verstecken. Sie liefen durch die Korridore des riesigen Schlosses und bahnten sich mit den Schwertern den Weg. Die Zombies konnten zwar nicht durch die Klinge sterben, wurden jedoch durch einen guten, kräftigen Schlag erst einmal aufgehalten. Ein Mann, der auf einem Bein hüpfte, war langsamer als der Cimmerier und die Tochter der Wüste. Köpfe waren auch gut. Ein Körper ohne Kopf konnte nicht sehen, bis er den fehlenden Teil wiedergefunden hatte, und das kostete Zeit.

Die beiden liefen dahin. Schließlich fanden sie zufällig, was sie suchten. Auf dem Gang vor einer Tür standen sechs Gestalten in Talaren. Dies mußte der richtige Ort sein, dachte Conan.

Die unbewaffneten Priester stürzten sich auf die Eindringlinge. Diese Männer-ohne-Augen waren schnell; aber der Korridor war so eng, daß sie Conan und Elashi nicht so leicht einkreisen konnten.

Conan webte mit seiner Waffe einen tödlichen Teppich, kalter blauer Stahl tanzte durch warmes Fleisch. Er schlug und schnitt, sprang und wirbelte herum. Sehr bald hatte er zwei Priester erledigt. Elashi hielt ihm mit ihrem Schwert einen Priester vom Leibe. Ihre Schläge gingen nicht tief, waren nur flache Wunden; aber auch damit hielt sie die Gegner in Schach.

Die übrigen drei Priester sprangen umher, schlugen Haken und wichen den Schlägen der Cimmeriers aus. Er hatte das Schwert und die Kraft; aber sie waren schneller. Außerdem war einer von ihnen bereits tot, wie er wußte. Also mußte er sich davor hüten, daß dieser — welcher war es? — seine Klinge festhielt, während sich die anderen auf ihn stürzten.

Da traf Conan ein kräftiger Tritt in die linken Rippen. Er schlug sofort zu. Das Schwert biß in den Schenkel, doch es kam kein Blut. Aha, der Zombie!

Der nicht tote Priester griff nach der Klinge, doch Conan zog sie blitzschnell zurück und schnitt dabei dem Zombie zwei Finger ab. Den würde er nicht mehr aus den Augen verlieren!

Mit ausgestrecktem Arm und geballter Faust sprang

ein anderer Blinder vor. Der Schlag sollte Conans Schläfe treffen, prallte aber von den kräftigen Schultermuskeln des Cimmeriers ab. Trotz der eisenharten Muskelpakete spürte Conan, wie der Schlag durch seinen Körper vibrierte.

Da rief Elashi hinter ihm: »Conan! Den Gang hinunter!«

Mit der Präzision eines Chirurgen schnitt Conan dem angreifenden Priester den Bauch auf. Als der Priester zu Boden fiel und seine Mitbrüder behinderte, blickte Conan nach der Ursache von Elashis Schrei.

Crom! Über hundert dieser Nicht-Toten kamen auf sie zu. Ihnen blieben nur noch Sekunden, ehe die Angreifer sie überfluten würden.

»Die Tür!« rief Conan.

Er sprang über den Priester auf dem Boden, führte einen Schlag gegen den blinden Zombie und sprang zur Tür.

Natürlich verschlossen.

Elashi war es gelungen, ihren Gegner zu durchbohren. Jetzt sprang sie Conan gegen das letzte Paar zu Hilfe.

Die Zombie-Horde kam immer näher.

Conan sprang zurück und begrub die Schwertspitze im Bauch des lebendigen Priesters und warf sich dann gegen die Tür.

Der Mechanismus des Schlosses war nicht dazu gemacht, die Wucht eines cimmerischen Hünen abzuhalten. Das Metall quietschte und gab nach. Die Tür sprang auf. Schon stand Conan auf der Schwelle. Elisha hinter ihm. Ehe der nächste Zombie den Eingang erreichte, hatte der Cimmerier die Tür wieder zugeschlagen und stemmte sich von innen dagegen.

»Da ist er!« sagte Elashi.

Die Muskelpakete auf Conans Schultern und Armen traten hervor, als er sich gegen die Tür stemmte. Die Zombies hämmerten von draußen dagegen. »Los, hol ihn!« befahl er Elashi. »Beeil dich!«

Conan sah über die Schulter, wie Elashi zur Kristallsäule lief. Dann stand sie mit erhobener Hand vor dem Talisman und zauderte.

»Er glüht«, sagte sie.

»Von mir aus kann er singen und tanzen! Greif zu!«

Elashi hob den Talisman aus der Mulde. »Ich hab ihn.«

»Gut. Stell dich auf die andere Seite an die Tür.«

Sie gehorchte.

»Aufgepaßt!« rief der Cimmerier. Dann sprang er von der Tür weg und stellte sich vor Elashi.

Die Tür sprang auf. Fünf Zombies fielen herein. Conan packte Elashi und sprang über die am Boden liegenden Gestalten auf den Korridor hinaus.

Dort hatten sich an die fünfzehn Nicht-Toten versammelt.

Na schön, dachte Conan. Dann würde er Crom eben mit Armen gegenübertreten, welche vom Schwingen des Schwertes schmerzten. Er hob die Klinge.

Da sagte Elashi: »Warte!«

Er sah sie an. Sie hielt den Talisman — ein grünliches Licht ging von ihm aus — wie einen Schild vor sich.

Die Zombies wichen angstvoll zurück.

Blitzschnell sprang sie vor und berührte den ersten mit dem Talisman. Er fiel zu Boden und vertrocknete dabei wie ein dürres Blatt, das ins Feuer fällt.

»Sie trägt den Wahren Tod!« sagte einer.

Darauf lief die Hälfte der Zombies weg, die anderen aber kamen auf Elashi und Conan zu. Doch nicht mehr als Gefahr, sondern lächelnd.

»Berühre mich zuerst«, bat einer.

»Und dann mich!« sagte ein anderer. »Mögen die Götter euch segnen.«

Conan war verblüfft.

»Sie wollen sterben«, erklärte Elashi leise. »Die Berührung des Talismans macht sie frei, so daß sie in die Grauen Lande zurückkehren können.«

Der Cimmerier nickte. »Berühre sie! Dann laß uns Neg suchen und — damit berühren.« Conan schwang das Schwert.

Ein kleines Dorf in der Mitte von Nirgendwo wartete auf seine Zerstörung. Man hatte vom Marsch der Zombies gehört und von den Tausenden, die schon getötet worden waren. Für die, welche nicht geflohen waren, bestand keine Hoffnung mehr.

Doch geschah etwas sehr Seltsames, als die Mörder sich näherten: Sie blieben stehen und bewegten sich nicht mehr. Sie standen einfach da und starrten in eine Richtung, als sähen sie etwas, das sich tausend Meilen entfernt abspielte.

Es war, als seien sie plötzlich völlig ratlos, berichteten später die Dorfbewohner.

Negs Wut füllte den Raum.

»Der Talisman! Er ist weg! Meine Macht schwindet!«

Immer noch in seinem Bann lächelte Tuanne. Er beherrschte sie und viele andere im Schloß; aber draußen fiel die Kraft, welche Negs Macht speiste, dramatisch ab.

Der Nekromant funkelte Tuanne wutentbrannt an. »Du! Das hat dein Barbar gemacht!«

»Das hoffe ich«, antwortete Tuanne.

»Du Miststück! Dafür sollst du dich vor Schmerzen krümmen!« Wieder zeigte er mit dem Finger auf sie. Doch diesmal spürte Tuanne nichts, sondern lächelte.

»Mit dir befasse ich mich später«, rief Neg und stolzierte aus dem Raum.

Die Salzwasserlösung Elashis mußte entweder zu schwach oder zu wenig gewesen sein, stellte Skeer fest. Er konnte seine Gliedmaßen schon viel früher als erwartet bewegen. Als er aufstand, krabbelten die Spinnen etwas zurück. Er seufzte. Negs Strafe für sein Fehlverhalten würde äußerst unangenehm sein, da war er sicher. Aber — Moment mal — der Zwang war weg! Was war geschehen? Skeer fühlte nicht mehr den strikten Befehl. Neg mußte anderweitig beschäftigt sein, da seine Gegenwart nicht zu spüren war. Merkwürdig!

Skeer war nie der Typ gewesen, der einem geschenkten Gaul ins Maul schaute. Er mußte zum Talisman.

Conan und Elashi arbeiteten sich auf dem Korridor vor. Hinter ihnen blieben viele Leichen zurück. Etliche der Nicht-Toten kamen, um die Quelle des Lichts zu umarmen, die nach Meinung des Cimmeriers jetzt eigentlich besser ›Quelle des Todes‹ heißen müßte. Andere hinwiederum flohen, sobald sie die magische Kraft spürten. Conan war nicht sicher, ob eine direkte Berührung nötig war. Seiner Meinung wohl nicht; aber er hatte keine Ahnung, wie dieses Ding funktionierte, und das war auch gut so. Diese Art von Macht ist verführerisch. Es war besser, wenn ein Mann sich nicht in Versuchung führte.

Die einzigen beiden Menschen, die lebten, arbeiteten sich den langen Korridor hinunter und brachten erneuten Tod zu den Seelen, welche ihn wünschten.

Mit Wut im schwarzen Herzen stürmte Neg durch die Gänge des Schlosses. Er würde diesen Barbaren finden und ihn mit einem seiner todbringenden Blicke in Asche verwandeln! Die Störung seiner Pläne machte ihn mehr als wütend. Das war eine Beleidigung für seine Existenz! Er hatte doch nicht all die Jahrhunderte gelebt und geplant, um jetzt von irgendeinem *Barbaren* gestoppt zu werden!

Skeer erreichte mit seinem Spinnengefolge Negs Kristallgemach. Die Leichen lagen stellenweise so hoch auf den Gängen, daß er drüberklettern mußte. Doch dann sah er, daß der Talisman nicht mehr dort war. Conan und die Frau hatten also Negs gewaltige Verteidigungsmaßnahmen überwunden. Erstaunlich!

Skeer folgte der Spur aus Leichen. Einige davon waren nur noch Skelette. Als der Wahre Tod sie erfaßte, fiel der körperbewahrende Zauber von ihnen ab und die Verwesung ging rapide. Vielleicht machte sie auch nur dort weiter, wo Negs Befehl sie unterbrochen hatte. Dieser Gedanke behagte Skeer überhaupt nicht. Falls Neg irgendwie für immer die Herrschaft über ihn verloren hatte, könnte er sich an das Leben als Zombie — oder Nichtleben — gewöhnen. Irgend etwas würde er schon finden, das die Stellen von Frauen und Hanf einnehmen konnte. Bei ausreichend langer Zeit, würde er sicher eine Lösung finden.

Die Schwierigkeit lag nun darin, daß Neg sterben mußte oder irgendwie auf Dauer bewegungsunfähig bleiben mußte, ohne daß Skeer seine Imitation eines Lebens verlor. Ganz schön verzwickt!

Er suchte nach Conan und Elashi.

Die Spinnen krochen über die Leichen, offensichtlich ohne das leiseste Interesse für die Körper.

Einstmals farbenprächtige Gobelins hingen an den Wänden des zentralen Versammlungsraums, in dem hundert Menschen bequem Platz hatten. Im Laufe der Jahre waren die Farben verblaßt, Staub und Spinnweben bedeckten den langen Tisch in der Mitte des Raumes. Die Oberlichter ließen einige Sonnenstrahlen durch das schwere, rostige Eisengitter herein. Der beinahe ständige Regen hatte sich heute noch nicht gezeigt, so daß in der Halle genug Licht war, um alles deutlich sehen zu können.

Durch die südliche Tür trat Neg herein. Conan und Elashi kamen gleichzeitig durch die nördliche Tür in den Versammlungsraum, gefolgt von Skeer mit den Taranteln.

Alle vier standen einen Herzschlag lang stumm da.

»Also *ihr* seid der Grund für all den Ärger«, sagte Neg.

»Stimmt«, sagte Conan und hob das Schwert. »Und *du* bist für den Tod meines Freundes verantwortlich.«

»Ich bin für viele Tode verantwortlich, Barbar. Der Tod ist mein Geschäft.«

»Darunter auch meinen Vater«, warf Elashi ein.

Neg lachte. »Na, Skeer? Hast du auch irgendwelche Beschwerden?«

Skeer zögerte. Wenn Neg gewann ...

»Ist auch unwichtig«, erklärte Neg. »Dein Verrat hat dir meinen Zorn eingebracht. Sobald diese beiden tot sind, werde ich mich um dich kümmern.«

Skeer spürte, wie sein Magen sich zusammenzog.

Mit gezücktem Schwert ging Conan in Kampfstellung. Mit vorsichtig kleinen Schritten bewegte er sich vor.

Neg stand mit verschränkten Armen da und sah ihm zu.

Elashi hob ihr Schwert und ging auf Neg zu.

Der Nekromant gab sich betont verächtlich.

Conan sah, daß der Mann keinerlei Waffen trug, zumindest keine sichtbaren. Normalerweise entsprach es nicht der Art des Cimmeriers, einen Unbewaffneten niederzumachen; aber Neg fiel kaum in die Kategorie ›normal‹. Ein schneller, sauberer Tod war zu gut für ihn; aber Conan wollte sich nicht so weit erniedrigen und ihn foltern.

Als der Cimmerier so nahe war, daß er den Zauberer mit einem Sprung erreichen konnte, hob Neg eine Hand und zeigte mit ausgestreckten Fingern auf Conan. »Meine Augen«, sagte er.

Ohne zu denken schaute Conan dem Gegner in die Augen.

Und konnte nicht mehr wegschauen.

In Negs Augen tanzten bunte Wirbel, die sich wie Dolche in Conans Augen bohrten. Plötzlich wurden dem Cimmerier die Knie weich und die Arme erschlafften. Das Schwert fiel zu Boden. Conan hatte das Gefühl, als ginge er durch dicken Schlamm …

Elashi sprang vor, um Neg den Schädel zu spalten. Dieser wandte den Blick von Conan ab und der Frau zu. Die Tochter der Wüste prallte zurück, als sei sie gegen eine Gummiwand gelaufen. Das Schwert entglitt ihrer Hand, sie setzte sich, schlug die Hände vors Gesicht und weinte.

Conan fühlte, wie etwas seiner vorigen Stärke zurückkam, und wollte sich auf den Nekromanten stürzen.

Doch da traf ihn erneut der Blick des Zauberers. Schwäche hüllte ihn wie eine weiche Decke ein. Als er den Amboß beim Händler hochgehoben hatte, war das ein Kinderspiel gewesen im Vergleich zu der Mühe, die Augen offen zu halten. Wenn er doch nur einen Augenblick liegen und sich ausruhen könnte! Den Schurken würde er später erschlagen ...

»Nicht einschlafen!« rief ihm Skeer zu. »Das ist der Todesblick! Wenn du jetzt nachgibst, wirst du nie wieder aufwachen.«

Neg lächelte Skeer hinterhältig an. »Jetzt habe ich genug von dir, Skeer!«

Neg hob beide Hände und tat, als würfe er Staub auf Skeer.

Der Zombie stöhnte auf und begann zu schrumpfen. Nach wenigen Sekunden sah er wie eine Traube aus, die zu lange in der Sonne gelegen hatte. Das Stöhnen blieb ihm in der Kehle stecken. Die Haut wurde zu Pergament, das Fleisch darunter schien zu schmelzen. Gleich danach lag ein mumifiziertes Skelett an der Stelle, wo Skeer eben noch gestanden hatte.

Völlig verwirrt krochen die großen Spinnen über die Leiche.

»Nun denn«, sagte Neg, »beenden wir dies unangenehme Geschäft.«

Er wandte sich wieder Conan zu.

Der Cimmerier bemühte sich verzweifelt, die letzten zwei Schritte zu bewältigen, um Neg zu treffen.

Einen schaffte er, dann blieb er wie aus Erz gegossen stehen. Er konnte sich nicht rühren. Er hörte Elashi hinter sich weinen. Es tat ihm leid, daß sie sterben mußte; aber er konnte nichts dagegen machen. Er wollte nicht aufgeben, aber er konnte sich — nicht bewegen ...

Neg schrie auf.

Conan schüttelte den Kopf, als der Zauberbann schwächer wurde.

Die Spinnen! Sie griffen Neg an. Der Nekromant schlug nach den Tieren und versuchte, sie abzuschütteln; doch sie krochen über seine Beine hoch und bissen überall zu.

Die Spinnen waren wieder zielbewußt. Die Verwirrung nach Skeers Tod vorbei. Es war, als sei er in Neg eingegangen. Und Neg lebte. Jetzt konnten die Sies ihre Mission erfüllen.

Conan hob das Schwert auf. Es wog mehr als ein riesiger Felsbrocken! Er konnte einen Fuß einen halben Zoll vorschieben. Dann waren die Füße wie auf den Boden genagelt ...

»Sterbt!« schrie Neg.

Die Spinnen fielen von ihm ab und rollten auf den Rücken. Bei manchen zuckten die Beine hilflos in der Luft.

Conan stemmte sich gegen diesen Felsen, der ihm den Weg versperrte.

Neg blickte von den zuckenden Spinnen auf.

»Nein!« befahl er und hob eine Hand gegen den Cimmerier.

Conan straffte die Muskeln in Schultern und Rükken und ließ das Schwert mit letztem Kraftaufgebot auf Neg herabsausen.

Die scharfe Klinge traf Neg auf den Kopf. Das *peng*

des Schlages, der den Schädel spaltete, ging im Zischen des stinkenden Luftstroms unter, der aus dem Schädel des Nekromanten schoß. Der Gestank war so furchtbar, daß Conan schlecht wurde und er das Schwert fallen ließ, als er auf die Knie niedersank.

Die Gobelins blähten sich im unnatürlichen Wind. Dichte Staubwolken füllten den Raum. Conan rieb sich die Augen.

Als die Luft wieder klar war, sah der Cimmerier neben sich eine schmierige, rot-schwarze Pfütze. Der eklige Schleim kroch über die Steinplatten.

Neg der Ruchlose existierte nicht mehr.

Dreiundzwanzig

In einem Dorf in der Mitte von Nirgendwo erhob sich plötzlich ein gewaltiger Schrei, als die Stimmen vieler Tausender von toten Nicht-Toten in Jubel ausbrachen.

Teilweise Freiheit war erreicht!

In Negs innerem Heiligtum fanden Conan und Elashi endlich Tuanne. Auch sie war von der Herrschaft des Nekromanten befreit. Die beiden Frauen weinten vor Freude. Auch Conan gestand sich ein, daß er froh war, die schöne Zombie-Frau wiederzusehen, und natürlich mehr als froh, selbst noch zu leben.

»Ihr habt ihn umgebracht«, sagte Tuanne.

»Das war Conan«, erklärte Elashi. »Mit der Hilfe von Skeers Spinnen. Das ist doch verrückt, oder?« Dann schilderte sie den letzten Kampf mit Neg.

Tuanne lächelte. »Ein tapferer Mann, unser Conan!« Beide Frauen lächelten den Cimmerier an.

»Und was tun wir jetzt?« fragte Conan, dem plötzlich ungemütlich wurde.

»Wir müssen mit dem Talisman die schlafwandelnden Toten befreien«, erklärte Tuanne. »Helft ihr mir? Ich kann die Quelle nicht direkt berühren.«

»Natürlich«, sagte Elashi.

Dann gingen die beiden Frauen beiseite. Conan hörte sie murmeln. Conan widmete einen Teil seiner Aufmerksamkeit den Frauen, die andere verwandte er darauf, nach Zombies oder Männer-ohne-Augen zu lauschen, die vielleicht noch im Schloß lauerten. Im *stinkenden* Schloß! Im Vergleich zu dem Gestank hier duftete es im Leichenschauhaus nach Veilchen. Man konnte kaum atmen.

»Wir gehen lieber nach draußen«, sagte Tuanne.

»Ja.«

Die drei gingen über die heruntergelassene Zugbrücke über den Schloßgraben. Dann blieben sie stehen und blickten zurück aufs Schloß. Conan konnte nicht feststellen, ob sich dort noch etwas rührte — lebendig oder tot.

»Halte den Talisman so«, erklärte Tuanne. Sie zeigte Elashi die richtige Trageweise.

»Gut so. Und jetzt sprich mir die Worte nach: Quodnecesant ...«

Elashi wiederholte die Worte.

»... sibidamnonoerit ...«

»... sibidamnononerit ...«

Aus dem Schloß kam ein dumpfes Grollen. Der Himmel darüber wurde heller. Es war, als sei eine neue Sonne aufgegangen ...

Conan blinzelte im gleißenden Licht.

Tausend Strahlen schossen blitzartig auf, wie eine stilisierte Darstellung der Sonne, von einem verrückten Künstler gemalt. So schnell wie das Licht gekommen war, verschwand es wieder.

Der Meister der Maske lief unermüdlich neben Rohling her, mit dem er jetzt mehr gemeinsam hatte als vorher. Da sah er, wie Rohling plötzlich von einem grellen Lichtstrahl wie mit einer Lanze durchbohrt wurde. Eine Sekunde später fühlte er den gleichen Speer in sein Rückenmark eindringen.

Beide Männer erlitten sofort den Wahren Tod.

Der Priester Malo gesellte sich zu seinen Ahnen in den Grauen Landen. Ihn durchbohrte die Feuerlanze eine Sekunde lang. Dann stürzte er vom hohen Bergpaß und ging in die Ewigkeit ein.

Alle im ganzen Land, die durch Negs Zauberei dem Tod entrissen worden waren, kehrten jetzt wieder in die Grauen Lande zurück. Vor einem namenlosen Dorf fielen mehrere tausend gleichzeitig um, als seien sie Marionetten, deren Schnüre die Hand eines Riesen plötzlich abschnitt.

Jetzt waren sie frei, ganz und gar frei.

Vor dem Schloß sagte Tuanne zu Elashi: »Würdest du bitte den Talisman in ein Tuch wickeln oder in deinen Beutel stecken?«

Elashi versenkte die Quelle des Lichtes in ihrem Lederbeutel und gab ihn Tuanne.

»Ich danke dir. Seltsamerweise schützte mich seine Nähe vor den Strahlen, welche die Zombie-Genossen trafen.« Sie hob den Beutel. »Ich werde sie direkt berühren. Dort drüben stehen schöne Bäume. Dort will ich es tun.«

Elashi fing an zu weinen. »Muß das sein? Ich — wir haben dich liebgewonnen.« Sie blickte zu Conan. Er nickte.

»Kommt her!« bat Tuanne leise.

Dann legte sie die Arme um Conan und Elashi und zog beide an sich. »Ihr seid mir Freunde und Geliebte gewesen«, sagte sie. »Ich werde euch in alle Ewigkeiten nicht vergessen. Aber ich muß gehen. Ich bin schon hundert Jahre über meine Zeit hinaus.«

Elashis Tränen strömten weiter.

Conan wandte den Kopf zur Seite, um sich etwas aus den Augen zu wischen, das hineingeraten war.

Elashi fragte: »Möchtest du, daß — wir ...«

»Nein. Ich möchte, daß ihr mich so in Erinnerung behaltet, wie ich jetzt aussehe. Es geht ganz schnell, und nach hundert Jahren ist nicht mehr viel übrig.«

Conan rieb sich wieder ein Auge. Es mußte ein Staubkorn sein.

»Lebt wohl, ihr beiden!« sagte Tuanne und ging auf das Wäldchen immergrüner Bäume zu. Elashi blickte ihr nach, bis Conan sie behutsam am Arm nahm.

»Was tust du?«

»Sie will allein sein«, sagte Conan. »Erfüllen wir ihr diesen Wunsch.«

Elashi barg das tränenüberströmte Gesicht an der breiten Brust des Cimmeriers.

»Willst du immer noch den Talisman? Ich kann ihn für dich holen, nachdem Tuanne ...«

»Nein! Laß ihn bei ihren Knochen ruhen. Es ist besser, wenn wir uns so an sie erinnern, wie sie war.«

»Du hast recht.«

Als sie vom Schloßgraben weggingen, verspürte Conan ein Unbehagen, das er nicht so richtig erklären konnte.

»Was wirst du jetzt tun?« fragte Conan.

»Zu meinem Stamm in die Wüste zurückkehren«, antwortete Elashi. »Ich muß meinen Brüdern und Onkeln berichten, was geschah. Und was hast du vor?«

Der junge Cimmerier zuckte mit den Schultern. »Ich wollte ursprünglich nach Zamora und sehe keinen Grund, meine Pläne zu ändern.«

»Wollen wir zusammen reisen, bis ich nach Süden abbiege? Ich fühle mich plötzlich so verlassen und allein.«

»Gut! Warum nicht?« sagte Conan.

Die beiden entfernten sich vom toten Schloß. Keiner von beiden drehte sich um nach dem Wäldchen.

NACHWORT

Conan der Herausforderer

von

LYON SPRAGUE DE CAMP

Der größte Held des an Magie reichen Hyborischen Zeitalters war ein Barbar aus dem Norden: Conan der Cimmerier, um dessen Taten sich ein ganzer Legendenkreis rankt. Diese Legenden beruhen zwar hauptsächlich auf bestätigten Tatsachen über Conans Leben, doch gibt es bei einigen Geschichten Abweichungen, die wir so gut wie möglich in Einklang bringen wollen.

In Conans Adern fließt das Blut der Menschen von Atlantis, diesem wunderbaren Stadtstaat, der bereits achttausend Jahre vor Conans Geburt vom Meer verschluckt worden war. Er wurde in einem Clan geboren, der ein Gebiet nordwestlich von Cimmerien sein eigen nannte, an den schattenverhangenen Grenzen von Vanaheim und der piktischen Wildnis. Sein Großvater hatte wegen einer Blutfehde seine Heimat verlassen müssen und bei den Stämmen im Norden Zuflucht gesucht. Conan selbst hatte auf einem Schlachtfeld — während eines Kampfes mit plündernden Vanir — das Licht der Welt erblickt.

Noch ehe Conan fünfzehn Winter gesehen hatte, war der junge Cimmerier für sein Kampfgeschick an den Ratsfeuern berühmt. In jenem Jahr begruben die cimmerischen Stammesbrüder ihren Zwist, um gemeinsam gegen die Gundermänner zu kämpfen, die über die aquilonische Grenze gekommen waren, um den Süden Cimmeriens zu kolonisieren. Dazu errichteten sie das Grenzfort Venarium. Conan war einer aus der heulenden blutdürstigen Horde, die von den Hügeln des Nordens brauste, die Festung mit Feuer und Schwert stürmte und die Aquilonier über ihre frühere Grenze zurücktrieb.

Bei der Plünderung von Venarium war Conan, obwohl noch nicht voll erwachsen, bereits sechs Fuß groß und wog hundertsechzig Pfund. Ihm waren die Wachsamkeit und die Lautlosigkeit des geborenen Waldläufers zu eigen, die eiserne Härte des Mannes der Berge, die herkulische Kraft seines Vaters, eines Schmiedes. Nach der Brandschatzung des aquilonischen Außenpostens kehrte Conan eine Zeitlang zu seinem Stamm zurück.

Doch trieb ihn das Ungestüm der Jugend wieder von dannen. Er schloß sich mehrere Monate lang einer Bande Æsir an, die Vanir und Hyperboräer überfielen. Dabei erfuhr er, daß mehrere hyperboräische Zitadellen von einer Kaste weithin gefürchteter Magier beherrscht wurden, die sich Zaubermänner nannten. Furchtlos nahm er an einem Raubzug gegen Burg Haloga teil. Dort erfuhr er, daß hyperboräische Sklavenhändler Rann gefangengenommen hatten, die Tochter Njals, des Häuptlings der Æsir.

Conan verschaffte sich Zugang zur Burg und befreite Rann Njalsdatter. Doch dann wurde Njals Trupp auf der Flucht aus Hyperborea von einer Schar lebender

Toter überwältigt. Conan und die wenigen Überlebenden der Æsir wurden in die Sklaverei verschleppt.

Doch nicht lange blieb Conan Gefangener. Nachts feilte er so lange an seinen Ketten, bis ein Glied schwach genug war, um zu brechen. Mit der vier Fuß langen Kette kämpfte sich Conan dann in einer Sturmnacht aus dem Sklavenpferch frei und verschwand im strömenden Regen.

Auf einem Tonscherben aus Nippur gibt es aber noch einen anderen Bericht über Conans frühe Jahre. Dieser Überlieferung zufolge wurde Conan als Junge von zehn oder zwölf Jahren von räuberischen Vaniren verschleppt und mußte als Sklave an einer Kornmühle arbeiten. Als er voll ausgewachsen war, kaufte ihn ein Hyrkanier, der mit einer Gladiatorentruppe herumzog und die Vanir und Æsir durch Schaukämpfe belustigte. Hier wurde Conan an den Waffen geschult. Später floh er und schlug sich nach Süden durch, nach Zamora (›Conan der Barbar‹).

Welche der beiden Versionen die richtige ist, wird sich nie mit Sicherheit feststellen lassen. Allerdings ist der Bericht über Conans Versklavung mit sechzehn durch die Hyperboräer auf einem Papyrus im Britischen Museum lesbarer und erscheint schlüssiger zu sein als der auf dem Tonscherben.

Der junge Cimmerier war zwar frei, aber ein halbes feindliches Königreich von seiner Heimat entfernt. Instinktiv suchte er in den Bergen ganz im Süden Hyperboreas Zuflucht. Als ihn ein Rudel Wölfe verfolgte, floh er in eine Höhle. Dort entdeckte er die Mumie eines großen Häuptlings der Urzeit, der dort saß und ein schweres Bronzeschwert auf den Knien hielt. Als Conan das Schwert an sich nahm, erhob sich der Leichnam und griff ihn an.

Auf seinem Weg nach Süden, nach Zamora, kam Conan nach Arenjun, der berüchtigten ›Stadt der Diebe‹. Da der junge Cimmerier, unbeleckt von jeder Zivilisation, nur barbarische Vorstellungen von Ehre und Ritterlichkeit hatte, von Natur aus keine Gesetze anerkannte, machte er sich hier einen Namen als Dieb.

Conan war jung und tollkühn, doch mangelte es ihm an Erfahrung; deshalb machte er nur langsame Fortschritte in seiner Karriere als Dieb. Das änderte sich erst, als er mit Taurus von Nemedien auszog, um den berühmten Edelstein zu erringen, genannt ›Herz des Elefanten‹. Dieses Juwel lag in dem beinahe unbezwingbaren Turm des berüchtigten Zauberers Yara, der das extraterrestrische Wesen Yag-Kosha gefangen hatte.

Nun suchte Conan größere Entfaltungsmöglichkeiten für sein Gewerbe. Er wanderte nach Westen in die Hauptstadt Zamoras, nach dem verruchten Shadizar. Dort war er eine Zeitlang als Dieb recht erfolgreich. Allerdings nahmen die Huren Shadizars ihm seinen Gewinn schnell wieder ab. Bei einer Diebstour wurde er von den Soldaten der Königin Taramis von Shadizar gefangen genommen. Die Königin sandte ihn auf die gefährliche Mission, ein magisches Horn zu beschaffen, mit dem man einen uralten bösen Gott wiederbeleben konnte. Taramis' Plan führte jedoch zu ihrem eigenen Untergang.

Bei Conans nächstem Abenteuer war Tamira beteiligt, ebenfalls eine Diebin. Die arrogante Aristokratin Lady Jondra besaß in Shadizar zwei überaus kostbare Rubine. Baskaran Imalla war ein religiöser Fanatiker und hatte bei den kezankischen Bergstämmen einen Kult gegründet. Auch ihn gelüstete es nach den Juwelen, weil er damit Kontrolle über einen feuerspeienden

Drachen gewinnen wollte, den er seit dem Ausschlüpfen aus dem Ei erzog. Conan und Tamira wollten die Rubine ebenfalls unbedingt haben, deshalb nahm Tamira eine Stellung als Zofe bei Lady Jondra an, um so Gelegenheit zum Diebstahl zu bekommen.

Als leidenschaftliche Jägerin zog Jondra in Begleitung ihrer Zofe und ihrer Bewaffneten aus, um Baskarans Drachen zu erschlagen. Doch Baskaran nahm die beiden Frauen gefangen und wollte sie schon seinem Haustier zum Fraße vorwerfen, als Conan eingriff (›Conan der Prächtige‹).

Kurz darauf wurde der Cimmerier in ein weiteres Abenteuer verwickelt. Er verdingte sich bei einem Fremden, um eine Schatulle mit Edelsteinen zu stehlen, die der König von Zamora dem König von Turan geschenkt hatte. Der Fremde, ein Priester des Schlangengottes Set, brauchte diese Juwelen, weil er sie für einen Zauber gegen seinen Feind benötigte, den abtrünnigen Priester Amanar.

Amanars Sendboten, menschenähnliche Reptilien, hatten die Edelsteine gestohlen. Obwohl Conan jegliche Zauberei höchst zuwider war, machte er sich auf, um die Diebesbeute zurückzustehlen. Er ließ sich mit der Banditin Karela ein, die ›rote Falkin‹ genannt, was ihm aber sehr übel bekam, da diese sich als durch und durch verkommenes Geschöpf erwies. Als Conan sie vor einer Vergewaltigung bewahrte, versuchte sie ihn zu töten. Amanars Leute hatten in die Feste des Abtrünnigen auch ein Tanzmädchen entführt, dem Conan seine Hilfe versprochen hatte (›Conan der Unbesiegbare‹).

Gerüchte über einen Schatz ließen Conan in die nahegelegenen Ruinen des alten Larsha eilen. Vor den Soldaten, die ihn festnehmen sollten, hatte er nur einen knappen Vorsprung. Durch einen von Conan herbeigeführten Unfall kamen alle Soldaten mit Ausnahme ihres Anführers Kapitän Nestor ums Leben. Nestor und Conan verbündeten sich, um den Schatz in ihre Gewalt zu bringen. Aber leider war ihm kein Erfolg beschieden.

Conans letzte Abenteuer hatten ihm eine starke Abneigung gegen Hexer und östliche Zauberkünste eingeflößt. Er floh nach Nordwesten durch Corinthien nach Nemedien, dem zweitmächtigsten hyborischen Königreich. Dort führte er seine Diebstähle so erfolgreich aus, daß Aztrias Pentanius, ein nichtsnutziger Neffe des Gouverneurs, auf ihn aufmerksam wurde. Von Spielschulden bedrückt, heuerte dieser junge Adlige Conan an, ein zamorisches Trinkglas für ihn zu stehlen, das aus einem einzigen Diamanten geschnitten war und im Tempelmuseum eines reichen Sammlers stand.

Conans Eintreffen im Tempelmuseum fiel zeitlich mit dem plötzlichen Dahinscheiden dessen Besitzers zusammen, wodurch der junge Dieb dem Inquisitor der Stadt, Demetrio, unliebsam auffiel. Hier machte Conan zum zweitenmal die unangenehme Bekanntschaft mit der dunklen Magie der Schlangenbruderschaft Sets, die der stygische Zauberer Thoth-Amon heraufbeschwor.

Als Nemedien für Conan ein zu heißes Pflaster geworden war, ging er nach Süden, nach Corinthien, wo er die Tage ebenfalls damit verbrachte, andere um ihr Hab und Gut zu erleichtern. Selbst bei zurückhaltendem Urteil galt der junge Cimmerier schnell als der kühnste Dieb in ganz Corinthien. Da er sich aber immer mit den falschen Frauen einließ, landete er in Ketten, bis eine Wende in der örtlichen Politik ihm Freiheit und neue Zukunftschancen bescherte. Der ehrgeizige Adlige Murilo ließ ihn frei, damit er dem roten Priester Nabonidus, dem Drahtzieher im Machtkampf um den Thron, die Kehle aufschlitze. Dazu versammelte er die größten Schurken des Landes in seinem Haus. Dieses Abenteuer Conans endet mit Verrat und einem Blutbad.

Conan begibt sich zurück nach Arenjun und führt ein beinahe ehrliches Leben, indem er Diebesgut für die rechtmäßigen Besitzer zurückstiehlt. So will er einen magischen Edelstein, das ›Auge von Erlik‹, vom Zauberer Hissar Zul holen und dem Eigentümer, dem Khan von Zamboula, wiederbringen.

An dieser Stelle gibt es einige Probleme mit dem zeitlichen Ablauf in Conans Leben. Eine kürzlich übersetzte Schrifttafel aus der Bibliothek Asshurbanipals berichtet, daß Conan damals etwa siebzehn war. Damit würde dieses Abenteuer direkt dem ›Turm der Elefanten‹ folgen, der in diesem Keilschrifttext auch erwähnt ist. Aufgrund innerer Beweise scheint sich die Sache aber mehrere Jahre später ereignet zu haben. Conan ist einfach zu gerissen, zu reif. Ferner besagt ein aus dem Mittelalter stammendes arabisches Fragment, die Handschrift *Kitab al-Qunn,* daß Conan schon weit über zwanzig war.

Der erste Übersetzer der Asshurbanipal-Tafel, Prof. Dr. Andreas von Fuss von der Münchner Staatsbibliothek liest Conans Alter als ›17‹. In der babylonischen Keilschrift wird 17 durch zwei Kreise ausgedrückt, gefolgt von drei vertikalen Keilen, über denen noch ein horizontaler Keil für ›minus‹ steht — daher ›zwanzig minus drei‹. Das Akademiemitglied Leonid Skram vom Moskauer Archäologischen Institut behauptet dagegen, daß der Eindruck über den vertikalen Keilen lediglich durch die Unachtsamkeit des Schreibers mit dem Griffel entstand und der Zahlenwert richtig als ›23‹ zu lesen ist.

Wie dem auch sei, hörte Conan jedenfalls von dem Auge von Erlik, als sich die Abenteuerin Isparana und ihr Verbündeter darüber unterhielten. Der junge Cimmerier drang in die Burg des Zauberers ein. Doch dieser erwischte ihn und raubte Conan die Seele, indem er diese in einen Spiegel einschloß, wo sie bleiben sollte, bis ein gekröntes Haupt das Glas zerbrach. Hissar Zul zwang damit Conan, Isparana zu folgen und den Talisman zurückzubringen. Doch als der Cimmerier Hissar Zul das Juwel zurückbrachte, wollte der undankbare Zauberer ihn töten (›Conan und der Zauberer‹).

Conans Seele war noch immer im Spiegel eingeschlossen, als er ganz legal die Stelle eines Leibwächters bei Khashtris antrat, einer Khaurani-Adligen. Diese Dame machte sich mit Conan, einem weiteren Wächter, Shubal, und mehreren Dienern auf den Weg nach Khauran.* Dort traf Conan auf einen jungen Adligen, der der verwitweten Königin Ialamis den Hof machte, aber nicht das war, wofür er sich ausgab (›Conan der Söldner‹).

Nachdem Conan seine Seele wiedererlangt hatte, erfuhr er von dem Iranistani Khassek, daß der Khan von Zamboula immer noch auf das Auge von Erlik warte. Der turanische Statthalter in Zamboula, Akter Khan, hatte den Zauberer Zafra angeworben. Dieser Magier behexte Schwerter, daß sie auf Verlangen töteten. Auf

---

* Als die anderen Diener Khashtris ermorden wollten, retteten Conan und Shubal sie und geleiteten sie sicher nach Khauran.

dem Weg dorthin begegnete Conan wieder Isparana. Es entwickelte sich zwischen ihnen eine Haßliebe. Ohne über die magischen Schwerter Bescheid zu wissen, setzte Conan seine Reise nach Zamboula fort und übergab das Amulett. Der ruchlose Zafra hatte aber den Khan inzwischen überzeugt, daß Conan gefährlich und ohne nähere Begründung zu töten sei (›Conan und das Schwert von Skelos‹).

Conan hatte ausreichend in die Intrigen der hyborischen Ära hineingeschmeckt. Ihm war klar geworden, daß im Grunde kein Unterschied bestand zwischen der möglichen Ausbeute in Palästen oder in Rattennestern, abgesehen davon, daß die Beute nach oben hin immer ertragreicher wurde. Nein, er war des elenden, heimlichtuerischen Lebens als Dieb überdrüssig.

Der Barbar wurde aber nicht zum völlig gesetzestreuen Bürger! Wenn er bei niemandem im Dienst stand, genoß er durchaus ein kleines Schmuggelabenteuer. Durch einen Versuch, ihn zu vergiften, gelangte er nach Vendhya, einem Land des Reichtums, des Elends, der Philosophie, des Fanatismus, des Idealismus und des Verrats (›Conan der Siegreiche‹).

Kurz danach tauchte Conan in der turanischen Hafenstadt Aghrapur auf. Hier am Meer befand sich das Hauptquartier des Hexers Jhandar, der einen neuen Kult gegründet hatte, zu welchem er Opfer benötigte, denen er Blut abzapfte und die er später als Diener wiederbelebte. Conan lehnte den Vorschlag eines Kumpans aus seiner Zeit als Dieb ab, eines gewissen Emilio, aus Jhandars Festung ein überaus prächtiges Rubinhalsband zu stehlen. Einem turanischen Hauptmann, Akeba, gelang es, den Barbaren zu überreden, ihm bei der Befreiung seiner Tochter zu helfen, die bei dem Kult verschwand (›Conan der Unbesiegbare‹).

Nach dem Fall Jhandars drängte Akeba den Cimmerier, in die turanische Armee einzutreten. Anfangs behagte Conan die militärische Disziplin gar nicht, da er viel zu eigenwillig und heißblütig war, um sich leicht einordnen zu können. Außerdem hatte man Conan einer Abteilung mit wenig Sold zugeteilt, da er damals ein nur mittelmäßiger Reiter und Bogenschütze war.

Doch bot sich ihm bald die Gelegenheit zu zeigen, was in ihm steckte. König Yildiz führte eine Strafexpedition gegen einen aufrührerischen Satrapen durch. Mit Hilfe von Zauberei vernichtete der Satrap das gegen ihn aufgebotene Heer. Allein der junge Conan überlebte und kam so in die zauberverseuchte Stadt des Satrapan, Yaralet.

Triumphierend kehrte Conan zurück in die schillernde Hauptstadt Aghrapur und erhielt einen Platz in König Yildiz' Ehrenwache. Zuerst mußte er noch den Spott der Kameraden wegen seiner bescheidenen Reitkünste und des häufigen Danebenschießens als Bogenschütze ertragen. Doch blieben die Spöttereien aus, als die anderen Soldaten Conans gewaltige Faustschläge kennenlernten. Außerdem verbesserte sich sein Können täglich.

Zusammen mit einem kushitischen Söldner namens Juma wählte man Conan aus, König Yildiz' Tochter Zosara zu ihrer Hochzeit mit Khan Kujula zu geleiten, dem Häuptling der Kuigar-Nomaden. Im Vorgebirge des Talakma-Massivs wurden sie von einer Schar seltsamer, untersetzter, brauner Reiter in gelackten Kettenpanzern überfallen. Nur Conan, Juma und die Prinzessin überlebten. Man schaffte die drei in das subtropische Tal Meru und in die Hauptstadt Shamballah. Dort wurden Conan und Juma auf der Staatsgaleere ans Ruder gekettet. Das Schiff lief aus.

Bei der Rückkehr der meruvischen Galeere nach Shamballah konnten Conan und Juma fliehen. Sie schlugen sich zur Stadt durch. Als sie den Tempel von Yama erreichten, feierte dort der mißgestaltete kleine Gottkönig von Meru seine Vermählung mit Zosara.

Wieder in Aghrapur, wurde Conan zum Hauptmann befördert. Da er sich immer mehr einen Ruf als verwegener Kämpfer in schwieriger Situation erwarb, schickten die Generäle König Yildiz' ihn auf besonders gefährliche Missionen. So mußte der Cimmerier eine Gesandtschaft zu den räuberischen Stämmen in den Bergen von Khozgari eskortieren. Man hoffte sie durch Bestechung oder Drohungen zu veranlassen, ihre Überfälle auf die Turanier in den Ebenen einzustellen. Die Khozgari aber verstanden nur die Sprache roher Gewalt. Sie überfielen die kleine Abteilung und machten alle bis auf Conan und Jamal nieder.

Als Garantie für einen sicheren Rückzug in die Zivilisation nahmen Conan und Jamal die Tochter des Häuptlings der Khozgari als Geisel. Der Weg führte sie in ein nebelverhangenes Hochland. Jamal und die Pferde wurden getötet. Conan mußte mit einer Horde haarloser Affen kämpfen und die Feste einer uralten sterbenden Rasse erstürmen.

Ein andermal wurde Conan Tausende von Meilen ostwärts in das sagenumwobene Khitai gesandt, um dem König Shu von Kusan einen Brief König Yildiz' zu überbringen, in welchem dieser ein Freundschaftsabkommen und regere Handelsbeziehungen vorschlug. Der weise alte khitaische König schickte seine Besucher mit einem Dankesbrief des Inhalts zurück, daß er gern auf die Vorschläge eingehe. Als Führer teilte ihnen der König aber einen adligen Gecken zu, der ganz andere Ziele hatte.

Conan diente in Turan etwa zwei Jahre lang, machte weite Reisen und lernte viel über organisierte, zivilisierte Kriegskunst. Wie üblich hatte er auch ständig wegen seiner Bettgeschichten Ärger. Bei einem dieser ungestümen Abenteuer war die Frau seines vorgesetzten Offiziers beteiligt. Da desertierte der Cimmerier und machte sich auf den Weg nach Zamora. In Shadizar hörte er, daß der Tempel des Spinnengottes Zath in der zamorischen Stadt Yezud Söldner suche. Er eilte dorthin; aber eine brythunische freie Abteilung hatte schon alle Söldnerstellen besetzt. Da wurde er der Hufschmied der Stadt. Schließlich hatte er dieses Gewerbe als Junge gelernt.

Conan erfuhr von einem Gesandten König Yildiz', Lord Parvez, daß der Hohepriester Feridun Yildiz' Lieblingsfrau Jamilah gefangen hielt. Parvez entsandte Conan, um Jamilah zu entführen. Der junge Cimmerier wollte unbedingt die acht großen Edelsteine haben, die in der riesigen Statue des Spinnengottes die Augen bildeten. Als er die Juwelen herauslösen wollte, kamen Priester, und er mußte in die Krypta des Tempels fliehen. Die Tempeltänzerin Rudabeh, in die Conan sich zum erstenmal in seinem Leben so richtig verliebte, stieg in die Krypta hinunter, um ihn vor dem grauenvollen Schicksal zu warnen, das ihn dort unten erwartete (›Conan und der Spinnengott‹).

Conans nächstes Ziel war Shadizar, wo er einem Gerücht über einen Schatz nachgehen wollte. Er besorgte sich eine Karte, worauf der Standort einer goldenen, mit Rubinen besetzten Götterstatue im Kezankian-Gebirge verzeichnet war. Aber Diebe stahlen ihm diese Karte. Bei der Verfolgung geriet er in einen Kampf mit den kezankischen Bergvölkern und mußte sich mit den Strolchen verbünden, die er verfolgt hatte. Schließlich fand er den Schatz, verlor ihn aber unter sehr mysteriösen Umständen.

Nun wollte Conan wirklich nichts mehr mit Zauberei zu tun haben und ritt zurück in die heimischen Berge Cimmeriens. Eine Zeitlang genoß er das einfache Leben in seinem Heimatdorf; aber dann packte ihn die Lust, mit seinen alten Freunden, den Æsir, einen Raubzug nach Vanaheim zu unternehmen. In einem erbitterten Kampf auf schneebedecktem Feld wurden beide Heere vernichtet — nur Conan überlebte. Sein Weg führte ihn danach zu der seltsamen Begegnung mit Atali, der sagenhaften Tochter des Frostriesen Ymir.

Von Atalis Eisschönheit besessen, ritt Conan wieder nach Süden, wo die goldenen Türme prächtiger Städte mit ihrem Menschengewimmel lockten, obwohl der Cimmerier so oft verächtlich von dieser Zivilisation gesprochen hatte. Im Eiglophianischen Gebirge befreite Conan eine junge Frau aus der Hand von Kannibalen, verlor sie dann aber durch sein allzugroßes Selbstvertrauen an das gefürchtete Ungeheuer, das die Gletscher heimsuchte.

Schließlich kehrte Conan zurück in die hyborischen Länder, zu welchen Aquilonien, Argos, Brythunien, Corinthien, Koth, Nemedien, Ophir und Zingara gehören. Diese Länder waren nach Hyboriern benannt worden, die als Barbaren vor 3000 Jahren das Reich von Acheron erobert und auf seinen Ruinen zivilisierte Königreiche errichtet hatten.

In Belverus, der Hauptstadt Nemediens, schaffte es

der ehrgeizige Lord Albanus, mit Hilfe von Zauberei den Thron König Gurians für sich zu gewinnen. Conan kam nach Belverus, um einen reichen Gönner zu finden, der es ihm ermöglichte, selbst unabhängige Söldner anzuwerben. Albanus gab einem Verbündeten, Lord Melius, ein Zauberschwert. Dieser verlor den Verstand, lief auf die Straßen und griff die Menschen an, bis man ihn tötete. Als Conan das verhexte Schwert an sich nahm, trat Hordo an ihn heran, ein einäugiger Dieb und Schmuggler, den er schon damals als Leutnant bei Karela kennengelernt hatte.

Conan verkaufte das Zauberschwert und konnte vom Erlös eine eigene freie Söldnertruppe auf die Beine stellen. Er brachte seinen Männern die Kunst des Bogenschießens zu Pferd bei. Dann überredete er König Garian, ihn anzuheuern. Aber Albanus hatte einen Mann aus Ton gefertigt, der durch Hexerei genau wie der König aussah. Dann warf er den König ins Verlies, ersetzte ihn durch seinen Golem und klagte Conan fälschlich des Mordes an (›Conan der Verteidiger‹).

Conan führte seine freie Söldnerschar nach Ianthe, der Hauptstadt Ophirs. Hier wollte Lady Synelle, eine Zauberin mit langem Blondhaar, den Dämongott Al'Kirr wieder zum Leben erwecken. Conan kaufte eine Statue dieses Dämonengottes. Alle möglichen Leute wollten sie ihm stehlen. Er trat mit seinen Männern in Lady Synelles Dienst, ohne ihre finsteren Pläne zu kennen.

Es erschien die Banditin Karela und versuchte, wie immer, Conan zu ermorden. Synelle heuerte Karela an, um die Statuette zu stehlen, welche die Hexe für ihren teuflischen Zauber brauchte. Sie plante, Karela danach auch zu opfern (›Conan der Siegreiche‹).

Conan zog weiter nach Argos. Da dieses Königreich

in Frieden lebte, benötigte man dort keine Söldner. Eine falsche Auslegung des Gesetzes zwang Conan, aufs Deck eines Schiffes zu springen, als es gerade an der Pier ablegte. Es war die Handelsgaleere *Argus*, ihre Bestimmung waren die Küsten Kushs.

Jetzt fing in Conans Leben eine ganz neue Epoche an. Die *Argus* wurde von Bêlit gekapert, dem shemitischen weiblichen Kapitän des Piratenschiffes *Tigerin*. Ihre Besatzung, mitleidlose schwarze Korsaren, hatten sie zur Königin der schwarzen Küste gemacht. Conan gewann Bêlit und wurde ein Partner in ihrem blutigen Geschäft.

Vor vielen Jahren war Bêlit, die Tochter eines shemitischen Kaufmannes, samt ihrem Bruder Jehanan von stygischen Sklavenhändlern geraubt worden. Jetzt bat sie ihren Geliebten Conan, den Jungen zu befreien. Der Barbar stahl sich in den stygischen Hafen Khemi, wurde gefangengenommen, konnte aber fliehen. Er schlug sich an das östliche Ende Stygiens durch, bis zur Provinz Taia, wo ein Aufstand gegen die stygische Unterdrückung brodelte (›Conan der Rebell‹).

Conan und Bêlit betätigten sich weiterhin erfolgreich als Piraten, kaperten aber hauptsächlich stygische Schiffe. Doch dann führte sie ein unglücklicher Zufall den schwarzen Zarkheba-Fluß hinauf zur verlorenen Stadt einer uralten geflügelten Rasse.

Als Bêlits brennendes Totenschiff hinaus auf das Meer trieb, wandte ein gebrochener Conan der See den Rücken. Die nächsten Jahre würde er nicht hinausfahren. Statt dessen tauchte er im Landesinneren bei den kriegerischen Bamulas unter, einem schwarzen Stamm, dessen Macht unter seiner Führung schnell wuchs.

Der Häuptling des Nachbarstammes der Bakalahs

plante einen heimtückischen Überfall auf Nachbarn und lud Conan mit seinen Bamulas ein, an der Plünderung und dem Massaker teilzunehmen. Conan nahm an, nachdem er erfahren hatte, daß ein Mädchen aus Ophir, Livia, in Bakalah gefangengehalten wurde. Dem Cimmerier gelang es, die Bakalahs zu täuschen, so daß Livia während eines Massakers fliehen konnte. Sie wanderte in ein geheimnisvolles Tal. Nur Conans rechtzeitiges Eintreffen bewahrte sie davor, einem außerirdischen Wesen geopfert zu werden.

Ehe Conan sein eigenes schwarzes Imperium aufbauen konnte, scheiterte er an einer Reihe von Naturkatastrophen und den ruchlosen Intrigen der Bamulas. Zur Flucht gezwungen, begab er sich in den Norden. Vor hungrigen Löwen in der Steppe brachte er sich in einer geheimnisvollen Burgruine aus prähistorischer Zeit in Sicherheit. Dort mußte er noch gegen stygische Sklavenhändler und ein feindliches übernatürliches Wesen kämpfen.

Conan zog weiter und erreichte das halbzivilisierte Königreich Kush. Dies war das einzige Land, das zu Recht ›Kush‹ hieß, obgleich Conan wie andere aus dem Norden diesen Namen auf mehrere schwarze Länder südlich von Stygien anwendete. In der Hauptstadt Meroé befreite der Cimmerier die Königin von Kush, die arrogante, impulsive, feurige, grausame und ausschweifende Tananda, aus den Händen eines aufgebrachten Mobs.

Dadurch wurde Conan in ein undurchschaubares Intrigenspiel zwischen Tananda und einem ehrgeizigen Adligen verstrickt, der über einen schweineähnlichen Dämon herrschte. Gesteigert wurden Conans Probleme noch durch die Anwesenheit von Diana, einer nemedischen Sklavin, die der Barbar ungeachtet der wahnsinnigen Eifersucht Tanandas sehr niedlich fand. Die Ereignisse gipfelten in einer Nacht des Aufruhrs und des Gemetzels.

Enttäuscht über seine Mißerfolge in den schwarzen Ländern, wanderte Conan in das grasreiche Shem und wurde Soldat in Akkharia, einem Stadtstaat Shems. Er schloß sich einem Trupp Freiwilliger an, die den Nachbarstadtstaat befreien wollten. Doch durch den Verrat Othbaals, des Vetters des wahnsinnigen Königs Akhirom von Pelishtien, wurden die Freiwilligen aufgerieben — als einziger überlebte Conan, der die Schurken nach Asgalun verfolgte, der Hauptstadt der Pelishti. Dort wurde der Barbar in einen Machtkampf verwikkelt, der zwischen dem wahnsinnigen Akhirom, dem Verräter Othbaal, einer stygischen Hexe und einer Abteilung schwarzer Söldner tobte. Im Endkampf mit Hexerei, Stahl und viel Blut griff sich Conan Othbaals rothaarige Geliebte Rufia und galoppierte mit ihr gen Norden.

Zu diesem Zeitpunkt herrscht über die Fahrten des Cimmeriers Unklarheit. Eine Legende, die manchmal in diese Zeit gelegt wird, berichtet von seinem Dienst als Söldner in Zingara. Ein ptolemäischer Papyrus im Britischen Museum überliefert, daß in der Hauptstadt Kordava ein Hauptmann der regulären Armee mit einem gewissen Conan Streit suchte. Als Conan seinen Herausforderer tötete, wurde er zum Tod durch Erhängen verurteilt. Ein ebenfalls zum Tode verurteilter Zellengenosse, Santiddio, gehörte der Partisanenorganisation ›Weiße Rose‹ an, die König Rimanendo stürzen wollte. Schon sind Conan und Santiddio am Galgen, als Briganten der ›Weißen Rose‹ ein Chaos herbeiführen. Conan und Santiddio entkommen.

Mordermi, Anführer von Briganten, die sich mit der ›Weißen Rose‹ zusammengetan hatten, warb Conan für seine Zwecke. Die Verschwörer trafen sich in der ›Grube‹, die aus einem Labyrinth unterirdischer Tunnel bestand. Als der König mit Bewaffneten die Grube ausräuchern wollte, rettete der stygische Zauberer Callidos die Verschwörer. König Rimanendo wurde erschlagen, und Mordermi wurde König. Als er sich als ebenso feige und heimtückisch wie sein Vorgänger erwies, zettelte Conan einen erfolgreichen Aufruhr mit tapferen Kämpfern an. Der Cimmerier lehnte die Königskrone für sich ab und zog davon (›Conan und die Straße der Könige‹).

Diese Episode wirft viele Fragen auf. Ist sie authentisch, so müßte sie in Conans frühere Söldnerzeit gehören, also etwa zu ›Conan der Verteidiger‹. Andererseits gibt es in anderen Erzählungen keinerlei Hinweise, daß Conan je Zingara besuchte, ehe er Ende Dreißig war, zu Zeiten von ›Conan der Freibeuter‹. Außerdem taucht keiner der Herrschernamen von Zingara des Papyrus auf der Königsliste für Zingara in dem byzantischen Manuskript *Hoi Anaktes tes Tzingeras* auf. Daher wird in der Wissenschaft die Meinung vertreten, daß der Papyrus eine Fälschung ist oder daß Conan mit einem anderen Helden verwechselt wurde. Zieht man alles in Betracht, was über Conan bekannt ist, kann man nur zu dem Schluß kommen, daß er mit beiden Händen die Königskrone in Zingara ergriffen hätte, wäre diese ihm tatsächlich angetragen worden.

Als nächstes taucht Conan auf, nachdem er in die Dienste Amalrics von Nemedien getreten war, dem General der Regentin Yasmela im kleinen Grenzreich Khoraja. Während Yasmelas Bruder, König Khossus, in Ophir gefangen war, griffen die Truppen des angeblichen Zauberers Natokh (in Wirklichkeit der seit dreitausend Jahren tote Thugra Khotan aus der zerstörten Stadt Kuthchemes) die Landesgrenzen an.

Yasmela gehorchte einem Orakel Mitras, des obersten hyborischen Gottes, und machte Conan zum Oberbefehlshaber der Armee in Khoraja. Er schlug Natokhs Heerscharen und befreite so die Regentin von dem teuflischen Zauber des untoten Hexers. Der Cimmerier gewann mit diesem Sieg auch die Königin.

Conan war nun Ende zwanzig und Oberbefehlshaber der Truppen in Khoraja, nicht aber der Geliebte der Königin, was er sich ebenfalls erhofft hatte. Aber diese war zu sehr mit Staatsgeschäften beschäftigt, um Zeit für Lustbarkeiten zu haben. Der Cimmerier machte ihr sogar einen Heiratsantrag, aber sie erklärte ihm, daß eine solche Verbindung gegen Khorajisches Gesetz und Sitte verstieß. Falls aber Conan ihren Bruder irgendwie befreie, werde sie ihn zu überreden versuchen, das Gesetz zu ändern.

Conan machte sich also auf mit Rhazes, einem Astrologen, und Fronto, einem Dieb, welcher einen Geheimgang zu dem Verlies kannte, in dem Khossos schmachtete. Sie befreiten den König, gerieten aber in einen Hinterhalt kothischer Soldaten, da Strabonus von Koth seine eigenen Gründe hatte, Khossos in seiner Gewalt zu haben.

Nachdem auch diese Gefahren überstanden waren, mußte Conan feststellen, daß Khossos ein junger und arroganter Geck war, der nie und nimmer seine Einwilligung zu einer Heirat zwischen seiner Schwester und einem fremden Barbaren geben würde. Er wollte Yasmela einem reichen Aristokraten zur Frau geben, und Conan sollte sich mit einer Durchschnittsbraut begnügen. Conan sagte nichts, sprang aber in Argos beim Ablegen des Schiffes von Bord und nahm den Großteil von Khossos' Gold mit. Spöttisch winkte er dem König zum Abschied zu.

Inzwischen fast dreißig geworden, machte Conan sich auf, seine cimmerische Heimat zu besuchen und sich an den Hyperboräern zu rächen. Seine Blutsbrüder bei den Cimmeriern und Æsir hatten Frauen genommen und besaßen schon Söhne, die beinahe so alt und stark waren wie Conan bei der Plünderung von Venarium. Aber die vielen Jahre des Blutvergießens und des Kämpfens hatten in ihm einen zu starken Wunsch nach Beute wachsen lassen, als daß er ihrem Beispiel folgen konnte. Als Händler von neuen Kriegen berichteten, ritt Conan stracks in die hyborischen Länder.

Dort wollte der rebellische Prinz von Koth sich des Throns von Strabonus bemächtigen, dem geizigen Herrscher dieser weitausgedehnten Nation. Im Gefolge des Prinzen stieß der Cimmerier auf alte Kumpane. Dann schloß der Rebell aber mit dem König Frieden. Wieder ohne Herrn, versammelte Conan Briganten um sich, die Freie Kompanie. Mit dieser Truppe zog er in die Steppen westlich des Vilayet-Meeres, wo er sich mit einer Schlägerbande vereinigte, die man *Kozaki* nannte.

Conan wurde Anführer dieser Bande Gesetzloser und verwüstete die westlichen Grenzen des turanischen Reiches, bis sein früherer Dienstherr, König Yildiz, eine Heerschar unter Shah Amurath aussandte. Dieser lockte die *Kozaki* tief ins Landesinnere von Turan und machte sie nieder.

Doch Conan tötete Amurath, nahm sich Prinzessin Olivia von Ophir, eine Gefangene der Turanier, und ruderte in einem kleinen Boot hinaus aufs Vilayet-Meer. Die beiden fanden Zuflucht auf einer kleinen Insel. Dort stand die zerstörte Grünsteinstadt mit seltsamen Eisenstatuen. Die Schatten, die das Mondlicht warf, erwiesen sich als ebenso gefährlich wie der riesige fleischfressende Affe, der sich auf der Insel herumtrieb, oder die Piraten, die sich dort auszuruhen pflegten.

Conan übernahm das Kommando über die Piraten, die das Vilayet-Meer heimsuchten. Als Anführer der Roten Bruderschaft, einem Haufen Schurken, war Conan mehr als je zuvor König Yildiz ein Dorn im Auge. Dieser Monarch war so milde, daß er seinen Bruder Teyaspa nicht, wie es in Turan üblich war, erwürgte, sondern ihn in einer Burg in den Colchian-Bergen gefangenhielt. Yildiz schickte seinen General Artaban aus, das Piratennest an der Mündung des Flusses Zaporoska auszuräuchern. Doch statt des Jägers wurde der General zum Gejagten. Als Artaban sich ins Landesinnere zurückzog, geriet er zufällig zum Aufenthaltsort Teyaspas. Am Endkampf nahmen außer Conans Banditen und Artabans Turaniern auch eine Schar Vampire teil.

Von den Seeräubern im Stich gelassen, besorgte Conan sich einen Hengst und ritt zurück in die Steppen. Inzwischen saß Yezdigerd auf dem Thron Turans. Er war ein bei weitem listigerer und energischerer Herrscher als sein Vorgänger. Er wollte sich ein großes Reich erobern.

Conan aber begab sich in das kleine Königreich Khauran, wo er das Kommando über die Leibgarde der Königin Taramis gewann. Die Königin hatte eine Zwillingsschwester, Salome, als Hexe geboren und von den gelben Zauberern aus Khitai erzogen. Sie verbündete sich mit dem Abenteurer Constantius aus Koth und plante, die Königin ins Gefängnis zu werfen, um an ihrer Stelle zu regieren. Als Conan den Betrug entdeckte, lockte man ihn in eine Falle und kreuzigte ihn. Häuptling Olgerd Vladislav schnitt den Cimmerier herunter und brachte ihn in ein Zuagir-Lager in der Wüste. Dort ließ Conan seine Wunden verheilen und wurde aufgrund seiner Kühnheit und Rücksichtslosigkeit Olgerds Leutnant.

Als Salome und Constantius in Khauran ihre Schrekkensherrschaft angetreten hatten, führte Conan seine Zuagir gegen die khauranische Hauptstadt. Bald hing Constantius an dem Kreuz, an das er Conan hatte nageln lassen. Zufrieden lächelnd ritt Conan fort, um mit seinen Zuagir Raubzüge gegen die Turaner zu unternehmen.

Mit dreißig, auf dem Gipfel seiner Manneskraft, verbrachte Conan beinahe zwei Jahre mit den Shemiten der Wüste, zuerst als Olgerds Leutnant und dann als alleiniger Führer, nachdem er Olgerd entmachtet hatte. Welche Umstände zu seinem Abschied von den Zuagirs führten, wurden kürzlich auf einer tibetischen Seidenrolle entdeckt, die ein Flüchtling aus Tibet mitbrachte. Dieses Dokument befindet sich nun im Orientalischen Institut in Chicago.

Der energische König Yezdigerd schickte Soldaten aus, um Conan und seinen Leuten eine Falle zu stellen. Wegen eines zamorischen Verräters in Conans Reihen wäre der Hinterhalt beinahe gelungen. Conan verfolgte den Verräter. Als seine Männer desertiert waren, gab der Cimmerier nicht auf, sondern schleppte sich allein weiter. Vor dem sicheren Tode rettete ihn Enosh, ein Häuptling der Oasenstadt Akhlat.

Akhlat litt unter der Herrschaft eines Dämons, der

die Gestalt einer Frau angenommen hatte, die sich von der Lebenskraft lebender Wesen ernährte. Wie Enosh Conan mitteilte, war der Cimmerier der ihnen prophezeite Befreier. Nachdem das geschafft war, lud man Conan ein, sich in Akhlat niederzulassen. Da der Barbar aber seine Unfähigkeit kannte, ein eintöniges Leben in Achtbarkeit zu führen, ritt er mit Pferd und Geld von Vardanes dem Zamorier nach Südwesten, nach Zamboula.

Mit einer gigantischen Orgie verpraßte Conan das Vermögen, das er nach Zamboula, einen turanischen Außenposten, gebracht hatte. Hier lauerte der böse Priester aus Hanuman, Totrasmek, der hinter einem berühmten Edelstein her war, dem ›Stern von Khorala‹. Die Königin von Ophir soll für dieses erlesene Juwel einen Raum voll Gold geboten haben. In der allgemeinen Verwirrung brachte Conan den Stern von Khorala an sich und ritt westwärts.

Das mittelalterliche Manuskript *De sidere choralae,* das man aus den Ruinen des Klosters Monte Cassino barg, enthält die Fortsetzung dieses Abenteuers. Conan erreichte die Hauptstadt Ophirs. Dort hielt der weibische Moranthes II. seine Gemahlin Marala hinter Schloß und Riegel, während er ganz unter dem Einfluß des bösen Grafen Rigello stand. Conan kletterte über die Mauer von Moranthes' Burg und befreite Marala. Rigello verfolgte die beiden Flüchtigen fast bis zur aquilonischen Grenze, als der ›Stern von Khorala‹ in ganz unerwarteter Weise seine Macht offenbarte.

Als Conan zu Ohren kam, daß die *Kozaki* wieder erstarkt seien, verlegte er sich mit Roß und Schwert wieder darauf, Turan zu plündern. Obwohl der inzwischen berühmt gewordene Held aus dem Norden eigentlich mit leeren Händen kam, stellten sich mehrere

Abteilungen der *Kozaki* und die Vilayet-Piraten sogleich unter seinen Oberbefehl.

Yezdigerd schickte Jehungir Agha aus, um den Barbaren auf der Insel Xapur zu überraschen. Doch Conan kam früher als erwartet zum Ort des Hinterhalts und fand die uralte Feste der Insel, Dagon, durch Zauberei wiederaufgebaut. Drinnen herrschte der übelsinnende Gott der Stadt in Form eines Riesen aus lebendem Eisen.

Nach seiner Flucht von Xapur baute Conan seine *Kozakis* und Piraten zu einer schrecklich bedrohlichen Horde aus, so daß König Yezdigerd alle seine Kräfte zu ihrer Vernichtung aufbot. Nach der totalen Niederlage zerstreuten sich die restlichen *Kozaki* in alle Winde. Conan floh nach Süden und nahm Dienst in der leichten Kavallerie des Königs von Iranistan, Kobad Shah.

Doch fiel der Cimmerier bald bei Kobad Shah in Ungnade und mußte in die Berge fliehen. In der Festungsstadt der Verborgenen, in Yanaidar, kam er einer Verschwörung auf die Schliche. Die Söhne Yezms wollten einen uralten Kult wiederbeleben und die noch lebenden Anhänger der alten Götter vereinigen, um über die Welt zu herrschen. Dieses Abenteuer endete mit der Aufreibung aller beteiligten Heere durch die grauen Ghuls von Yanaidar, worauf Conan nach Osten ritt.

Conan tauchte wieder im Himelia-Gebirge auf, an der nordwestlichen Grenze von Vendhya. Er war Kriegsführer der wilden Afghuli-Stämme. Der kriegerische Barbar war jetzt Anfang Dreißig und in der gesamten Welt der hyborischen Ära berüchtigt und gefürchtet.

Yezdigerd war absolut nicht zimperlich und bediente sich der Zauberkunst des Hexers Khemsa, eines

Adepten des gefürchteten Schwarzen Kreises, um den König Vendhyas aus dem Weg zu räumen. Die Schwester des toten Königs, die Devi Yasmina, zog aus, um ihn zu rächen, wurde aber von Conan gefangengenommen. Der Cimmerier verfolgte gemeinsam mit ihr den Zauberer Khemsa. Dieser aber wurde vor ihren Augen durch die Magie des Sehers von Yimsha getötet, der auch Yasmina entführt hatte.

Als Conans Pläne, die Bergstämme zu einen, fehlschlugen und er von Kriegen im Westen hörte, ritt er dorthin. Almuric, ein Prinz aus Koth, hatte sich gegen den verhaßten Strabonus erhoben. Während Conan sich in Almurics stolzes Heer einreihte, erhielt Strabonus Hilfe von befreundeten Königen. Der buntgewürfelte Haufen Almurics wird nach Süden getrieben und schließlich von den vereinigten stygischen und kushitischen Truppen vernichtet.

Conan und die Marketenderin Natala flohen in die Wüste, wo sie ins alte Xuthal kamen, eine Phantomstadt mit lebenden Toten und ihrem schaurigen Schattengott Thog. Die Stygerin Thalis, die tatsächliche Herrscherin in Xuthal, legte Conan einmal zu oft aufs Kreuz.

Conan schlug sich durch, zurück in die hyborischen Länder. Da er Arbeit brauchte, trat er ins Söldnerheer ein, das ein Zingarier, Prinz Zapayo de Kova, für Argos aufstellte. Geplant war, daß Koth von Norden aus in Stygien einfallen sollte, während die Argosser sich dem Reich von Süden, vom Meer aus, nähern sollten. Aber Koth schloß einen Separatfrieden mit Stygien, wodurch Conans Söldner in den Wüsten Stygiens in der Falle saßen.

Conan floh mit dem jungen aquilonischen Soldaten Amalric. Kurz darauf wurde der Cimmerier von Nomaden gefangengenommen, während Amalric fliehen konnte. Als Amalric und Conan sich wiedertrafen, hatte Amalric das Mädchen Lissa bei sich, das er vor dem Menschenfressergott ihrer Heimatstadt errettet hatte. Inzwischen war Conan Kommandant der Kavallerie der Stadt Tombalku geworden. Zwei Könige herrschten in Tombalku: der Neger Sakumbe und der Mischling Zehbeh. Als Zehbeh mit seinen Anhängern vertrieben war, machte Sakumbe Conan zum Mitkönig. Aber dann tötete der Zauberer Askia Sakumbe mit seiner Magie. Nachdem Conan seinen schwarzen Freund gerächt hatte, floh er mit Amalric und Lissa.

Jetzt schlug Conan sich zur Küste durch, wo er sich den barachanischen Piraten anschloß. Inzwischen war er etwa fünfunddreißig. Als zweiter Maat der *Hawk* landete er auf der Insel des stygischen Zauberers Siptah. Dieser besaß angeblich einen magischen Edelstein mit sagenhaften Eigenschaften.

Siptah hauste in einem zylindrischen Turm ohne Türen oder Fenster. Ihm diente ein geflügelter Dämon. Conan räucherte das Fabelwesen aus, wurde aber von seinen Klauen auf die Spitze des Turmes verschleppt. Dort stellte er fest, daß Siptah schon lange tot war. Beim Kampf gegen den Dämon erwies sich der magische Edelstein als unerwartete Hilfe.

Laut Tontafeln mit Keilschrift aus der präsumerischen Zeit blieb Conan zwei Jahre bei den Barachaniern. Er war an die straffe Organisation in den Armeen der hyborischen Königreiche gewöhnt. Da fand er die sehr lockeren anarchistischen Horden der Barachanier für eine Stellung als Anführer ungeeignet. In Tortage gelang es ihm gerade noch, bei einem Treffen der Piraten zu entkommen. Allerdings war die Alternative zu einer durchschnittenen Kehle nur die, mit einem lecken Schiff dem westlichen Ozean zu trotzen. Als die *Wastrel,* das Schiff des Freibeuters Zaporavo, in Sicht kam, kletterte der Cimmerier an Bord.

Schon bald gewann Conan den Respekt der Mannschaft und zog sich die Feindschaft des Kapitäns zu, dessen kordavische Geliebte, die aalglatte Sancha, den Hünen mit der schwarzen Mähne mit allzu freundlichen Augen betrachtete. Zaporavo fuhr westwärts zu einer nicht auf Seekarten verzeichneten Insel. Dort forderte Conan den Kapitän zum Zweikampf und tötete ihn. Sancha wurde von seltsamen schwarzen Wesen zu einem lebenden Teich entführt, den diese Wesen anbeteten.

Conan überredete die Obrigkeit Kordovas, Zaporavos Freibeuterpatent auf ihn zu übertragen. Danach verbrachte er etwa zwei Jahre als ordentlich bestallter Freibeuter. Wie üblich wurden immer wieder Ränke gegen die zingarische Monarchie geschmiedet. König Ferdrugo war alt, und seine Kräfte schwanden. Für die Nachfolge auf dem Thron gab es nur Chabela, seine im heiratsfähigen Alter stehende Tochter. Herzog Villagro gewann den stygischen Supermagier Thoth-Amon, den Hohenpriester Sets, für seinen finsteren Plan, Chabela zu heiraten. Die mißtrauische Prinzessin fuhr jedoch mit der königlichen Jacht die Küste hinunter, um ihren Onkel um Rat zu fragen. Ein mit Villagro verbündeter Pirat kaperte die Jacht und entführte Chabela. Sie konnte jedoch entfliehen und traf Conan, der die magische Kobra-Krone in seinen Besitz brachte, hinter welcher Thoth-Amon ebenfalls her war.

Ein Sturm trieb Conans Schiff an die Küste von Kush, wo er auf schwarze Krieger stieß, die von seinem alten Waffenbruder Juma befehligt wurden. Während der Häuptling die Piraten willkommen hieß, stahl einer aus dem Stamm die Kobra-Krone. Der Cimmerier machte sich an die Verfolgung. Prinzessin Chabela folgte ihm. Beide wurden von Sklavenhändlern gefangen und an die schwarze Königin der Amazonen verkauft. Die Königin machte Chabela zur Sklavin und Conan zu ihrem Beschützer. Doch dann wurde sie auf Chabela eifersüchtig, ließ das Mädchen auspeitschen und Conan einkerkern. Beide wurden verurteilt, von einem fleischfressenden Baum verzehrt zu werden (›Conan der Freibeuter‹).

Nachdem Conan die zingarische Prinzessin befreit hatte, entrann er ihren Heiratswünschen, indem er sein Leben als Pirat wieder aufnahm. Aber andere — eifersüchtige — Zingarier kaperten sein Schiff vor der Küste von Shem. Conan gelang es, ins Landesinnere zu fliehen. Dort schloß er sich der freien Kompanie an, die aus Söldnern bestand. Statt auf reiche Beutezüge zu gehen, mußte der Cimmerier an der schwarzen Grenze Stygiens langweiligen Wachdienst abreißen. Und hier war der Wein sauer und kaum etwas zu holen.

Conans Langeweile wurde durch das Auftauchen der Piratin Valeria von der Roten Bruderschaft beendet. Als sie das Lager verließ, folgte er ihr nach Süden. Die beiden fanden in einer Stadt Zuflucht, die von den sich befehdenden Clans der Xotalanc und Tecuhltli besetzt war. Das Paar aus dem Norden schlug sich auf die Seite der letzteren, bekam aber bald mit der Anführerin Ärger, der alterslosen Hexe Tascela.

Conans Liebesbeziehung mit Valeria hatte zwar heiß begonnen, war aber nicht von langer Dauer. Valeria kehrte zum Meer zurück, Conan versuchte nochmals sein Glück in den schwarzen Königreichen. Er hörte von den ›Zähnen von Gwahlur‹, einer Schatuelle voller kostbarer Edelsteine, die in Keshan verborgen sein sollte. Sogleich bot er seine Dienste als Ausbilder der keshanischen Armee dem jähzornigen König an.

Aber auch Thutmekri, der stygische Gesandte der Doppelkönige von Zembabwei, wollte die Juwelen haben. Aufgrund dieser Intrigen mußte der Cimmerier aus der Stadt fliehen. Er gelangte ins Tal, wo die Ruinen Alkmeenons samt Schatz verborgen waren. In einem wilden Abenteuer mit der keineswegs toten Göttin Yelaya, der Corinthierin Muriela, den schwarzen Priestern unter der Führung Gorulgas und den grimmigen grauen Dienern des längst verstorbenen Bit-Yakin gelang es Conan zwar, den Kopf zu retten, doch er verlor seine Beute.

Conan machte sich mit Muriela auf den Weg nach Punt. Er hatte den Plan ausgeheckt, die Anbeter einer Elfenbeingöttin um ihr Gold zu erleichtern. Als der Cimmerier aber erfuhr, daß Thutmekri ihm zuvorgekommen war und den Sinn des Königs Lalibeha gegen ihn vergiftet hatte, suchte er mit seiner Gefährtin im Tempel der Göttin Nebethet Zuflucht.

Als der König, Thutmekri und der Hohepriester Zaramba am Tempel eintrafen, wollte Conan sie erschrecken, indem er Muriela mit der Stimme der Göttin sprechen ließ. Das Ergebnis verblüffte alle, Conan eingeschlossen.

In Zimbabwei, der Stadt der Doppelkönige, schloß Conan sich einer Handelskarawane an, die er an den Rändern der Wüste sicher nach Norden führte, nach Shem. Jetzt war der Barbar schon Ende Dreißig, aber immer noch ruhelos. Da hörte er, daß die Aquilonier sich nach Westen in die piktische Wildnis ausbreiteten. Sofort eilte er dorthin, um seinem Schwert wieder Arbeit zu geben. In Fort Tuscelan wogte gerade ein heftiger Kampf mit den Pikten. Dort wurde der Cimmerier Kundschafter.

In den Wäldern jenseits des Flusses sammelte der Zauberer Zogar Sag seine Sumpfdämonen, um den Pikten beizustehen. Conan gelang es zwar nicht, die Zerstörung von Fort Tuscelan zu verhüten, konnte aber die Siedler um Velitrium warnen und den Tod Zogar Sags herbeiführen.

In aquilonischen Diensten machte der Cimmerier eine steile Karriere. Als er noch Hauptmann war, wurde seine Kompanie durch die üblen, verräterischen Machenschaften eines Vorgesetzten geschlagen. Conan fand heraus, daß dieser Verräter sein Vorgesetzter Viscount Lucian war und daß dieser die Provinz an die Pikten verraten wollte. Conan entlarvte den Verräter und schlug die Pikten vernichtend.

Als General schlug Conan die Pikten in einer großen Schlacht bei Velitrium. Danach rief man ihn in die Hauptstadt Tarantia, um die Ehrungen der Nation zu empfangen. Doch der verruchte, engstirnige König Numedides hegte Mißtrauen gegen ihn. Conan wurde unter Drogen gesetzt, im Eisernen Turm in Ketten gelegt und zum Tode verurteilt.

Aber der Barbar hatte nicht nur Feinde, sondern auch Freunde. Bald hatte man ihn befreit und mit Schwert und Roß fortgeschickt. Er wollte sich durch die unheimlichen Wälder der Pikten zum fernen Meer durchschlagen. Im Wald kam Conan an eine Höhle, in dem die Leiche des Piraten Tranicos samt dessen von Dämonen bewachter Schatz lagen. Vom Westen her, jagten ein zingarischer Graf und zwei Seeräuberbanden ebenfalls nach dem Schatz. Auch der stygische Zauberer Thout-Amon hatte die Hand im Spiel.

Eine aquilonische Galeere befreite Conan und man

bat ihn, die Revolte gegen Numedides zu führen. Während die Revolution voll im Gange war, tobte an der piktischen Grenze der Bürgerkrieg. Lord Valerian, ein Parteigänger Numedides', plante, die Pikten zur Stadt Schohira zu bringen. Ein Kundschafter, Gault Hagars Sohn, vereitelte diesen Plan, indem er den piktischen Zauberer tötete.

Conan, nun Anfang Vierzig, erstürmte die Hauptstadt und tötete Numedides auf den Stufen seines Thrones. Ohne Zögern beanspruchte der Cimmerier den Thron für sich und war damit einer der größten Herrscher der hyborischen Nation (›Conan der Befreier‹).

Aber auch ein König liegt nicht nur auf Rosen gebettet. Innerhalb eines Jahres hatte ein verbannter Graf eine Schar Verschwörer gesammelt, um den Barbaren vom Thron zu jagen. Conan hätte Krone und Leben verloren, wenn nicht der lang verstorbene Weise Epimitreus rechtzeitig eingegriffen hätte.

Kaum hatte Conan diese Revolte niedergeschlagen, wurde er mittels Verrat von den Königen der Länder Ophir und Koth gefangen und in den Turm des Zauberers Tsothalanti in der Hauptstadt Koths geworfen. Aus der Gefangenschaft entrinnen konnte Conan mit der Hilfe seines Mitgefangenen Pelias, der Tsothalantis Erzrivale in der Zauberkunst war. Pilia versetzte mit seiner Magie Conan gerade noch rechtzeitig nach Tarantia, um einen Thronprätendenten zu erschlagen und eine Armee gegen seine verräterischen Mitkönige zu führen.

Beinahe zwei Jahre lang wuchs und gedieh Aquilonien unter Conans fester, aber toleranter Herrschaft. Der gesetzlose, hartgesottene Abenteurer der frühen Jahre war unter dem Zwang der Ereignisse zu einem fähigen und verantwortungsbewußten Staatsmann gereift. Doch im benachbarten Nemedien hegte man noch Groll aus früheren Tagen gegen den König von Aquilonien und wollte ihn mittels Zauberei vernichten.

Mit etwa fünfundvierzig sah man Conan das Alter nicht an, abgesehen von den vielen Narben auf dem kräftigen Körper und dem etwas vorsichtigeren Umgang mit Wein, Weibern und Blutvergießen. Er hielt sich einen Harem der köstlichsten Konkubinen, hatte aber nie eine offizielle Königin an seiner Seite. Daher hatte er auch keinen legitimen Thronerben. Aus dieser Tatsache versuchten seine Feinde Gewinn zu schlagen.

Die Verschwörer ließen Xaltotun wieder auferstehen, den größten Magier des alten Reiches Acheron, das vor dreitausend Jahren den wilden Hyboriern weichen mußte. Durch Xaltotuns Magie wurde der König von Nemedien getötet und durch seinen Bruder Tarascus ersetzt. Schwarze Magie besiegte Conans Armee. Der Cimmerier wurde in Ketten gelegt. Der Verbannte Valerius bemächtigte sich des Thrones.

Mit Hilfe des Haremmädchens Zenobia entkam Conan aus dem Verlies und kehrte nach Aquilonien zurück, um die ihm ergebenen Truppen gegen Valerius zu sammeln. Von den Priestern von Asura erfuhr er, daß Xaltotuns Macht nur mittels eines seltsamen Juwels gebrochen werden könne, dem ›Herz von Ahriman‹. Die Suche nach diesem Edelstein führte zu einer Pyramide in der stygischen Wüste vor der Stadt Khemi. Nachdem Conan das ›Herz von Ahriman‹ gewonnen hatte, kehrte er zurück, um mit seinen Feinden abzurechnen (›Conan der Eroberer‹ ursprünglich veröffentlicht als ›Die Stunde des Drachen‹).

Nachdem Conan sein Königreich zurückgewonnen hatte, machte er Zenobia zur Königin. Doch auf dem

Ball zu Ehren ihrer Erhebung wurde die Königin von einem Dämon davongetragen, den der khitaische Zauberer Yah Chieng geschickt hatte. Conans Suche nach seiner Braut führte ihn durch die gesamte bekannte Welt. Er traf auf alte Freunde und Feinde. Im purpurtürmigen Paikang konnte er mit Hilfe eines Zauberrings Zenobia befreien und den Zauberer töten (›Conan der Rächer‹).

Wieder daheim, verlief alles glatter. Zenobia schenkte ihm Erben: einen Sohn Conan, meist Conn genannt, und einen weiteren Sohn Taurus, dazu noch eine Tochter. Als Conn zwölf war, nahm der Vater ihn mit auf einen Jagdausflug nach Gunderland. Conan war jetzt Ende fünfzig. Sein Schwertarm war ein wenig langsamer als in seiner Jugend, und die schwarze Mähne und der wilde Schnurrbart der letzten Jahre zeigten schon graue Strähnen. Dennoch war er stärker als zwei normale Männer.

Als Conn von den Hexenmännern Hyperboreas weggelockt war, verlangten diese, daß Conan allein zu ihrem Bollwerk komme. Das tat er. Er fand Louhi, die Hohepriesterin der Hexenmänner, in einer Besprechung mit drei anderen führenden Magiern der Welt: Thoth-Amon aus Stygien, der Gottkönig von Kambuja und der schwarze Herr von Zimbabwei. In dem folgenden Gemetzel starben Louhi und der Kambujaner, während Thoth-Amon und der andere Zauberer auf magische Weise verschwanden.

Der alte König Ferdrugo von Zingara war gestorben, und sein Thron stand leer, da die Adligen sich über die Nachfolge nicht einigen konnten. Herzog Pantho von Guarralid fiel in Poitain ein, dem südlichen Aquilonien. Conan vermutete Zauberei und vernichtete die Eindringlinge. Als er herausfand, daß Thoth-Amon hinter Panthos Wahnsinnstat stand, rückte er mit seinem Heer aus, um den Stygier zur Rechenschaft zu ziehen. Der Cimmerier verfolgte den Feind bis zu Thoth-Amons Festung in Stygien, nach Zembabwei und bis ins letzte Reich des Schlangenvolks in den tiefsten Süden.

Danach regierte Conan mehrere Jahre in Frieden. Doch die Zeit schaffte, was kein Feind fertiggebracht hatte: Die Haut des Cimmeriers wurde runzlig, das Haar grau. Die alten Wunden schmerzten bei feuchtem Wetter. Conans geliebte Zenobia starb bei der Geburt der zweiten Tochter.

Da brach plötzlich eine Katastrophe über den leicht mürrisch gestimmten und irgendwie unzufriedenen Conan herein. Übernatürliche Wesen, die Roten Schatten, entführten Untertanen aus seinem Reich. Conan war verwirrt, bis er im Traum wieder den Weisen Epimitreus aufsuchte. Dieser sagte ihm, er sollte zugunsten seines Sohnes Conn abdanken und über den westlichen Ozean segeln.

Conan fand heraus, daß die Roten Schatten von den Geisterpriestern der Antillien gesandt worden waren, einer Inselkette im westlichen Meer, wohin die Überlebenden von Atlantis vor achttausend Jahren geflüchtet waren. Diese Priester brachten ihrem Teufelsgott Xotli Menschenopfer in solchen Mengen dar, daß ihre eigene Bevölkerung vor dem Aussterben stand.

In Antillien wurde Conans Schiff beschlagnahmt, aber er konnte in die Stadt Ptahuacan fliehen. Nach Kämpfen mit riesigen Ratten und Drachen tauchte er oben auf einer Opferpyramide auf, gerade als seine Mannschaft geopfert werden sollte. Übernatürliche Kräfte, Revolution und Erdbebenkatastrophen folgten. Am Schluß segelte Conan davon, um die Kontinente im Westen zu erforschen (›Conan von den Inseln‹).

Ob er dort gestorben ist oder ob die Überlieferung recht hat, wonach er den Westen verließ und seinem Sohn im Endkampf gegen Aquiloniens Feinde zur Seite zu stehen, wird nur der wissen, der — wie Kull von Valusien einst — in die mystischen Spiegel von Tuzun Thune schaut.

H. RIDER HAGGARD

Sir Henry Rider Haggards exotische und farbenprächtige Fantasy-Epen spielen vornehmlich im dunklen Herzen Afrikas, das zu jener Zeit noch weitgehend unerforscht und von wilden Völkerschaften bewohnt war.

06/4367

06/4368

06/4369

06/4370

06/4466

06/4467

06/4545

06/4601